Hans Watzlik

Der Alp

Ein Roman aus dem Böhmerwald

(Großdruck)

Hans Watzlik: Der Alp. Ein Roman aus dem Böhmerwald (Großdruck)

Erstdruck: Leipzig, Staackmann, 1914.

Neuausgabe
Herausgegeben von Theodor Borken
Berlin 2019

Der Text dieser Ausgabe wurde behutsam an die neue deutsche Rechtschreibung angepasst.

Umschlaggestaltung von Thomas Schultz-Overhage

Gesetzt aus der Minion Pro, 16 pt, in lesefreundlichem Großdruck

ISBN 978-3-8478-3736-7

Die Deutsche Nationalbibliothek verzeichnet diese Publikation in der Deutschen Nationalbibliografie; detaillierte bibliografische Daten sind im Internet über www.dnb.de abrufbar.

Henricus Edition Deutsche Klassik UG (haftungsbeschränkt), Berlin
Herstellung: BoD – Books on Demand, Norderstedt

In dem hochgetürmten Bauernbett ruhte die Kranke. Sie lag auf dem Ohr und fühlte das Blut in sich pochen, leise und träg, denn ihr Herz hatte nicht viel Kraft mehr, es zu treiben. Ihre Augen waren traurig.

Es war von der Sonne nicht recht, dass sie heute so schmeichelnd über die Fensterblumen fuhr. Die weißen Blütenglocken dort erfüllte sie mit greller Blendkraft, zärtlich bespülte sie die Zierblätter in den irdenen Töpfen. Auf dem Schüsselbrett schillerte und spiegelte der Schmelz, und die schmalen Bilderrahmen blitzten. O Sonne, du leuchtest zu froh!

Und die Kranke tat die Augen zu. Aber jetzt kam es wieder, dies geheimnisvolle Brausen, das wie Aufschwall schwerer Gewässer war, und umgab ihr Sinne und Seele mit dräuendem Geräusch, und ihr krankes Blut sauste und dröhnte mit, und eine grauenhafte Beklemmung ergriff sie.

»Das Herz ertrinkt mir!«

Ihre Klage erreichte niemand. Da wollte sie sich aufrichten, doch die Arme hörten nicht mehr auf den Willen. So öffnete sie wieder die Augen, die fast das einzige waren, was sie noch bewegen konnte, – und der böse Spuk war gebrochen.

Wieder lächeln in den Füllungen des blauen Kastens die buntgemalten Rosenstöcklein und die herzlich schönen Blumen, womit alte, redliche Bauernkunst die Gewandtruhe verziert hat, wieder hebt die Spindel ihren zottigen Flachskopf.

Auf dem Stuhl vor ihrem Bett glitzern die Gläser mit Heilsäften, mit Wacholder- und Brennnesselwasser. Alles ist aufgeboten worden, Geweihtes und Weltliches, was Altweiberhirn gegen die Wassersucht pfuscht, was der Aberglaube aufgestöbert oder der Wundarzt von Wildapfelhaid geraten hat. Alles, alles vergebens!

Und die frommen Bilder an der Wand, sie werden erblinden, die heute allzu blank prangen. Die Erben werden sie nimmer so ehren. Mit zerschlagenem Glas werden sie unter dem Wust der Plunderkammer verderben. Und sie sind doch so herzerbaulich! Dort die Rast auf der Flucht: Abseits schläft der Nährvater Josef, den weißbärtigen Kopf in den Händen, derweil die glorwürdige Jungfrau ihr Göttlein säugt; rings Felsen und ruhige Nacht. Und auf dem andern Bild melkt die heilige Genovefa, gelbhaarig und waldscheu, die Hirschkuh.

Singenden, würdigen Schlages geht die Stockuhr, bis zum Deckengebälk reicht sie. Heute ist sie gehaltener als sonst, und nur langsam schiebt sie die Stunde mit sich fort. Sie ist uraltes Erbe und hat schon manchem Sterbenden gezeigt, welch säumig Ding die Zeit ist. Wie lahme Göpeltiere machen die Weiser, der Schlanke und der Kurze, die Runde. Dies ewige Überholen und Überholtwerden, dies einförmige Deuten auf die zwölf schnörklichen Zahlen ist ein ödes Gewerb.

Doch noch eine andre Uhr tickt. Im Gebälk ist sie verhehlt, diese harte, unbarmherzige Uhr, die in lautloser Nacht anhebt. Der Totenwurm rennt sich den Schädel blutig im Holz, er hat es eilig.

Feierlich summt das Geläut einer großen Fliege, feierlich stehen die hochbeinigen, rauen Stühle, und feierlich warten auf dem Tisch die Kerzen, deren Flämmlein blühen sollen, wenn die Flamme in der Brust der Siechen erstickt.

Wenn sie jetzt stürbe!

Sie erschrak tief.

Oft hatte sie an das Ende gedacht, öfters wohl als andere im Dorf. Jeder ausfallende Zahn hatte ihr in den letzten Jahren als ein Gruß des Todes gegolten. Doch jetzt kam er selber mit seinem verhüllten, seinem grausigen Wunder.

Wenn sie jetzt stürbe! Sie könnte keinen Helfer holen, ihre Beine wuchteten schwermächtig wie Steinsäulen unter der Tuchent. Wenn sie jetzt stürbe, niemand würde die leeren Kerzen anzünden, hinausschießen müsste ihre Seele ins Schwarze, sich blutig stoßen und abseits geraten von dem engen Weg der Seligkeit.

»Sibill, ich sterbe!«, schrie die Einsame auf.

Heimlich verklingelte der Schrei im Uhrgehäus, dann hastete ein Weib zur Türe herein.

»Hast du geschrien, Agnes?«

»Mir ist schon leichter«, flüsterte die Wassersüchtige, »der Schrei hat mir gut getan. Gemeint hab' ich, es geht dahin. Eine kalte Angst ist über mich gefahren. Und gewesen mir, als käm' schwarzes Wasser gesaust, als stiege ein Weiher über mich hinaus.«

»Mit dem Heu sind sie von der Wiese gekommen, da hat der Bauer gemeint, ich könnt' ihnen abladen helfen. Jetzt verlass ich dich aber nimmer.«

Die Stockuhr röchelte und setzte wie zum Schlag an.

Der Kranken Geist aber suchte das Bauernland heim, die Wiesen, darüber noch der Sense Bogenspur sich krümmte, die Ährenweiten voll ruhsamen Reifens, die weißgetünchten Feldheiligtümer und Gotteszeichen in der Flur. Dann rankten ihre Gedanken zurück zum Gehöft und wuchsen durch Keller, Stall und Scheune, durch Kammern und Truhen.

»Das heilige Buch bring mir, Schattenhauserin«, bat sie auf einmal aus ihren Sinnen heraus.

Willfährig kniete die Sibill zur Truhe nieder. Sie war ein schmales Weib mit einer Stirn, die für eine Bäuerin fast zu weiß war. Ihre Brauen waren innen nachdenklich einander genähert, die schwarzen Augen darunter glommen heimlich und hatten hastige Wimpern.

Sie öffnete den Truhendeckel, der innen mit vielen Bildlein beklebt war: Hier starrte es von Heiligen und Marterern, von Päpsten, Bischöfen, Wallfahrtskirchen und Altären. Was auf Kirchfahrten erworben war, flitterte hier bunt und golden.

Nun wühlte die Sibill aus Seidentüchern, Schürzen und Schmuckgespräng ein weißes Hemd an die Oberfläche.

»Das ist meine Totenpaid«, sagte die Sieche. »Ich hätte sie gern in Händen, eh sie mir angelegt wird.«

Sie ließ sich das Hemd in die gedunsenen Finger stecken und freute sich der harten Leinwand. Die Ärmel waren lang, denn nicht mit nackten Armen soll ein Weib im Sarge liegen.

»Dumpfig riecht sie schon, die Pfaid«, sagte sie weinerlich, »vierzig Jahre hat sie in der Truhe auf mich gewartet.«

Jetzt hatte die Sibill die Bibel gefunden und setzte sich mit dem altersmürben Buch ans Bett. Aus den vergilbten Blättern stieg süß-muffiger, müder Duft.

»Das große Wasser zeig mir«, verlangte die Agnes.

Die Pflegerin schlug einen Stahlstich auf und hielt ihn der Kranken vor die Augen.

Aus wildem, endlosem Meer ragt, von gischtmähnigen Wogen berannt, ein letztes Riff. Daran in wüster Verzweiflung gekrönte Könige und räudige Knechte, Mütter und Tiger, alles rasend im Kampf um den kargen Platz, um die schmale Spanne Zeit, die die steigende See ihnen noch gönnt. Draußen in öder Ferne treibt die Arche. Die Sündflut!

Und die Sibill las vor, was die Bibel, die große Urkunde Gottes, von jenem mächtigen Begebnis berichtet.

»Da klüfteten sich alle Brunnen der großen Tiefe, und des Himmels Schleusen klafften auf, der Regen schlug über Gebirg und Acker vierzig Nächte, vierzig Tage. Und das Wasser klomm über Bühel und Berg, so dass alle hohen Felsen bedeckt waren, die unter den Wolken sich bäumen. So hat alles Fleisch geendet, wildes und zahmes Vieh, die leichten Vögel im Wind, der Wurm, der durch die Erde wühlt, und auch die Menschen. Alles starb eines gräulichen Todes; alles, was Luft durch den Hals sog, ward vertilgt von der Erde.«

»Der Herrgott hat eine harte Hand«, murmelte die Kranke und ließ den Blick versonnen von dem Bilde gleiten.

Wenn sie noch einmal gegen die Erde losgelassen würde, die Sündflut! Wenn den Schöpfer der Regenbogen reute, den er vor viel tausend Jahren gepflanzt! Die Welt wimmelt von Lastern, und wenn Gott einmal sein Ohr recht scharf daran legte und eine Weile horchte, die Sündenkugel würde er zornig von sich stoßen, dass sie weit hinaus rollte in die äußerste Finsternis. O lieber gleich sterben, als das letzte Ende erleben! Lieber gleich sterben! –

Hart klinkte eine Hand an der Tür, und der Wulschbauer trat ein. Zugleich mit ihm huschte ein großer Kater in die Stube und floh unter das Bett.

»Verfluchtes Vieh«, polterte der Mann, »dir tret' ich das Kreuz ab, wenn du mir noch einmal unter den Weg rennst.«

»Schrei nit so«, klagte die Kranke. »Merkst du denn nit, dass es dahin geht mit mir?«

»Alte Weiber haben sieben Häute und sterben nit so leicht«, war sein ungefüger Trost.

Mitten in der Stube blieb er stehen. Er war wochenlang nicht bei der Muhme gewesen, Kranke waren ihm widerlich. Heute aber, da das letzte Heu geheimst und geborgen lag, wollte er selber nachschauen, ob die Ausgedingerin schon zeitig sei für die Grube.

Die blanke Ruhe des Altmuhmenstübleins machte ihn unsicher, er wusste plötzlich nicht, wohin er seine Hände tun sollte. So nahm er einen Stuhl und rückte ihn ans Bett, vergaß aber sich niederzulassen.

»Immer bin ich in dem Haus gewesen«, flüsterte die Agnes, »jetzt soll ich fort.«

»Seid nit verzagt, Muhme, heut' ist es an Euch, morgen an mir, alle Tag an wem andern.«

»Es ist gut, Marx, dass das Heuen vorbei ist. So habt ihr mehr Zeit für meine Leiche.«

»Ein schönes Begräbnis wird es«, prahlte der Wulsch. »Ich lasse es mir was kosten. Und die Gulden bring ich jetzt, dass sie Euch die Augen damit verdecken, wenn es aus ist.« Damit ließ er zwei Silberstücke auf den Tisch klingen.

Die Austräglerin kniff die bläulichen Lippen zusammen und sah ihn schweigend an.

Er hatte sich auf den Stuhl gesetzt und reckte die Beine von sich. Sein eckiges Kinn lag gezwängt in der Hand, auf deren magerem Rücken die Adernstränge wild versponnen zogen. Das bartlose Gesicht schien zu klein im Verhältnis zu dem langen Rumpf und dem breiten Rücken, der ein wenig bucklig war, da der hoch aufgeschossene Mann unter den niederen Türen und selbst unter der eigenen Stubendecke gebeugt gehen musste.

Das Schweigen in dem Raume ward zur Last.

»Steht das Korn gut?«, fragte die Muhme plötzlich.

»Mehr Stroh wär' nötig.«

»Und das Heu?«

»Schön haben wir es eingebracht. So ein Heuwetter denk' ich nit, seit ich lebe. Tag für Tag die Hitze, die Sonne hat nit auslassen.«

»Wenn ihr das Korn einführt, bin ich nit mehr«, redete sie schmerzlich, »beim Schnitt kann ich nimmer mithelfen, und ich bin auf dem Feld so gern gewesen wie in der Kirche.«

»In der Wirtschaft werdet Ihr mir abgehen«, nickte der Wulsch.

»Sonst nirgends?«, erwiderte sie scharf.

Er zuckte die Brauen, die wie ein Vordach über die Augen hinausstruppten. Diese Augen waren eng, doch schien es, als müssten sie sich nachts zu funkelnden Glühkugeln weiten können, ähnlich denen des Tieres, das verscheucht unter dem Bett lungerte.

»In die Altweibermühl' kann ich Euch nit schicken«, sagte der Bauer grob. »Die Alten müssen zusammenschliefen unter dem Totengräber seinem Garten.«

Und er stand auf und verließ grußlos die Stube.

Aufatmend richtete sich die Sibill, die über das Buch gebückt gesessen war, in die Höhe.

»Der Marx denkt nit an deine Liebtaten«, sagte sie, »er hat ein hartbuchenes Herz.«

»Der wird die Erde gern auf mich schütten«, schluchzte die Muhme. »Auf mein Geld lauert er. Und den Strix, das arme Tier, will er zertrampeln.«

Als der Kater seinen Feind nicht mehr in der Kammer gespürt hatte, war er aus dem Schlupf gekrochen und hatte sich schmeichelnd an dem Bettfuß gerieben. Nun sprang er zu seiner Herrin hinauf und drückte sich schnurrend an sie.

»Strix, wenn es dir schlecht ginge, ich hätte keinen rechten Frieden im Grab.«

Die Stimme der Agnes erwarmte an der Liebe, die sich jahrelang verströmt hatte über dieses Tier, das nun den grauen Kopf mit den grünen Augenschlitzen hob. Die spitzen, zottigen Ohren verliehen ihm etwas Eulenhaftes, es war, als hätte die Brunst einen Uhu und eine Wildkatz zusammengezwungen, diesen Kater zu zeugen.

Ach, den Liebling musste sie zurücklassen, ein Tiergeripp darf nicht im Friedhof ruhen.

»Sibill, recht viel Bilder gebt mir mit ins Grab«, begehrte sie. »Mein Lebtag hab' ich mir gern Bilder angeschaut. Und aufs Feld hinaus geh' und sag' dem Haar (Flachs), dass ich gestorben bin!«

Die Schattenhauserin nickte heftig, die Stimme versagte ihr.

Unter der schmeichelnden Berührung des Tieres schloss die Kranke die Augen und redete träumend.

»Seltsam ist es, dass das Himmelsglück ist, Gott anzuschauen. Ich hab' nie danach verlangt, sein Gesicht und seinen Leib zu sehen. Mir hat es genügt, dass ich gewusst hab', er lebt und ist über uns. – Und das eine fürcht' ich, dass ich oben die Hände im Schoß haben muss. Ich hab' nie gefeiert, und dort oben, wo seine Allmacht am Werk ist, wird es dort für mich was zu schaffen geben? Ich meine, Heimweh werd' ich kriegen nach der Arbeit.«

Sie war jetzt schon unglücklich, da sie in ihrem Siechtum lag wie in einem Sumpf und nichts heben und tragen und schieben konnte; sie verachtete ihre Hände, die polsterförmig gequollen und unnütz auf der Tuchent rasteten.

»Wird Gott mir oben auch ein Fenster lassen«, träumte sie weiter, »wo ich auf das Dorf hinunterschauen kann, auf den Kirchturm, auf unsere Felder? Dass ich weiß, ob die Dirnen fleißig sind und sie das Vieh nit hungern lassen? Und wie wird meine nackte Seele ausschauen? Ob es wahr ist, dass sie tausend Augen hat? Und werden meine Bauernkleider nit zu gering sein im Herrgottssaal? O wenn nur die Ungewissheit schon überstanden wär'!«

»Du bist bald in der Verklärung«, tröstete die Sibill, »und deine Jungfräulichkeit wird über dir glänzen wie Gold und Seide.«

»Ja, ich bin eine Jungfrau und so rein wie damals, wo noch der Mutterleib meine Herberg gewesen ist«, lächelte die Sieche, »und das wird mein Stolz in der Ewigkeit sein.«

»Deiner Seele ist es zu neiden, Agnes, dass sie so gelebt hat und dass sie bald auffahren wird.«

»Du wirst ja auch bald daran kommen, Sibill, du – und alle. – Es kann nimmer lange dauern mit der Menschheit. Hat doch der Heiland am Kreuz gesagt – und das ist sein letztes Wort gewesen –: ›Tausend Jahr und nimmer tausend Jahr.‹ Weiter ist es nimmer zum Jüngsten Tag.«

Der Pendelschlag klang auf einmal hastiger und eindringlicher, und die Sibill horchte einen Augenwink lang nach der Tür, dann stand die auf.

»Agnes, ich hab' eine Bitte.«

Die Augen der Alten, die eben noch fiebrisch gefunkelt hatten, klärten sich und sahen verwundert der blassen Freundin Blicke flackern und bohren.

»Schrecklich ist es«, flüsterte Sibill, »aber ich muss dich fragen, muss es wissen.« –

»So rede nur!«, drängte die Kranke.

Der Schattenhauserin bangte selbst vor der wilden Schrankenlosigkeit ihrer Neugier, gesenkten Auges stammelte sie: »Der Weg in die Ewigkeit ist furchtbar, es verlangt sich niemand zurück. Wissen möcht' ich, – aber es ist eine Todsünd', und ich sollt es nit begehren –, wissen möcht' ich, was du drüben siehst, – und drum bitt' ich, versprich mir, dass du dich meldest bei mir, wenn du gestorben bist, – und dass du mir erzählst, wie es zugeht nach dem Tod.« –

Die Sieche schwieg lange. Endlich sprach sie gedehnt und geheimnisvoll: »Ich will dir die Bitte nit abschlagen.«

»Du kommst?« Die Stimme der Sibill war vor Erregung heiser.

»In drei Tagen komm' ich.«

Die Schattenhauserin erschrak, dass ihr die Knie zitterten.

»O Gott, wenn ich nur nit allein hinüber müsst'! Wenn nur jemand mit mir stürbe!«, betete die Kranke. Ihr Geist schaute den Tod wie eine wüste Schlucht, deren wallende, schwarze Nebel er durchfliegen sollte.

Und dann dämpfte sie ihre Worte, als begänne sie ein schauriges Märchen.

»Einen Schädel haben sie einmal am Friedhof ausgegraben, niemand hat gewusst, wem er gehört hat. Aber es ist noch braunes Haar daran gewesen und der Draht an einem Jungfernkränzel. Der Totengräber hat den Schädel ins Beinhaus werfen wollen, aber ich hab' ihn mit Weihwasser gewaschen und wieder in die geweihte Erde vergraben. – Vielleicht fliegt mir jetzt die Seele entgegen, der ich das gute Werk getan.« –

Sie brach jäh ab, ihr Geist ward in eine andere Bahn gerückt, und sie fühlte wieder das starke, meerhafte Brausen im Fernen aufsteigen und nahen.

Die Katze sprang vom Bett herab, als wittere sie die Veränderung, die nun den Leib der Kranken treffen werde.

Die Muhme aber flüsterte hastig: »Die heilige Wegzehrung, hab' ich sie schon genommen? Ich weiß es nimmer.« Und dann in tiefer Bangnis: »O jetzt kommt das Wasser, jetzt, jetzt schlägt es über mich zusammen!«

Die Sibill fasste die seltsam kühlen Hände der Kranken.

»Agnes, kennst du mich noch?«

Die Augen der Sterbenden aber zielten starr ins Fremde hinaus. Ihre Seele schien hoch über den Sinnen fernem, furchtbarem Geschehen entgegen zu flügeln. Trotz der heißen Verwirrung der Worte, die stoßweise den Lippen entquollen, war ihre Stimme farblos, und der Sibill war, es rede eine Tote.

»Hörst es sieden – und sausen? Im Finstern rinnt es daher – das schwarze Wasser, aus den Wolken, aus den Bergen. – Ersaufen muss alles. – Die Erde reißt es auf, – die Gräber, – die Knochen schwimmen und die Schädel. – O mein gekreuzter Heiland, wo ist deine Hand?«

Die Stockuhr räusperte sich und schlug. Hastig beugte sich die Sibill über die Ringende.

»Vergiss nit, in drei Tagen musst du kommen!«

»Was weckst du mich?« Und das Flüstern der Agnes ward zum Hauch. »Wenn es nur lichter wär'! Jetzt ist es ganz finster, im Finstern – muss – ich – gehen.« –

Flammendurstig harrten die Kerzen auf den silbernen Füßen, aber die Sibill dachte ihrer nicht. Voll toller Neugier fragte sie die Schweigende: »Wie ist es? Siehst du schon hinüber?«

Sie fragte eine Tote.

Das Kinn der Alten war ein wenig gesunken, so dass ihre Miene wie ein leichtes Staunen war. Die unerschütterliche Ruhe, die von diesem staunenden Antlitz aufstieg, ließ endlich die Schattenhauserin verstehen, was geschehen war.

Rasch stellte sie die Uhr ab. Da begann eine tiefe Ruhe. Dann riss sie das Fenster auf, dass die Seele der Entschlafenen entrinnen könne.

In süßer Schwüle schlug der Ruch der Heuernte herein, der draußen das ganze Dorf erfüllte. Auch die Sonne strömte freier und heißer in den Raum und badete sich in dem blitzenden Silber der Gulden auf dem Tisch und brannte auf dem Fell der grauen Katze, die weitausgestreckt auf der Diele schlief. –

Die junge Wulschin trat mit ihrem Dirnlein aus dem sengenden Sommer hinein in den kühlen Flur. Den wildsüßen Duft der Juliwiesen mit sich tragend, schlich sie zu der Muhme Kammer, dort sah sie zum Türfensterlein hinein.

Sonne darin und ein offenes Fenster, wo des Efeus Laub unmerklich sich wiegte. Und ein stilles Weib im Bett.

»Lass mich auch hineinschauen, Mutter!«, bettelte die Kleine, das Spiel abbrechend, das sie mit ihrem weißgelben Doppelzopf getrieben.

Die Bäuerin hob das Kind empor. Seine Stirn ward hell von der Sonne drin. »Das Katzerl schläft«, lispelte es in sich hinein.

Nun trat die Frau in die Stube und beugte sich über die Muhme.

»Sie hat es überstanden«, kam es halblaut von der Ofenbank her.

Jetzt erst bemerkte die Bäuerin die Sibill. »Ihr habt die Kerzen vergessen!«, sagte sie.

Verwirrt stolperte die Schattenhauserin zum Tisch, und es währte lange, ehe die zitternden Hände den Docht entzündeten. Endlich brannten die Kerzen kläglich und bedeutungslos vor dem überhellen Glanz des Tages.

Die Wulschin hatte derweilen in altherkömmlicher Weise die Gulden auf die gebrochenen Augen gelegt. Nun konnte der Totenblick keinen zum Friedhof nachlocken.

Sie waren niemals recht Freunde gewesen, die Muhme und die junge Bäuerin. Die Agnes hatte es in ihrem Bauernstolz nicht verwinden könne, dass der Marx eines armen Besenbinders und Kochlöffelschnitzers Tochter gefreit hatte. Schweigend, wie zwei Zugtiere an derselben Deichsel dahergehen, eines scheinbar nichts vom andern wissend, hatten die beiden Frauen nebeneinander gewerkt und sich der schweren Arbeit gewidmet, die der Wulschenhof verlangte. Nun waren der Alten die Hände gesunken.

»Wir müssen sie anziehen, eh sie starr wird«, sagte die Sibill, die noch immer ratlos vor den Flämmchen stand. »Sie ist ein einem schweren Traum gestorben.«

Das Dirnlein zupfte die Mutter an der Schürze. »Was ist denn das, ›gestorben‹?«

Sanft nahm die Frau ihr Kind auf den Arm und wies auf die Verblichene. Das Mägdlein spähte verwundert nieder: Die Muhme schlief mit gefalteten Händen, über sie die Sonne, welche die Gulden nicht ausließ.

Das Silber aber blitzte so grell, dass es die Wulschin wie Furcht überkam und sie eilends ihr Töchterlein auf den Estrich stellte.

Dort hockte sich das Annerl zu dem Kater Strix nieder und tupfte ihn ins heiße Fell. »Du, die Muhme ist gestorben.«

Das Tier zahnte sie an mit dem weißen Gebiss und gähnte.

»Katz«, geheimniste das Kind weiter, »die Muhme hat silberne Augen.«

Als aber der Strix gleichgültig die Pfoten von sich reckte, da griff das Annerl danach und zog das träge Tier empor, dass es auf den Hinterfüßen stand und Ringareia tanzen musste.

Da öffnete sich die Tür ganz schmal, und eine rote Nase schnüffelte herein. »Hihihi, getanzt wird! Hihihi, da ist leicht lustig sein, wo die Tausender zu erben sind.«

Ein zahnlückig Weiblein mit huschenden Augen stand plötzlich in der Stube. Ihre Finger zuckten, als wollte sie nach den Dingen greifen, die in dem Raume waren.

Das Annerl ließ die Katze los, die stracks zur Türe hinaus wischte.

»Hihihi, die Durl ist da, die Totenansagerin. Nachschauen komm ich, ob ich den Verdienst krieg. Ein ganzes Jahr ist in Thomasöd keiner gestorben. Hihihi, der Totengräber muss verhungern, der Pfarrer verlernt sein Geschäft.«

Wie der Totenkauz vor dem Fenster des Siechen seinen Flug hat, so umspürte sie schon tagelang den Hof. Heute hatte sie ihre Begier nicht bändigen können, hatte, in das Haus dringend, das Kindertänzlein erluchst und vor Enttäuschung schon die Lefzen hängen lassen. Aber jetzt erkannte sie, dass ihr Spürsinn die günstige Stunde erraten hatte.

Sie humpelte ans Totenbett und sank mit kreischendem Ächzen so arg in die Knie, dass man den Anschlag vernahm.

Schluchzend presste sie ihr Gesicht in die gewürfelte Tuchent und prüfte nebenher mit den ruhlosen Fingern, wie stark die Leinwand dieser Decke sei.

»Mein süßer Herrgott und du liebe Jungfrau Maria-Rast-am-Stein! So hat sie es denn wirklich vollbracht und hat in den schönsten Jahren scheiden müssen! O du Wohltäterin der Armen, was liegst du da und rührst dich nit? Nur ein einziges Wörtel red' noch, nur einmal noch tu die Augen auf! O mein Gott, warum hast du nit mich für sie von der Welt genommen?«

Mitten aus ihrem Wehgeschrei heraus hob sie das rote, beträute Gesicht und bat: »Wulschin, gebt mir ein Gewand von ihr, dass ich ein Andenken hab'. Sie ist gar so weichherzig gewesen.«

Die Sibill war sich plötzlich des Verlustes ihrer Freundin voll bewusst, sie schlug die Hände über den Kopf zusammen und heulte. Während nun die Wulschin ihr geängstigt Dirnlein zur Tür hinausschob und die Sibill zu beruhigen strebte, prüfte die Durl das Hemd der Toten.

Endlich hatte die Bäuerin die Verzweifelte zur Ruhe beredet und befahl nun, die Botin möge im Dorf den Tod der Muhme künden. Die Durl aber rührte sich nicht vom Fleck, sie war wieder zu Atem gekommen und hub neuerlich an.

»In meiner Größe ist sie gewesen, wir hätten von derselben Mutter sein können. Ein Kittel von ihr wär' mit nit zu kurz. O du brennendes Herz Jesu, gar so viele Wohltaten hat sie mir ihr Lebtag getan, und jetzt kann sie mir nix mehr tun! Wulschin, ich werde für sie beten. Aber gebt mir ein Paar Schuh von ihr, im Grab braucht sie ja keine.«

Der Bäuerin stieg ein tiefer Widerwille auf.

»Gib Ruh«, sagte sie grob, »die Leiche ist noch nit kalt.«

»Ein Tüchel benötige ich auch«, bettelte dir Durl weiter. »Schaut her, wie mürb mein Kopftuch ist. Beim Hetschepetschbrocken hab' ich mir es zerrissen im Herbst, die Stauden haben mir es verdorben. Arme Leute müssen durch Steine und Dornen schliefen, dass ihnen das bisschen Leben bleibt. Nit eine jede hat es so gut, dass sie ein reicher Bauer aus der Not nimmt.«

Der Wulschin flammte die Stirn, aber sie schwieg.

»Einen hausgewebten Kittel hat die Agnes«, fuhr die Bettlerin fort.

»Der wird nit hergegeben«, sagte die Bäuerin kurz.

Die Durl milderte ihre schrille Stimme zum geheimnishaften Raunen. »Was liegt mir an dem Kittel?! Der macht mich nit reich. Aber versprochen hat mir ihn die Agnes. Sie hat keine Ruh im Grab, wenn der Rock nit mein wird. – Hört, Bäuerin, lasst mir den Kittel, ich bring Euch Weihwasser dafür.«

»Das haben wir selber genug.«

»Jetzt geh ich ins Dorf und bitte die Leute recht herzlich zum Begräbnis. Den Kittel hol' ich mir schon, hihihi.«

Damit erhob sich die Durl. –

Im Hof stand der Marx Wulsch vor dem Hackstock. Als er die Alte kommen sah, hob er blitzschnell die Axt. Krächzend vor Angst hinkte sie zum Tor hinaus. Er aber ließ die Hacke niedersausen, dass sie tief ins Holz fuhr, und begann, einen gemächlichen Ländler vor sich hinzupfeifen.

Das letzte Licht war von Kirchturmknopf und Waldgiebel gewichen, im zweifelnden Zwielicht schritt der Tag heim wie ein müder Schnitter, die silberne Sichel im Gurt. Hinter ihm her entrannen die Schatten ihren Höhlen und Horsten, da ward es in den Bäumen finstrer, und der Olschbach rann schwarz dahin. Und immer grauer legte die Dämmerung den Leidschleier über das Dorf, über die Wipfel, die der Wind einwiegte, über den kühlen Tau. Schwer wuchtete die waldige Kuppel des Wolfsrucks.

Da kam es die holprigen Feldsträßlein, die begrasten Steige daher: Die Einschichten und Hüttengruppen sandten ihre Menschen in das Haus, das heute der Tod berührt hatte.

Die weißen Mauern des weitläufigen Gebäudes entzündeten sich schon an dem wachsenden Mondschein, bläulich glommen die vielen Fenster auf.

Die tote Muhme lag auf einem Brett hingebahrt, im kargen Haar grünte ihr ein Zweiglein Rosmarin, und ihre Hände vereinten sich über dem Betbuch. Ihr zu Häupten standen gelb und steif die Kerzen, und die Flammen daran wurden unruhig, wenn jemand in die Nähe kam, um die Tote mit geweihtem Tau zu besprengen oder mit frommen Bildlein zu schmücken.

Die Leute von Thomasöd waren arm. Manchem gehörte die Hütte, darin er wohnte, nur bis zu den Dachtropfen, andere hatten zwar ein winziges Gütlein, doch verloren und hilflos lag es eingesprengt in dem ungeheuern Waldbesitz des Fürsten, dem sie auf Gnade und Ungnade ausgeliefert waren. Der Wulsch war der reichste unter all diesen mühseligen Holzbauern, Schindelschneidern und Kleinbauern.

Achaz Rab, der Bruder der Sibill, betete an der Leiche vor, und wenn seine eintönigen Worte endeten, setzte ein Gebrodel von dumpfen und klaren Stimmen ein.

Der saure Geruch des Schweißes füllte den Raum, denn die Beter waren von der Sense und vom glutenden Wiesentag hergekommen wie aus einem Feuerofen. Das Gras schneiden, wenden und heimsen hieß es nun Tag für Tag, von grauender Frühe bis in die müde Nacht, von Morgentau zu Abendtau, von Sternlicht zu Sternlicht. Und heute hatte sie die Sonne mit schwerstem Segen gesegnet. Viele ließen die schmerzenden Arme hängen und beteten müd und teilnahmslos. Sie rafften sich erst auf, als der Achaz Rab die Schlussbitte für die armen Seelen sprach, und eilten dann heim, denn in wenigen Stunden begehrte wieder das Gras nach ihnen, das die feuchte Finsternis jetzt schmeidigte.

Nur der Holzhacker Ehrenfried blieb, denn er war beamtet, die Nacht zu wachen bei der Toten. –

Als die Wulschin sich in ihre Kammer leuchtete, saß das Annerl noch wach im Bett.

»Mutter, ist die Muhme noch gestorben?«, fragte sie.

»Ja freilich! Aber jetzt schlaf ein, spät ist es schon.«

»Kommt der Vater nit?«, redete das Kind. Es hatte sich hingelegt und die Augen geschlossen.

»Nein«, erwiderte die Frau, und ein gramer Zug haftete an ihrem Mund, »er wird auf die Wiese gegangen sein.«

»Gelt, er will den Bilmes mit der silbernen Sense verscheuchen?«, flüsterte das Dirnlein noch immer verschlossenen Auges.

Wie es so blass und reglos lag! Und die Bäuerin dachte der Reglosen jenseits des Flures, und eine böse, ahnende Angst ergriff sie, so dass ihr der Herzschlag stark ging und fast weh tat. Sie fasste ihr Kind beim Arm und rüttelte es.

»Annerl, tu die Augen auf!«

Als sie in die stillverwunderten Unschuldslichter des Kindes sah, kam ihr wieder die Ruhe. »Beten sollst du noch einmal!«, sagte sie weich.

Gehorsam die zartfügigen Hände aneinanderlegend, sprach das Annerl einen alten Kinderspruch, der wohl schon gebetet war, als vor Jahrhunderten die Roder den ersten Baum am Wolfsruck stürzten. Doch klang er selten mehr im Dorfe, denn seine geheimnisdunklen Worte wurden nicht mehr verstanden, und jüngere, glatte Gebete schoben das alte, ungefüge in die Vergessenheit zurück.

Auf des Annerls Lippen aber entfaltete sich dies raue Gebet wie eine Lilie.

»In Gottes Namen tritt ich, meinen Herrn bitt' ich um liebe Engel drei: der erst, der mich weist; der zweit, der mich speist; der dritt, der mich führt ins himmlische Paradeis. Da steht ein guldner Tisch, sitzt der Herr Jesuchrist dabei, er leset und schreibt für die ganze Welt vom brennenden Brand, von Adel und Eh', dass ich dem bösen Feind entgeh. Die erst Bitt' für meine Mutter, die zweit für meinen Vater, die dritt für meine eigene Seele selbst. Amen.«

Sie sprach das Gebet so kindessüß, dass es der höchsten Weisheit voll schien.

Bewegt beugte sich das Weib über die Beterin, ihren Mund zu küssen, doch in Scham richtete sie sich wieder auf und trat vom Bett. Der Kuss von Mutter zu Kind war nicht Sitte in dem herben Hochdorf.

Der Himmelreicher hatte am frühesten die traurige Andacht verlassen, denn steilauf und geröllig führte der Weg zu seinem Anwesen, das als höchstes im Dorf, ›das Himmelreich‹ hieß.

Silberüberschwemmt und traumhaft starrte das Gelände, die Wiesenhänge gleißten im weißen Licht.

Der Viertelmond war des Bauern Gesell, er wanderte mit ihm über die Ähren dahin und dann über des Jungtanns Wipflinge.

Vergnüglich schaute der Berggänger am Himmel das Bild, das sich ihm schon in vielhundert Nächten geboten, wenn er sich aus der Stube in die funkelnde Nacht hinausgeschlichen hatte, um mit dem Fernrohr den Tanz der Sterne zu belauschen. Wie sie sich in mächtigen Bogen über die Wälder drehten, wie sie hinter dem Wolfsruck versanken und wieder aufgingen! Und alle Nächte erschienen sie und lugten auf Dorf herunter.

O, er kannte die Funkler oben gut in ihrem Wandel und ihren Farben! Keiner in Thomasöd und auch in den Nestern der Tales, keiner fand sich so zurecht auf dem Sterngrund als er Himmelreicher.

Wie er nun so fürbass trabte, flog ein Leuchtwurm auf und war in der Höhe mit seinem irrenden Grünglanz fast anzuschauen wie ein Sternlein, das der Veitstanz befallen hat. Und da stieg es dem Bauern jäh in den Sinn, dass im künftigen Jahr ein wilder Leuchtwisch einbrechen werde in diese friedenstrahlende Gemeinde der Nacht. Mit flammender Mähne, ein bedrohliches Ungeheuer, wird er oben feurizen, der Komet.

Woher kommt er? Wer lenkt ihn her, dass er die Menschheit ängstigt und düstre Weissager sich seiner bemächtigen? Führt ihn die Hand Gottes wie ein Schwert, die Völker zu züchtigen?

Schon manchen Schreckstern hat der Himmelreicher über die gewölbte Nacht wischen gesehen, schadlos sind sie dahingefahren, verblasst und verwandert.

Aber dieser?! –

In Krummau war der Bauer zunächst gesessen im Einkehrhaus »Zum Elefanten«, da hat er am Wirtstisch die Rede klüglich auf den Kometen geleitet. Und es ist dort einer gewesen, der hat ein Büchel geholt aus seiner Brusttasche, hat mit dem Finger darauf gedeutet, dass diesmal der Notstern mit dem Schweif die Erde streifen wird, und ist auf einmal alles gräulich still gewesen am selben Tisch, und ist schier allen der Durst vergangen, und der Wirt hat ein finsteres Gesicht geschnitten auf den Mann mit dem Sternbüchlein.

Auch hatte ein gelehrter Herr es in die Zeitung drucken lassen, dass der Komet die ganze Luft vergiften könne und dann alles ersticken müsse, Menschen und Vieh.

Das eine war dem Himmelreicher gewiss: Der Stern muss ein Notjahr bringen; ob Dürre oder hohes Wasser, Erdbeben, Krieg oder die wilde Sucht, das weiß Gott.

Und er senkte sorgenvoll das Haupt. Die Erde tat ihm leid. –

Auf dem Feldsteig vor ihm begann ein Rädlein zu schrillen. Es musste eben gerastet haben, weil alles so gar still gewesen, dass man die Luft in den Wipfeln des schlafenden Sommerwaldes zaudern gehört hatte, und als der Himmelreicher aus dem dunklen Holzwuchs heraustrat, merkte er, dass ein Mann einen beladenen Rädelbock längs des Feldes hinschob. Es war der Sixtel, ein gewesenes Knechtlein, der sich in seinen alten Tagen ein kleines Haus erworben hatte und nun darin einsam und wunderlich werkte.

Der Himmelreicher schleunte seinen Gang, doch der mit dem Schubbock begann nun auch viel emsiger zu rädeln, als fliehe er einen Verfolger. Aber auf einmal verstummte das Geschrill, den Sixtel schien Kraft und Atem verlassen zu haben. Also holte ihn der Bauer ein.

»Ein gutes Gespräch kürzt den Weg«, meinte der Himmelreicher, und plötzlich riss ihn ein Staunen zurück, und ihm verschlug es die Stimme.

Auf dem Schubbock gebahrt lag ein schmächtiges Kühlein. Es schien selber recht verwundert über seinen Zustand zu sein und glotzte sinnend die zwei Männer an.

»Recht sanft hab' ich sie angebunden, die Kuh«, sagte der Sixtel. »Ich glaub', der Strick tut ihr nit weh. Freilich, das Liegen auf der harten Leiter wird ihr zuwider sein, aber wir sind ja gleich daheim im guten Stall.«

»Fix Kranwitstauden!«, lachte der andere, der sich noch immer nicht fassen konnte. »Eine Kuh solcherweise heimschaffen, das hat die Welt noch nit gesehen. Schämst dich nit, Sixtel?«

Der Häusler tat beleidigt. »Sie schaut gering aus, Bauer, aber müd bin ich dennoch worden vom Schieben.«

»Wo hast du sie denn um Gottes willen erhaust? Hast du sie dem Abdecker gestohlen?«

»In Oxbrunn hab' ich sie gekauft, ich hab' nit lang um sie handeln müssen. Beim Heimtreiben hat sie nimmer weiter können, sie ist die Berge nit gewohnt. Drum hab' ich mir das Rädelwerk ausgeliehen. Die Höhe herauf ist es langsam gegangen, und so hat mich die Nacht eingeholt.«

Kopfbeutelnd betrachtete der Himmelreicher das Tier. Es war ungemein niedrig und mager, Rückgrat und Rippen ragten stark hervor, und an den Weichen tieften sich große Hungergruben.

»Die Kuh wird nit stehen können«, urteilte der Bauer.

»Sie wird schon zu Kräften kommen«, widerstritt der Sixtel, »auf dem Wolfsruck wächst eine gute Wurz.«

Hernach spreuzte er kräftig in die Hände und schob an.

»Verzag nit, Kühlein, gleich sind wir daheim.« So redete er tröstlich seinem Tiere zu und wünschte ihm eifrig ein »Helf Gott!«, als es darauf geniest hatte.

Unten reckte sich der Kirchturm von Thomasöd wie ein riesiger Nachtwächter. Über dem Wald im Mondschein sang unermüdlich die Heidelerche, und von den Wiesen wehte es feucht und wohlig kühl herüber.

Die beiden Männer zogen an den verwahrlosten Gründen des Ambros Hois vorbei, des einzigen Menschen im Dorf, der mit Brillen auf den Acker ging, und der nun, seit Jahren von unstillbarer Lesewut ergriffen, sein hübsches Gut verderben ließ.

Nun wuchs auch das Haus dieses verlorenen Mannes groß und stattlich auf, die Nacht aber konnte seinen Verfall nicht hehlen. Daneben kauerte bescheiden das Häusel, das der Brillenbauer jüngst in seiner Not hatte dem Sixtel verkaufen müssen.

Ein karges Licht drang aus dem Brillenhof.

»Er liest noch«, sagte der Sixtel, »dabei vergisst er Zeit und Ewigkeit.«

»Und das Dach verfault ihm über dem Kopf«, murrte der Himmelreicher.

Er spähte in die Stube, kahl und unheimlich sah es drinnen aus. Das Uhrpendel stand still, Spinnweben mochten es am Gang hindern.

Unter der tiefhängenden Lampe saß ein Mann über einem breiten Buch. Seine überbrillte Nase folgte dem Lauf der Zeilen wie ein Zeigefinger, seine Lippen formten flüsternd die gelesenen Laute, die Brauen hoben und senkten sich, das ganze Haupt des Brillenbauern las mit, nur die Zipfelhaube darauf stand steif und anteilslos.

Da klopfte der Himmelreicher an die Scheibe. Der Lesende sprang auf und stieß fast mit der Schulter die Lampe herab.

»He, Ambros Hois!«, rief der draußen. »Morgen wird ein schöner Tag zum Heuen.«

Der Brillenbauer erkannte den Rufer nicht.

»Was willst du denn in der Nacht?«

»Ambros, hast du die Hochwiese schon abgemäht? Das Gras fault, es wird ihm zu eng, es muss an sich selber ersticken.«

»Ich tu, was ich will«, erwiderte der drinnen unwirsch. »Und was für einer bist denn du, dass du den Leuten ans Fenster klopfst?«

»Bauer, schlag dein Büchel zu!«, mahnte es wieder. »Dengel deine Sense! Mondscheinig ist es, mäh die Hochwiese ab! Eine Sünd' ist es, das Gras so verkommen zu lassen. Arbeite, dass du nit einmal in Läusen gehst. Deine Wirtschaft hält es nimmer lang aus.«

»Mich hält es noch aus!«, schrie der mit der Brille trotzig.

»Der Bettelstecken ist ein schweres Holz, Ambros. Und jetzt sag ich dir eine Gute Nacht.«

»Mich hält es noch aus, Sterngucker«, rief der Hois, der nun den lästigen Mahner erkannte.

Und als der Himmelreicher vom Fenster zurücktrat, merkte er noch am Schatten der Gupfhaube in der Stube, dass sich der Brillenmann wieder über sein Buch beugte.

Indessen hatte der Sixtel die Kuh in sein winziges Gehäus geschafft, das nur aus einem Stüblein und dem Raum fürs Vieh bestand und dessen Eingang durch den Stall führte.

Ein Heuschreck grillte, den hatte sich der Sixtel auf den Kirschbaum vor seinem Fenster gegeben, dass er ihn in der Nacht singen höre, und die Geiß im Stall meckerte lustig ihrem Herrn entgegen.

»Das Glück ist spät zu dir gekommen, Sixtel«, sagte der Himmelreicher, »aber wenn du nit auch zu lesen anfängst, kannst du deinem Nachbarn noch den Hof abkaufen.«

»Ich will nit mehr haben«, lehnte der andere ab, »mir ist das Meine genug. Ein Häusel und Heu für eine Geiß und eine kleine Kuh, so hab’ ich es immer verlangt, so hab’ ich es erreicht. Ich verlang’ nix mehr, ich hab’ schon das Paradies auf der Welt.«

»Du bist wie der Stieglitz, der in Dorn und rauen Disteln froh ist«, lobte bedächtig der Bauer, »das Heu von der Hochwiese tät ich aber dennoch pachten, gleich ginge ich an deiner Stelle zum Brillenbauern. Und jetzt sag ich dir eine Gute Nacht!« –

Weiter stapfte der Himmelreicher seinem Hofe zu. Wieder war er einsam mit den vertrauten Sternbildern, der Himmelswagen und der Dreipeterstab wachten und glühten, und die mattfunkelnde Milchstraße spannte sich im Äußersten wie ein gewaltiges Weltenband.

Der Himmelreicher war sich der maßlosen Ferne der Gestirne bewusst und lachte nur, wenn der Erzählmann Jakob ernstlich sich verschwor, er habe einmal auf dem Schöninger oben den Mond, als er gerade über diesen Berg aufgegangen sei, gestreichelt, und dieser habe dazu geschnurrt und getraundelt wie eine Katze auf der Ofenbank.

Heute aber schien sie dem Bauern unheimlich, die gewölbte Pracht, aus er die Unendlichkeit mit ihren Sternenaugen groß und rätselhaft herab starrte, und er empfand plötzlich den funkelnden Weltraum als etwas grauenhaft Heimatloses, sein Denken kehrte, sich nach der Enge sehnend, leidenschaftlich zu dem Flecklein Erde zurück, das er bebaute, das ihn nährte, und seine Seele schmiegte sich an die Heimat wie an einen traulichen Feuerherd.

Die Tochter der Achaz Rab hatte nach der Totenandacht sich mit einer Freundin verplaudert und eilte nun, den Vater einzuholen, der schon weit voraus sein musste.

Enge Raine schritt die Dirne, und des grünen Kornes Überschwang schlug schier über ihr zusammen. Das Mondlicht rieselte an den Birkenstämmen nieder, ihren Glanz noch geisternder machend, oder sickerte in das verworrene Laubdickicht einsamer Buchen.

Fern rasselte noch ein Fuhrwerk, aber es wurde bald still und hatte sein Heim gefunden. Einmal rollte ein Hund irgendein Wild an.

Selten nur hob sich die Luft, und dann wallte und wich das Getreide, als ob geheimnisfinstre Wesen es durchschweiften. Sonst aber war die Stille gewaltig. Kein wisperndes Vöglein, keine Rede, kein Ruf mehr über die Wiesen. Die Menschen ruhten.

Wie schwül jetzt wieder die Luft stieß! Das Korn verwellte sich zu Silber, eine Rainbuche ward zur hastigen Raunerin.

Wenn sich jetzt diese schwanke Halmenmauer aufrisse und eines jener fremden Wesen herausspie, die im tiefen Roggen ihren Spuk treiben, wie der Bilmes, der silberne Sensen um die Knie gebunden hat, des Landmanns Korn tückisch zu fällen!

Wieder legte sich der Wind, und großartig starrte der Friede der Felder.

Nein, hier lauert kein höllischer Nachtsichler, kein Dämmergespenst, nur segnende Geister weben über dem werdenden Brot.

Es reift heuer schnell. Ohne Aufhör ist die Sonne an der Arbeit, und heute ist es heiß gewesen, als sollte das Feldstroh in Brand gesteckt und das Korn schon in der Ähre gebacken werden. Die Steinmauern um die Äcker müssen jetzt noch warm sein von des Tages heftigen Gluten.

In solchem Sinnen zog die Liesel durch die Kornwildnis, bis ein Wachtelruf aus fernem Getreide sie störte. Wie eines verborgenen Geistes Lockung stieg es aus den Ähren.

In sonderbarer Erregung wandte sich die Liesel um. Hat jemand den Vogel aufgeschreckt? Die stillen, traulichen Gassen zwischen dem Korn waren auf einmal unheimlich, die Schatten der Tannen züngelten hoch empor.

Katzengeduckt lauerte der Wolfsruck, der dunkle Berg. Es war, er müsse aufspringen und den Mond totbeißen und aussaugen oder noch viel Ungeheuerlicheres vollenden.

Grüngelbe Leuchtwürmer funkten gleich geflügelten Perlen auf, irrten unschlüssig und verloschen.

Auf dem Rain aber jagte dämmerhaft eine Gestalt daher. Ihre langen Sprünge waren nicht zu vernehmen, das Gras dämpfte sie.

Der Liesel stockten die Sinne vor Staunen und Schreck. Wie dieser hässliche Schatten raunte! Wie er fast flog! Er lief ihr nach! Was wollte er von ihr? Wer war es?

»Der Bilmes!«, zuckte es in ihr auf, und aus bangen Kindergeschichten grinste das wüste Korngespenst empor.

O, der wird sie umkrallen mit den zottigen Armen, anstarren wird er sie und weit auftun die roten Augen, dass es kein Wehren mehr gibt! O, er wird sie hinmähen, wie er die Halme mäht, durch die ihn sein verworfener Weg führt!

Das Mädchen rannte dahin auf ihren starken, jungen Beinen. Aber die grässliche Angst machte ihre Glieder schwer und schwerer, ihr war wie in einem Traum, wo man entrinnen will und sich nicht regen kann.

Nirgends Hilfe! Nur gleichgültig das Korn – und dann ein Baum, der selber wie ein finstrer Feind wartete. Die Knie knickten ihr ein. Es gab keine Flucht vor dem struppigen Scheusal.

So ging sie langsam und mit keuchendem Busen und fühlte, wie der Unheimliche sich näherte. Ach, nun wird seine Sichel blutig werden! Schon schnaubt sein Atem ihr an Hals und Haar.

Sie stand und konnte nicht schreien, Herz, Blut und Atem stockten ihr. Ein rechter Arm packte sie um die Hüften.

»Bleib!«, raunte es.

Da riss es ihr krampfig den Kopf zurück, und sie erbebte noch mehr, als wenn sie in des Bilmes unholde Fratze geblickt hätte. Zwei geierhafte Augen waren auf sie geheftet, vor deren Flackern und Drohen ihr schon seit je gegraut hatte und deren Begehr sie erst jetzt schaudernd verstand.

»Rühr' mich nit an, Wulsch!«, keuchte sie. Sie rang sich aus seinen harten Händen, sie stieß mit den Beinen nach ihm, mit den Armen, die von schwerer Arbeit kräftig waren wie die eines Mannes.

Er aber verwühlte seine Finger in ihren lichten Haarstrang und tat ihr furchtbar weh, er packte sie mit einem Ungestüm, dagegen ihre Kraft zuschanden ward. Sie wollte schreien, der Atem kam ihr nicht aus dem Hals.

Seine Finger waren eisern wie die Zähne einer Egge. Gewaltiger aber waren seine Augen. Wie eine Last wuchteten sie auf dem Mädchen, sie verboten ihr den Notruf, sie brachen ihr Wille und Widerstand.

»Dirn, wehr dich nit, ich müsst' dich würgen!«, atmete er sie an.

Da hing sie in seiner Kraft, wehrlos untertan seiner Gier, und ließ geschehen, was er wollte.

Nur als er sie ins knisternde Getreide drängte, ging noch einmal ein letztes Wehren von ihrem Leib aus. Ihr Bauerngefühl zuckte auf. »Nit ins Korn«, wimmerte sie, »nit ins Korn!« Er aber riss sie schweigend mit sich.

Das Korn schlug über ihnen zusammen. Und die Sterne starrten mit verstörten Augen.

In der Altmuhmenstube wachte der Ehrenfried, lächelnd und mit abseitigen Gedanken lehnte er an dem grünen Kachelofen.

Hie und da rührte sich ein halbes Geräusch in dem schlafenden Haus: Hinter den Mauern irgendwo schnarrte eine späte Uhr, einmal war es wie wildes, gedämpftes Weinen, – einmal schloss jemand vorsichtig eine Tür, schlich durchs Haus, stieß irgendwo an ...

Dann lange die Stille wie ein Bann.

Und die Uhr jenseits der Wände schlug wieder, noch schläfriger, noch müder.

Auf einmal klagte ein Katzenschrei vor der Tür. Unheimlich verhallte er im Flur. Der Strix wollte wohl, wie er es gewohnt war, zu seiner Herrin.

Da erhob sich der Wächter, seine elchskrumme, große Nase schnupperte. Vielleicht will der Kater die Tote anfressen? Drum meldete er zum Schlüsselloch hinaus: »Heut' ist kein Leichenfleisch feil.«

Aber das Tier draußen erwiderte in gezogenem Miau, und der Ehrenfried hörte, wie es ungebärdig an der Tür drängte und kratzte. Ihm ward recht scheusam zumute. Mitten in der Stube stand er und zitterte wie espenes Laub.

Als aber das Vieh gar zu grauslich tat, da langte er nach seinem Stecken und öffnete ganz eng die Tür.

Draußen war die Finsternis an zwei Stellen gespalten, und die Schlitze waren grüngrelles Glimmen, waren sprühende Augen, die sich gegen die Tür bewegten. Hastig schlug der Ehrenfried hinaus, die zwei Schimmerwesen erloschen, ein kleiner, klagender Laut entrang sich der Katze, und sie blieb still.

Zufrieden, dass er dem Leichenschänder das Gelüst verbittert hatte, setzte sich der Holzhacker neben die Tote hin und nickte ein. Sein Oberkörper sank weit über die Knie hinaus, und die Luft rasselte an seinem Gaumen rau wie eine Baumsäge.

Niedrig schon brannte die Kerze, und an das Fenster stießen zwei Flügel, die das Licht aus der Nacht gelockt hatte.

Der Frühwind, der Tautrinker, war schon rege, und rossweiße Wolken lugten über die Kuppel des Wolfsrucks.

Da wiegten sich zwei Immen an einer Blüte, da mähten der Sixtel und der Tagwerker Gregor die Hochwiese. Der Sixtel eng-schultrig, schmächtig und klein, ein Wiesenwichtel; der andere aber ein Mann aus Riesenland, hoch über das landesübliche Maß empor-geschossen, grobschlächtig, das Antlitz eine borstige Wildnis und am Hals einen mächtigen Kropf, der ihm schier bis zu dem Nabel hinab baumelte. Zum Fürchten sah er aus trotz der funkelnden Gutmütigkeit in seinen Augen.

Die Sensen tauchten hastig ins tauschwere Gras. Am Wolfsruck hieß es hurtig ernten, denn früh und jäh überrumpelte oft der Winter das Hochdorf.

Die beiden Gesellen arbeiteten schweigsam wie Schatzgräber, die einen Hort heben und dabei stumm sein müssen. Mit gespreizten Beinen stand der Gregor, seine Sense hatte einen großartigen Schwung und warf den rotstolzen Ampfer und die Hausblumen, deren Gelb der Wiese einen feinen Goldton verlieh, und alles Blü-melwerk, was da voll Zier und Liebheit spross. Er senste bloßköpfig, sein zottiges Haar schirmte ihm den Scheitel vor der Sonne. Der

Sixtel trug einen Strohhut, von dem aber nur die Krempe übrig war.

Die beiden mähten in Hemd und Hose, dennoch aber gleißten ihre Stirnen vor Schweiß. Die Röcke hatten sie unter eine Föhre gelegt, die einen Steinwurf weit vom Forste wuchs, vereinsamt und düster, als hätten sie die Tannen und Buchen aus ihrer Gemeine verstoßen.

Nun sich das milde Frühglöckel aus dem Kirchdorf herauf meldete, rasteten sie unter dieser Föhre. Der Sixtel ließ ein Reisigfeuer zwischen drei Steinen lodern, darauf er den Milchhafen setzte. Hernach brockte er einen tüchtigen Zwickel torfbraunen Brotes in die rauchende Suppe, indes der Taglöhner die blechernen Löffel aus dem Schnappsack zog. Dann begann das Frühessen.

Bäuchlings lagen sie sich an der Schüssel gegenüber. Dem Sixtel war die Milch zu heiß, er musste sie sich erst durch Blasen verdienen. Den Gregor aber schreckte die Siedhitze nicht, aus Leibeskräften machte er sich über das Frühstück her. Seine treuherzigen Augen flackerten dabei, als rollten sie unter den Brauen eines Menschenfressers, die Lippen klafften über den beängstigend gezahnten Schlund, der nun zu malmen und zu schlingen anhub; die ganze Haut dieses Bilmesgesichtes rührte sich samt der Stoppelsteppe, daran des Bartschabers Kunst oft erlahmt war.

Der Sixtel, den auch ein scharfer Hunger angefallen hatte, musste sich fleißen, seines gerechten Teiles habhaft zu werden. Er war aber bald satt und lauschte nun in den Wald hinein, darin die Luft mit der Vögel frohem Getümmel verziert war. Wie in einem ungeheuren Orgelwerk atmeten darin tausend Pfeiflein, und es flötete, trillerte, rollte, guchzte und gurgelte bunt und erfreulich durcheinander.

Da schien es dem Sixtel, als schnüre ein Fuchs über die Schneise, die schnurgerade vom Gipfel des Wolfsrucks niederglitt. Auch der Gregor fing Witterung, er stemmte die Hände gegen den Grasboden uns sah auf.

Von dem geröllbesäten Ausgang der Schneise winkte ein Kerl herab, rotbärtig und dürr. »Gregor, in Gottes Namen, friss den Löffel nit!«

Der Riese grinste und leckte die weiten Lefzen.

»Hast Hunger, Thomas? So iss mit uns!«

Der Gerufene watete durch die goldenen Hausblumen heran, wälzte sich neben das Feuerlein hin, reckte wollüstig Arme und Beine von sich und lag endlich still, die bloßen Fersen gegen den Himmel gekehrt. Der breite Rotbart und die gebogene Nase prägten seinem Gesicht einen gewissen Adel auf, doch störte darin ein Lächeln, das Spott und Zweifel unrein machten.

Der Thomas war heute der erste im Wald gewesen, er hatte gefürchtet, dass ihm ein anderer im Schwämmebrocken zuvorkomme. Denn dies war sein Geschäft. Sonst strengte er seine Hände nicht viel an, nur im Winter, wenn die Not ihn zwickte, stapfte er als Flickschneider von Hof zu Hof.

In seiner Kunst, die Schwämme aufzustöbern, ward er von vielen bitter beneidet. Er wusste um alle Siedlungen des köstlichen Steinpilzes und des milchigen Brätlings; den rauen Strunk des Birkenpilzes, die dotterfarbnen Rehlein, Ziegenlippe und Bärentatz, alles heimste er ein und gönnte den anderen nur die scharlachnen Wunder des Fliegenschwammes und des Satanspilzes giftige Sippe. Kein Moos, kein Gebüsch feite vor seinem allwissenden Blick.

Diesmal aber schien er keine Beute gemacht zu haben.

Eine Weile sah er tiefsinnig zu, wie der Gregor die angerußte Schüssel hob und den Rest darin in den Hals goss. Hernach wollte er wissen, wie denn der Häusler zu der Mahd auf diesem abgelegenen Wiesgrund käme, und er erfuhr, dass der Brillenbauer dem Sixtel einen Fleck Gras verpachtet habe, so groß, als ihrer zwei bis gegen das Mittagläuten ermähen.

»Eine seltsame Lust hat der Ambros Hois«, meinte der Thomas, »allweil und immer in den Büchern zu blättern.«

Er drehte sich wieder auf den Rücken, stützte ein Knie übers andere und ließ die Zehen spielen. Diese waren sehr beweglich und vermochten die Pilze zu ertasten, die noch nicht ausgekrochen waren und versteckt unter der Waldstreu knotzten.

Wie die Jünger am Ölberg lagen die drei da.

Der Sixtel schielte nun nach seiner Sense. Die warf das Sonnenlicht mit einem blendenden Blitz gegen sein Gewissen und forderte ihn dringlich wieder zur Arbeit. Er hob sich also in die Knie, um aufzustehen. Aber er hatte nicht mit des Roten listigen Anschlägen gerechnet.

»Gestritten haben sie auch gestern im Pfarrhof«, begann dieser harmlos.

»Hm, hm«, brummte der Sixtel, »wer denn?«

»Der Pfarrer hat vom Wulsch vierzig Gulden begehrt für das Begräbnis.«

»Mariandjosef, so viel Geld!«, entsetzte sich der Häuselmann und legte sich wieder hin.

»Erst hat der Wulsch handeln wollen«, erzählte der Flickschneider, »wie sich aber der Pfarrer nit hergelassen hat, hat ihm der Bauer das Geld vor die Füße gehaut. Und zu dem Kreuz vor dem Pfarrhof hat der Wulsch hernach geschrien: ›Da stellen sie dich her, glänzend und vergoldet, du gemarterter Herrgott. Wenn sie dich nit zum Geldverdienen brauchten, du lägest schon längst verrostet und dreckig in der Rumpelkammer!‹ So hat er geschrien.«

»Woher der Wulsch die Wildheit hat?«, meinte der Sixtel.

»Von seiner Mutter hat er sie getrunken. Die ist die nämliche Wildnis gewesen. Einmal hat ihnen der Hagel das Korn sauber zerdroschen, da hat sie in ihrem Gähzorn am Feld den nackten Hintern gegen den Himmel gereckt. Hernach ist sie wegen Gotteslästerung eingesperrt worden. Drum mag auch der Wulsch keinen Pfarrer leiden.«

»Vierzig Gulden!«, verstaunte sich der Sixtel wieder.

»Der Pfarrer Rebhahn tät einem den Balg schinden«, greinte der Schneider. »Man muss sich in Thomasöd schon vor dem Sterben fürchten, so kostspielig ist es. Nit war, Gregor?«

Der Tagwerker nickte. Selbstvergessen hatte er die ganze Weile einen Ampfer durch die Lippen gezogen, des Thomas Kunde hatte seine Seele gar nicht erreicht.

Jetzt schmerzte ihn das Liegen schon in den Knochen. Also raffte er sich in seiner ganzen Länge auf, zog den Wetzstein aus dem Kumpf, sirrte über die Klinge und begann wieder zu mähen. Spielend schwangen die bärenhaften Glieder dieses Klotzes, es war eine Kraft, die sich an sich selber freute.

Keines Holzknechts Axt wetterte im Forst so schallend wie die des Gregor; keiner stürzte so schaffenswütig auf Blöcke und Wurzelgeflecht los, wenn es galt, einen neuen Holzweg in den Wald zu schneiden; keiner trieb mit solcher Wucht die Stechschaufel in den Torf wie er. Kluge Leute wussten diese freudige Kraft auszubeuten: Um lächerlichen Lohn plagte sich der Gregor, bis er nicht mehr schnaufen konnte. Sein Sinn begehrte nicht nach irdischem Gut.

Seinen Namen hatte er längst vergessen, ebenso wie das Schicksal, das ihn vor vielen Jahren in das entlegene Dorf geführt hatte. In seiner Schwerfälligkeit war er dann auch in Thomasöd geblieben. Keine Verwandtschaft knüpfte ihn an irgendjemand im Orte, wo fast alles verschwägert und verschwistert eine einzige Sippe bildete. Auch rühmte er sich keines eigenen Daches, sondern nächtigte in den Scheunen, Böden und Ställen der Leute, bei denen er gerade Tagfron stand.

So wäre er eigentlich ein heimatloser Geselle gewesen, wenn er unter seinen großen Sohlen nicht Traumland gehabt hätte, darin er fester gegründet stand als die über drei Jahrhunderte in Thomasöd erbgesessenen Bauerngeschlechter in ihrem Ackerboden.

Der verschmitzte Schneider kannte dies Traumland des Gregor, und er beschloss, ihn heute kopfüber hineinzustürzen.

Mit pfiffigem Lächeln fädelte er sein Schalkswerk ein.

»Es ist schier zum Verlechzen, so hitzig sticht heut' die Sonne. Wie einen da nur die Arbeit so freuen kann! Und so in aller Herrgottsfrühe! Da bin ich anders gesinnt, Gregor. Ich denk' mir: Wer früh liegt, hält's Bett recht warm; wer bald aufsteht, frisst sich arm.«

Und zum Hohne brachte er eine Schere herfür und schnörkelte an einer Rispe.

Ein Heuschreck schrie und ward auf einmal still, denn der Gregor hatte ihm den Kopf abgemäht. Auch der Sixtel fuchtelte wieder emsig mit seiner Sense, und da niemand des Schelmes achtete, war dieser der großen Bergstille ausgesetzt. Aber er gab nicht nach.

»He, Gregor, wenn du einmal heiratest, dein Weib wird es gut haben: Sie kann dich zweimal halsen, einmal überm Kropf, das andermal unterm Kropf.«

Der mächtige Mähder hörte nicht hin.

»Und heiraten musst du bald«, bohrte der Thomas weiter, »weil du der Förster vom Wolfsruck wirst.«

Diese Rede warf ein frohes Licht in des Riesen halbdunkles Herz, sie knickte aber auch den Schwung seiner Sense, und die Klinge sank träg ins Gras.

Der Gregor hatte den Kopf dem Versucher zugewandt, der übergroße Mund verzerrte sich grinsend und bleckte das plumpe Gezähne, das zum Kauen von Gneis und Hufeisen zu taugen schien. Wehrlos stand er in seinem Traumland, des Thomas Anschlag war gelungen.

Ein jeder Mensch hat etwas, was sein Leben hell macht. So ward auch dem Gregor in die armselige Lebensschüssel ein köstlich Würzkraut gemischt, das ihm alle Bitternis drin nicht schmecken ließ, und dies Gewürz war seine wunderliche Hoffnung, der Fürst werde ihn zum Förster über den Wolfsruckwald erheben. Er ahnte nicht, dass dieser Beruf Kenntnisse und Bildung und überhaupt einen ganz anderen Mann voraussetze, als er war, sondern er glaubte bestimmt und klar, dass er einmal in das feine, wildweinumlaubte Haus mit den Hirschhörnern einziehen werde, dass er im glitzernden Neuschnee der Rehfährte folgen und im Frühjahr den Vogel mit den schönen, krummen Federn anspringen werde.

Freilich hieß es noch warten, eine derartige Gnade kommt nicht über Nacht. Und der Gregor geduldete sich schon durch viele schwere Jahre, und kein Spott konnte ihm die helle Hoffnung anfressen. Und er träumte von diesem Glück, wenn er schnaufend von der Schinderei am Waldschlag veratmete, wenn seine Sense durchs Korn rauschte, wenn in der Kirche der hochwürdige Mann das Allerheiligste hob.

So hatte ihn auch jetzt die Hoffnung hart umzangt.

»Der Förster soll ich werden? Sag' es noch einmal, Thomas«, bettelte seine schwere Zunge, »sag' es noch einmal!«

»Der Förster sollst du werden«, wiederholte der Schelm, den Zeigefinger hebend, und der Gregor duckte sich und sah wie ein fürchtsam Kind ihn an.

»Aber wann wirst du denn der Jäger werden?«

Da ward die Freude gedämpft. Der Gregor besann sich eine Weile, dann hob er wieder, ein bisschen traurig, die Sense.

Unwillig mischte sich der Sixtel darein »Mit Hundsmilch bist du geschmiert, Thomas. Aber meinen Tagwerker darfst du mir nit martern und narren. – Und du, Mäher säum' dich nit!«

Wie ein Nachtwandler ging der Gregor wieder ans Werk, doch der Rote ließ ihn nicht frei.

»Eines könnt' dir helfen, Freund.«

»Helfen könnt' mir was?«, stotterte der Gregor selig bestürzt.

Der Thomas sprang auf, trat knapp an den Heumacher hin und deutete in die Ferne. Er deutete mit dem mittleren Finger, denn dieser war länger als die anderen und also auch brauchbarer beim Zeigen, und der Gregor folgte halb bekümmerten, halb freudigen

Blickes diesem Zeiger, der mit seinem Fingerhut blitzend in die Weiten wies.

Blau und sanft wölbte der gewaltige Berggarten des Schöningers, Hegerhäuser blinzelten heimlich aus den Buchten seiner Wälder. Scharfäugig starrten die Fernen her. Winzige Dörfer hielten ihre Kirchtürme umzingelt. Und das Gebirge verwellte und klang in eine Ebene aus, und jenseits leuchtete – weit – ein weißes Schloss.

»Dort ist der Fürst daheim«, sagte der Thomas feierlich.

Unbeholfen faltete der Gregor seine Hände um die Sense, seine Augen waren feucht: Der Fürst galt ihm als Inbegriff höchster und rätselvollster Gewalt.

»Dem Fürsten gehören alle Wälder und Jägerhäuser im Gebirg«, fuhr der Rotbärtige fort, »wenn er nur um einen winzigen Wald mehr hätte, so müsste er Soldaten und Reiter halten wie der Kaiser.«

»Wie der Kaiser«, nickte der Gregor. Seine Ehrfurcht bäumte sich ins Unmessbare, seine Augen drohten das blanke Schloss zu verschlünden.

»Wie wär' es«, lockte der Versucher mit verhaltenem Kichern, »wie wär' es alsdann, wenn du in dem schlohweißen Schloss dort um die Stelle bitten tätest – oder gar vor der gnädigen Frau Fürstin einen Fußfall machtest?«

Schluchzend warf der Sehnsuchtsmann die Sense weg, schluchzend sank er in die Knie und öffnete die unschlachtigen Arme breit und inbrünstig gegen das entlegne Schloss.

Der Sixtel aber rückte grimmig an seinem zerbrochenen Hut.

»Du abgefeimter Sakermenter«, pfauchte er den Thomas an, »du verdrehst dem armen Narren das Hirn ganz und gar. Augenblicklich renn davon, sonst mäh' ich dir den Fuchsbart weg!«

Lachend verzog sich der rote Gauch in das Gehölz. Der Sixtel musste aber dem törichten Senser noch lange zureden, eh' er ihn aus seiner Verzückung herausbrachte.

Unwirsch verließ Herr Wenzel Rebhahn, der Pfarrer von Thomasöd, sein Widum und schlenderte an dem Wildbirnbäumlein, das dornig und verkrüppelt in seinem Garten kümmerte, vorüber, der Kirche zu.

Das vergoldete Kreuz glühte in der Sonne, und auf der Betstaffel davor kniete ein Mann, der hatte die Stirn auf des Heilands Füßen ruhen und die Arme um den Marterbaum geschlungen.

»In aller Früh schon beißt er dem Herrgott die Zehen weg«, raunzte Wenzel Rebhahn. Er hasste die Anhündelung Gottes.

Auch sonst war er missgelaunt. Eben hatte er erfahren, dass in seinem Korn, das gegen den Rabenhof zu lag, ein Fleck arg zerwälzt und zertrampelt worden sei. Drum ärgerte ihn der blaue Tag, aufdrohendes Unwetter wäre ihm willkommen gewesen, seinen Verdruss zu spiegeln.

Auf dem Anger zwischen seinem Haus und der Kirche blinkte eine Feder. Die Kniescheiben soll man sich um einer Gansfeder willen zertrümmern lassen, über neun Zäune soll man ihretwegen steigen: Diese Volksweisheit fiel dem Pfarrer ein, also bückte er den schweren Leib und schob den schneeweißen Fund in die Tasche.

Seine Gewandung war auffallend arm, der Rock schimmerte grünlich, als sei er leicht bemoost, die abgenutzten Hosen gleißten, das Schuhwerk war geflickt und plump, und die Sonnen vieler Jahre hatten die Farbe des weiland schwarzen Hutes ausgesogen.

Der Beter hatte inzwischen die Füße des Gekreuzigten ehrfürchtig geküsst, nun nahte er entblößten Kopfes dem Pfarrer und haschte nach dessen Hand, sie ebenfalls zu bussen.

Dieser aber entriss sie ihm unwillig. »Sie wissen, Achaz, dass ich das Schlecken nit leiden mag.«

»Gelobt sei Jesus Christus«, grüßte nun der Bauer unterwürfig.

»In Ewigkeit«, knurrte der Pfarrer.

»Heut' hat das Wetter einen schönen Tag, Hochwürden. Aushalten sollte jetzt die Sonne, bis das Korn zeitig ist.«

»Ihr Thomasöder verdienet das Wetter nit«, grollte der Seelsorger. »Mein Getreide habt ihr zertreten, gekugelt haben sich zwei darin und Unzucht getrieben in dem Geschenk Gottes.«

»Wer das getan hat, der hat sich arg versündigt«, sagte der Bauer.

»Da munkelt man im Dorf vom Kometen«, lachte der Pfarrer zornig, »er sollte nur einmal das Nest mit dem feurigen Besen recht striegeln.«

Der Rab senkte in Demut seinen Blick und atmete tief.

»Ich weiß, Hochwürden, dass Ihnen oft grausen muss vor unseren Sünden. Dennoch trau ich mich, Ihnen ein Verlangen zu sagen. Vor hundert Tagen ist ein Märzennebel gewesen, drum kommt morgen ein arges Wetter.« –

»Ich kann keinen Damm dagegen bauen«, unterbrach ihn der Geistliche kurz. »Gott schütze unsre Fluren!«

Der Bauer ließ sich nicht einschüchtern. »Unter ihren Vorgängern ist es in Thomasöd bräuchlich gewesen, dass die Schauerglocke geläutet worden ist, wenn das wilde Gewölk sich gezeigt hat.«

Wenzel Rebhahn blitzte den andern durch die Brille an.

»Ich lese Messen gegen Hagelschlag und Blitz, aber ich weiß, dass ich das Wetter damit nicht binde. Die Glocken gegen die Wolken zu läuten, ist Aberglaube.«

»Die Wettermesse nutzt nit so viel«, entgegnete der Rab, »sie ist längst vorbei, wenn das Schlossengewölk aufsteigt. Aber die Glocke schreit beim Wetter, sie setzt ihre geweihte Kraft, ihren Klang gegen die Wolken und scheucht und versprengt sie. Drum bitt' ich Sie, Hochwürden, im Namen der ganzen Gemeinde, lassen Sie morgen die Schauerglocke läuten.«

»Jawohl, aus Dank, dass ihr mir mein Korn zum Taumellager machet. Übrigens ist das Wetterläuten ein Blödsinn.«

»Herr«, der Bauer sprach erregt und eifrig, »zu meines Großvaters Zeiten hat die Schauerglocke alle Wetter wieder zurückgejagt, die aus dem Wuldatal (Wulda = Moldau) über die Fuchswiese gestiegen sind. Drum haben auch die Leute von der Wulda einen hergeschickt, der hat heimlich einen Nagel in die Schauerglocke geschlagen, dass sie gesprungen ist. Seitdem wird sie nimmer geläutet. Aber wenn auch jetzt ihr Ton nimmer so klar ist, so glaub' ich doch, ihr Wille allein schon schreckt die Schauer zurück wie vormals ihr guter Klang.«

»Das ist en Rockenstubenmärchen«, lächelte der Pfarrer, »aber ich weiß eine wahre Begebenheit von einem Mesner, den der Blitz traf, als er eben das Wetterglöckel zog.«

»Eine echte Lüge ist das, Hochwürden, die Ungläubigen haben sie erdichtet und ausgesprengt.«

»Das ist mir gleichgültig, Rab. Herr im Gotteshaus bin ich, und die Glocke wird nicht geläutet, sie hilft nichts.«

Der zähe Bauer wollte erwidern, da ward der Pfarrer blutrot, eine wilde Ader schwoll über seine Stirn, und er schrie: »Nein, nein und neunmal nein! Und sie wird nicht geläutet, solange ich lebe!« Leise fügte er hinzu: »Jetzt knie dich wieder zu dem goldnen Herrgott und verschürg (verklage) mich!«

Wortlos setzte der Achaz die Haube auf und wandte sich ab. –

Der Turm der vom Friedhof umgürteten Kirche war gegen die Windseite grau geschindelt. Mit diesem Panzer trotzte er fast herausfordernd dem heulenden Herbst, dem Wüten der Schneestürme und dem Regenprall wolkiger Lenztage. So ragte der Gottesturm von Thomasöd als eine wahrhaft streitbare Kirche, einsam und erhöht, und sah über Feldsegen und funkelnden Wald hinweg die verwitterte Burg von Krummau grauen und das Land fern verblauen und verrollen.

Hinter der Kirche bröckelte das Beinhaus, darin Bauernschädel und Holzknechtsrippen in Fülle drohten.

Die Friedhofsmale waren armselig, meist hatte der Rost den Namen von ihren Täfelchen weggefressen, schief gesunken waren die Grabsteine, ein eisernes Kreuz bog sich ganz zu Boden, als wolle es auch beerdigt sein. Auf der verwitterten Mauer grünte allerhand wilde Gekräut.

Wenzel Rebhahn hielt vor den Steintafeln, die über den Gräbern der Pfarrherren von Thomasöd an der Kirchmauer lehnten. Sie hatten alle ein Blumengärtel vor sich, Gottesackernelken brannten darin, und eine von diesen nestelte sich eben einen dunklen Falter an die Brust.

Der Pfarrer las die Namen seiner Vorgänger und die Sprüche, die darunter funkelten und von Ruhe und stiller Einkehr zu sagen wussten.

Plötzlich erschrak er grässlich. Eine Gestalt war lautlos an ihn herangekommen. Ihr Wuchs war dürr; gelb, knochig und entfleischt das Gesicht, und die Finger schlossen sich wie Spinnenbeine um eine Sense, die auf enger Schulter lag. Freund Hein!

»Ja, ja, Hochwürden«, kicherte er, als spähe er in des Pfarrers Gedanken.

Diesem war die Farbe aus den Lippen gewichen.

»Bin ich aber erschrocken, Totengräber! Ich hab' dich gar nicht schleichen hören. Hätte dich schier für einen anderen gehalten. Ich zittere am ganzen Leib. Künftiges Mal tritt fest auf, dass man dich hört!«

Der Totenwart sah wirklich wie ein Geripp aus, das Haut angelegt hat und spazieren geht. Er fügte sich gut zu dem Friedhof.

»Wenn man sein Lebtag zwischen den Gräbern herumsteigen muss«, entschuldigte er sich, »so kriegt man einen heimlichen Gang und einen geringen Tritt.«

»Warum hast du denn die Sense mit, Michel?«

»Vom Heuschober komm ich. Sie bringen die Leiche schon.«

»Du kannst mir noch hurtig den Rasen da mähen, eh' die Begräbnisleute mir ihn zerstampfen«, meinte der Pfarrer, auf einen grünen Streifen deutend.

Der Michel zögerte, der Schopf Gras war karg und dünn.

»Nimm es nur weg«, befahl der Hochwürdige wieder, »keinen Halm lass mir stehen! Schneid' scharf an die Grabsteine hinzu! Das Fleisch am Bein und das Gras am Stein ist am besten.«

Mit einem Grinsen auf dem vertrockneten Gesicht machte sich der Gräberwart ans Werk. –

Am Friedhofstor lungerten schon die beiden Messbuben in weißem Chorhemdlein und schwarzem Kragen, und hoch von den Fenstern der Klangkammer lugten die Glöckner aus. Einzelne Leidträger und Schaugierige stiegen den Hang herauf, während fern durch die Felder der Leichenzug sich krümmte.

Der graue Mesner tat wichtig und trippelte mit dem Rauchfass die Sakristei ein und aus. Als er seinen Herrn entdeckte, stelzte er jammernd auf ihn zu.

»Eine Schand' und ein Spott ist es, wie unsre Kirche inwendig verwahrlost. Überall bröckelt es an den Mauern. Heut' beim Frühläuten ist mir ein Trumm Malter (Mörtel) aufs Hirn gefallen. Erschlagen wird es mich noch.«

»Gott schaut nicht auf den Aufputz, Pius, ihm genügt der Kern.«

»Sie reden jeden Tag anders«, schmunzelte der Alte verschlagen. »Zunächst haben Sie aber gepredigt, dass der Herr einen hat binden lassen und in die Finsternis hinausstoßen, weil der kein Feiergewand angehabt hat.«

»O du Schriftgelehrter«, lachte Wenzel Rebhahn vergnügt, »so vernimm denn die frohe Botschaft, dass die Kirche bald ein würdiges Gewand kriegt und nicht mehr die letzte unter den Gotteshäusern des Böhmerwaldes sein wird.«

Klang-kling schlugen nun oben unter dem birnförmigen Turmhelm zwei Glocken an, den nahen Totenzug meldend, und der

Mesner scharwenzelte dem Hochwürdigen in die Sakristei nach, ihm in den dunklen Vespermantel zu helfen.

»Also werden die Mauern frisch geweißt?«, schwätzte er. »Und noch etwas muss sich ändern! Hören Sie einmal auf das Geläut hin! Das muss wieder dreispännig werden, die Schauerglocke müssen wir richten lassen. Hernach wird es so starkmächtig und grob klingen, dass die Krummauer Glocken ein Geißgeläut dagegen sind.«

Aber der Priester wandte sich grimmig um und schnauzte ihn an. »Häng dich auf!«

Verdutzt verstummte der Pius und legte seinem Herrn den dunklen Prunk des Vespermantels um die breiten Schultern. –

Die Trauerleute brachten die tote Agnes daher. Sie beteten an der waldfeierlichen Rast der Wolfsrucktannen vorüber; sie zogen durch die Kornfelder, darin die Rade flämmelnd neues Brot verhieß; sie schritten über seichte Wiesenbächlein, Scharen von durstigen Weißlingen und Gelbfaltern scheuchend, und an geschornen Wiesen vorbei, wo das grausilberne Dürrgras verstreut lag.

Mit bestäubtem Schuh kamen sie des Weges, die Köpfe gesenkt, nicht achtend des silberspurigen Windes überm Gefild und des Spieles der Ähren.

Den Sarg trugen sechs Jungfrauen, mit Rosmarin und Immergrün und bunten Glasnadeln im Gezöpf, sie machten strenge Gesichter und zogen die Lippen hoch. So schwankte die Totentruhe dahin wie ein sechsbeiniges, schwarzes Tier.

Vor dem Friedhof grünte hoch und schlank eine Fichte. Sie war das letzte Überlebsel des Waldes, der vor Zeiten bis zur Kirche heran gewurzelt hatte, und war wie der Thomasöder Turm weithin in Südböhmen sichtbar. Dort stellten die Jungfern ihre Last ab, indes der Schulmeister mit den Sängerinnen ein Lied anhub, das träumerisch über die Bauernköpfe in die sonnige Stille emporklang, und darein von Weile zu Weile waldnieder ein Kuckuck seinen Ruf wob.

Wie einen Basiliskenkamm trug der Wolfsruck seinen zackigen Tann, und von der Böschung leuchteten blendweiß die Mauern des Himmelreichhofes.

Der Pfarrer starrte auf das lateinische Buch in seiner Hand. Die kleinen Messhelfer waren lieb anzuschauen in Hemdlein und Messkittel, die aber die plumpen Hosen und das vertretene Schuhwerk nicht decken konnten. Schalkisches Frömmeln war in des einen Miene, der andere nahm es ernst und versenkte sich ganz in sein Amt.

Das Lied war gesungen, und auch der freie Kuckuck schwieg, als lausche er den Stimmen des Pfarrherrn und des Lehrers, die wechselnd den Psalm sangen. Wie ein Zauber wirkte das lateinische Wort, des Herrgotts Amtssprache, auf die Hörer, ihre Augen verernsteten sich, gebannt standen sie unter der fremden Rede, deren Sinn sie nicht verstanden und nach deren Bedeuten zu forschen ihnen fromme Scheu verbot.

Das Rauchfass qualmte, und räuchernd und mit dem Sprengwedel segnend, umwandelte der Priester den Sarg, während der Mesner seine hastigen Vaterunser sagte.

Hoch oben im Vorraum des Himmels verflogen, fing eine Lerche mit überschwänglichem Jubel zu trillern an, und sie sang, und der Bub', der das weißverschleierte Stangenkreuz hielt, verlauschte sich offenen Mundes in sie, und der Vorbeter blieb auf einmal mitten im Vaterunser stecken und musste von Neuem beginnen.

Des Pfarrers Blick aber kreiste unmutig über die Gemeinde. Wer von diesen mochte sich in seinem Korn gesühlt haben? Wie diese Weiber und Mädchen alle ihre Seelen aussandten und die Lippen regten, entrückt wie Heilige! Und doch hat sich eine davon in diesen Nächten ruchlos gewälzt und hat ihm viele hohe Halme verdorben.

Und sein Auge glomm.

Der Holzhacker Ehrenfried lehnte in seiner spechtgrünen Joppe an der Fichte, den Arm schlang er um den Stamm wie um einen Bruder.

Dies Bild stimmte den Pfarrer wieder heiter. Der Holzfäller und der einschichtige Baum, wie die zwei gut zusammenpassen! Lange genug hat da die Fichte geschattet und gesaust, und sie mag sich wohl vereinsamt fühlen. Ihr könnte geholfen werden. Und das Holz würde einen schönen Kreuzer Geld abwerfen! – Freilich, die Leute würden murren und schimpfen, denn sie schätzen den Baum, darunter altherkömmlich die Toten abgesetzt werden. – Und der Kirchplatz würde kahl sein, wenn man die Fichte herausnähme. Überall, wo ein Baum steht, ist die Welt schön.

Da dachte der Pfarrer an das misswachsene Birnbäumlein in seinem Garten, und sich vergessend, seufzte er schwer, so dass der Schulmeister verwundert aufblickte.

Aber schon suchte sein Auge weiter.

Auf dem Sacktuch kniend, betete der Achaz Rab und richtete die niedere, zottenverhangene Stirn aufwärts, als wolle er himmelfahren. Und nun prallten die Blicke des Wulsch und des Priesters fast klirrend zusammen und verklammerten sich und ließen feig voneinander, der Bauer blinzte in die Kerzen, die auf dem Sarge brannten, und Wenzel Rebhahn begann wieder seine lateinischen Sprüche. –

In der Kirche wurde das Seelenamt gelesen. Ein Spiel, nicht streng den kirchlichen Formen untertan, aber voll eigenwilliger Herbheit und Trauer, floss von dem zierlichen Zinnwerk der Orgel aus und begleitete die raschen Gebärden des Priesters. Der Gottesraum war edel und freundlich, nur die Wände, die örterweise den Anwurf verloren hatten, starrten hässlich. Eine einfache Kunst hatte das Bild des Hochaltars geschaffen, das den Schutzherrn der

Kirche, den heiligen Thomas, darstellte, die Könige von Koromandel und Malabar bekehrend. –

Auf der Friedhofsmauer grünte die Donnerwurz, wiegten Zupfblumen und Glockenblüten ihre Häupter. Eng um das offene Grab scharte sich die Menge.

Der rotbärtige Schneider strich abseits. Vor dem mit fröhlichem Unkraut bestandenen Grabhügel seines ersten Weibes verharrte er und buchstabierte die Lettern, die auf dem Täflein verblassten.

Hier ruhe ich im Rosengarten
Und wart' auf meinen Ehegaten.

Diese Inschrift hatte sich die Selige bedungen, da sie noch im Leben geweilt, und lächelnd überdachte nun der Thomas dies liebevolle Sprüchlein, und sich freuend, dass er die Bettgenossin überdauerte, beschloss er, sie noch manches Jahr warten zu lassen.

Doch sein zweites Weib, die Ansagerin Durl, störte die beschauliche Andacht.

»Betest du schon wieder für die erste?«, pfnurrte sie ihn eifersüchtige an.

»O mein liebes Gegenteil«, erwiderte er salbungsvoll, »wie soll ich denn für sie bitten? Sie ist im Fegfeuer, und dort soll sie der Teufel so viel fegen, dass sie wie der Kirchturmknopf funkezt, wenn sie hernach ins Paradies einfährt.«

Und der Thomas zupfte seinen Bart, von dem er gelobt haben sollte, er wolle ihn bis ans Knie hinab wuchern lassen, wenn der Herrgott sein zweites Weib zu sich rufe. –

Andere Beter wandelten die Raine zwischen den Gräbern, dabei sich hütend, auf die gewölbten Rastorte zu treten, denn die Toten sind leicht gekränkt und fühlen Tritt und Träne, die an den Hügel rühren, hinab in die morschende Truhe.

Von der Priesters weißen Händen sank nun der letzte Segen über die Vergangene, und Wenzel Rebhahn schloss sein Werk mit einem Lob der gottesfürchtigen Agnes und mit dem bestimmt und freudig gerufenen Wort: »Sie ist bei Gott!«

Und das Wort ›Gott‹ senkte sich in alle Herzen wie ein Keim, der hastig zu seltsamen Gestalten anwuchs. In des Brillenbauern Brust ward eine feierliche, überhelle Leere, die alles andere Empfinden verdrängte; der Himmelreicher ahnte das Funkeln großer Gestirne; im Sixtel erwachte das Bild eines gutlächelnden Greises mit einem Junghasen im Schoß, aber der Achaz Rab fühlte sich von einem wildlodernden Dreiecksauge geblendet. Und viele wussten von Gott nur, dass die Wolke sein Tisch, der Himmel sein Haus, die Erde sein Veilchengärtel sei, und dass es ihm obliege, Wetter und Gewölk zu rücken, die Sonne auszustecken und nachts die Sterne anzufachen.

Der Totengräber und seine Helfer ließen jetzt den Sarg in die Grube.

Bisher war noch keine Träne erdwärts getropft. Erst als der Priester drei Schaufeln Erde der Truhe nachwarf, als die Steine dumpf an den Sarg pochten als Allerletztes, was das Leben noch zu reden hatte mit dem Menschen drunten, jetzt erst begriffen sie oben den Ernst der ewigen Trennung. Den Weibern röteten sich die Lider, und sie tupften mit dem zackigen Wischtüchlein die Zähren weg. Die Sibill wimmerte schmerzlich vor sich hin.

Aber als der Pfarrer sich entfernt hatte, drängte sich der Wulsch durch die Leute, hart am Grabe hob er die Stimme wie ein heulender Wolf.

»Wirf ihr eine Handvoll Erde nach«, riet ihm halblaut der Rab, »dann wird dir leichter.«

Der Wulsch stieß ihn zurück, er beugte sich weit über das Grab. »Ich kann dir keine Erde nachwerfen«, schrie er schluchzend, »ich mag dich nit zudecken mit Steinen.«

Die Weiber weinten heftig, und die Kinder sahen den großen Mann mit weit offenen Augen an.

»Hinunter will ich zur Muhme, ich kann nit oben bleiben. O mein Gott«, wandte er sich gegen den Himmel, »nimm mich auch zu dir.«

Nun griffen die Freunde ein und hielten ihn, der Miene machte, in die Grube zu springen, bei den Armen zurück, ihm tröstlich zuredend. Es entstand ein tolles Getümmel, denn der Wulsch gebärdete sich so, dass der Totengräber, der den Zurückhaltern behilflich war, schier in das Loch hinabgefallen wäre. Endlich gelang es, ihn, dessen Widerstand sich mählich minderte, von dem Grab wegzuzwingen, und noch einmal schrie er, dass die Kirchenmauern gellten: »So dank ich dir, Muhme, für alle Liebtat! Behüt dich Gott!«

Schluchzend stolperte er zwischen den Freunden dahin, sein Weib folgte ihm bleich und klagelos.

Vor dem Friedhof aber endete plötzlich des Bauern Geschrei. Sein verzerrtes Gesicht war jäh beruhigt, seine Augen blickten kühl wie sonst, gemächlich zog er eine Pfeife hervor und steckte sie in Brand. Hernach wendete er sich missbilligend an sein Weib. »Keinen Laut hast du getan, alles hab' ich allein verrichten müssen.«

Niemandem fiel das Gebaren des Wulsch auf. War es doch eine von den Ahnvätern überkommene Sitte, dies Verzweifeln und Toben am Grab, diese gekünstelte Aufregung. Jeder hatte es heute von dem Bauern so erwartet, und keiner verlangte ein Zeichen des Schmerzes außerhalb der Friedhofsmauern. –

Unweit der Kirche lauerte ein Haus, das führte den gebäumten Bären im Schilde. Darin waltete Rochus, der Wirt, behäbig seines Amtes.

Als er den Wulsch in seine Herberg einfallen sah, rückte er sein grüngesticktes Käppel aus der Stirn und grinste.

»Geschrien hast du wie ein Stierkalb, Marx, bis ins Wirtshaus herunter hat man dich gehört. Du hast dir die Erbschaft redlich verdient. Jetzt wär' es zum Lachen, wenn die Muhme das Geld einem andern vermacht hätte.«

»Wem denn, du Narr?«, brummte der Wulsch.

»Das Geld findet leicht einen Herrn. Jetzt wenn die Agnes – Gott hab' sie selig – ihre Tausender hergegeben hätte, dass die zerbrochene Glocke wieder geflickt wird? He?«

Der Bauer ward schneeweiß. »Woher weißt du das?«

»Der Pfarrer ist oft genug zu der Kranken gegangen, öfter als du.«

»Vors Gericht muss er, der Schleicher! Das gibt es nit, das Geld gehört zum Hof«, erwiderte erregt der Wulsch.

»Streit nur nit mit der Geistlichkeit, Marx! Du verspielst. Wenn du bei einem Pfarrer anziehst, läutet es in Rom.« Und der Bär hielt ihm ein überschäumendes Glas Bier hin. »Da trink, dir ist heiß worden!«

Am Wirtstisch hatte der Achaz Rab eine kleine Gemeinde um sich, der er sein vergebliches Gespräch mit dem hochwürdigen Herrn erzählte. Die Männer sahen mürrisch darein, als sie hörten, dass die kräftige Glocke, die schon jahrelang hatte schweigen müssen, überhaupt nicht mehr kämpfen solle gegen die Wetter.

Und der uralte Elexner – neunzig Ernten hatte er schon erlebt – räusperte sich. Das Haar, das ihm schneeweiß unter dem Rundhütel hervorquoll, stand gut zu seinen jugendlichen Blauaugen. Alles ward still in der Stube, als seine schneidende Stimme klang.

»Vor fünfzig Jahren, ja, da hat Thomasöd einen Pfarrer gehabt! Der hat was ausgerichtet beim Herrgott! Mit dem hochwürdigsten Gut ist er den Schlossen entgegengetreten und hat sie nit vom Himmel fallen lassen. Die Wolken haben seine ausgespreizten Finger gefürchtet. Und wie meinem Vater der Heustadel gebrannt hat, da hat derselbe Pfarrer die Brunst angeschrien, wie man eine bellende Zauke (Hündin) anschreit, und das Feuer hat sich gelegt.«

»Das ist nit recht möglich«, meinte der Thomas, dem Erzähler listig zuzwinkernd.

Da kam er aber an den Unrechten, wie ein Männlein-Springauf war der Elexner in die Höhe.

»Was, du willst mich Lügen strafen? Mich, einen beinalten Mann, der den Krieg gegen Napoleon noch mitgemacht hat?« Hart schlug er seine Knöchel in den Tisch. »Selber bin ich dabeigestanden, wie die Brunst angesprochen worden ist. Und jetzt soll mich einer einen Lügner heißen, die Därme lass ich ihm heraus!«

Hitzig riss er ein derbes Schnappmesser hervor und stieß es in den Tisch. Doch da packte ihn sein Sohn und zog ihn mit unwiderstehlicher Kraft auf die Bank zurück.

Sie waren von fast zwillingshafter Ähnlichkeit, Vater und Sohn, trotzdem sie ein Alter von vier Jahrzehnten schied.

»In unserem Pfarrer seinen Friedhof dürft ihr mich nit begraben«, murrte der Alte wild.

»Vater, Ihr lebt noch lange«, begütigte ihn der Junge.

»Ihr seid noch rüstig«, sagte Jordan, der Schuster.

»Es heißt nix mehr mit mir«, wehrte der Neunzigjährige ab, »mein Bub ist schon stärker als ich.«

Der Sohn schnappte nun heimlich des Vaters Messer zusammen und steckte es ein. Jetzt kam der Achaz wieder zu Wort.

»Alle habt ihr es gehört, was für ein Geistlicher früher in unserem Ort gelebt hat!«

»Die Brunst hat er gedämpft«, schrie der Greis abermals und glich selber einer strebenden Flamme, »und das kann ich beschwören mit meinen zwei Fingern!«

Jetzt lohte auch sein Sohn auf. »Und wenn du, Thomas, noch einmal dein Maul krumm machst vor Verschmitztheit, so reiß ich dir die Zunge samt dem Schlund heraus.« Dabei tappte er nach der Tür hin, wo der Thomas lehnte.

Jetzt zog ihn wieder der Alte zurück. »Wirst doch nit raufen, Bub?« Und der Bub, der schon ein halbes Jahrhundert zählte, beruhigte sich und fasste warm und zärtlich die Hand seines Vaters.

»Ja, das ist ein Gottesmann gewesen«, setzte der Achaz wieder ein, »der hat etwas zuweg gebracht bei Gott und den Heiligen. Aber unser Pfarrer gilt nix oben, er wird noch einmal unser Unglück. Es ist, als ob er nur auf seinen eigenen Geldsack schielte, als ob er uns Feld, Vieh und Fechsung neiden tät.« –

»Der Neidpfaff!«, unterbrach ihn eine raue Stimme. Alle schraken auf. Der Wulsch hatte es gesagt.

Es war eine Kühnheit, den geweihten Herrn derart zu schmähen; zu anderer Stunde hätten alle Fäuste nach dem Beschimpfer geschlagen, heute rührte sich keiner.

»Der Neidpfaff!«, wiederholte der Achaz und bebte vor sich selber, dass er dies zu sagen vermochte. Den leisesten üblen Gedanken über einen Priester hatte er stets für ein höllenwürdiges Verbrechen gehalten, und niemals hatte er es geduldet, dass jemand in seiner Gegenwart über das Tun und Lassen eines Geistlichen nörgle. Und jetzt hatte er dies böse Schimpfwort gegen einen Mann ausgesprochen, über dem die Weihe schwebte!

Und ihm kam plötzlich eine Verwegenheit an, die Leute die hier saßen, gegen den Pfarrer aufzuwiegeln, und er hätte weiß Gott was für harte Reden noch gefunden, wenn nicht der Mesner Pius zur Tür hereingeeilt kommen wäre und sich atemlos an den Tisch gedrängt hätte.

»Mein Vater ist ein Künstler gewesen«, keuchte er, »wo ein Marterl steht an der Straße oder im Wald, mein Vater hat es ausgemalt, alle Herrgötter und Heiligen in Thomasöd hat er geschnitzt und vergoldet. Wenn er jetzt das noch erlebt hätte!« –

Jordan, der Schuster hängte die qualmende Pfeife in den anderen Mundwinkel. »Was ist denn los, Pius?«

Doch der gab sein Wissen so bald nicht preis.

»Wenn mein Vater noch lebte, die vier letzten Dinge, Tod, Gericht, Hölle, Himmel hätte er auf die Mauern gemalt.« –

»Was narrst du uns?«, fuhr ihn der Wirt an. »Red' oder ich heb dir die Zunge!«

»Du pfauchst ja wie der Igel im Birnhaufen«, versuchte der Pius zu scherzen. Allein da er des Rochus Grobheit kannte, rückte er mit der Neuigkeit heraus.

»Die Agnes hat sich einen Betstuhl im Himmel erkauft. Zweitausend Gulden hat sie unserm Gotteshaus vermacht, es soll inwendig fein geweißt und ausgemalt werden.«

»Mistling, elender, das ist erlogen!«, brüllte der Wulsch, und die Augen irrten ihm in ihren Gruben, wie ein gefangenes Luchspaar hinter den Stäben seines Kerkers hin und her springt.

Der Mesner tat eine beschwörende Gebärde.

»Der Schlag soll mich treffen, wenn es nit wahr ist. Gerade jetzt hat es mir der Pfarrer verraten!«

Da fasste der Wulsch ein Glas und hieb es in den Tisch, dass es in Scherben klirrte, und noch einmal schlug er nieder, in die Splitter hinein, mit bloßer Faust, dass das Blut davon in des alten Elexners Gesicht spritzte. Dann sank er totenweiß zurück und schloss die Augen.

Die Bauern stoben auseinander.

»Die Herzader hat er sich zerschnitten«, kreischte der Achaz.

Einer herrscht den Mesner an: »Hol den Pfarrer, dass er ihm die letzte Ölung gibt!«

»Ja, ja«, stammelte der Pius und stand dumm und müßig, als habe er den Geist verloren.

»Dem Pfarrer sein Student kommt«, rief auf einmal der Thomas, »der hat die Arztenskunst studiert, der kann helfen.«

Und schon trat ein junger Mann zu dem Ohnmächtigen und untersuchte die Wunde: Der Handballen war grässlich zerschnitten, und die Pulsader lag entblößt.

Die Wirtin brachte Wasser und Leinwand, und als der Verband angelegt war, öffnete der Wulsch schon wieder die Augen. Er sah das Blut auf dem Tisch und die Leinwand um seine Hand und das Gesicht des Helfers. Da übermannte ihn noch einmal die Wut.

»Du gehörst auch zu dem Pfarrer, du Bankert! Von dir brauch' ich keine Wohltat«, zischte er den jungen Mann an, und ehe es zu hindern war, hatte er den Verband heruntergerissen und taumelte zur Stube hinaus.

Der Student stand hochrot und betäubt da, die andern wollten dem Unbändigen nach, denn das Blut rann ihm von der Hand.

»Lasst ihn gehen«, lachte der Thomas, »und seid froh, dass er sich heut angezapft hat. Er hat immer noch zu viel Blut im Leib.«

Die Wirtin aber wischte scheltend Scherben, Blut und vergossenes Bier vom Tisch. –

Oben am vereinsamten Friedhof arbeitete der hagere Michel, und es war, als sei der Tod selbhändig am Werk, sein Opfer zu verschaufeln.

In der Tiefe lag die Muhme mit ruhendem Blut und gesperrten Augen und feierte die Vereinigung mit der Erde des Dorfes.

Der Mittag war so heiß, dass an den Fichten das Harz zu wandern begann, es schlängelte sich baumnieder und endete in lichten Perlen, darin ertrunkene Regenböglein flitterten. Die Schatten verkrochen sich unter den Bäumen.

Neben des Kleefeldes purpurdurchwirktem Grün zog der Achaz heimzu. Die Bienen summten in dem roten Honighimmelreich, am Raine blinkten schneeig die Zackenkragen der Maßliebe, und der Wildrosenstock hielt die Steinwälle besetzt, in Gluten und Duft tat der strahlende Strauch seine Wunder auf.

Auf einer Steinmauer, die sein Korn eingrenzte, ließ sich der Bauer nieder. Das Veilchenmoos klebte wie Blut an dem Geröll. Wie heiß dieses war! Es glühte unter der liebkosenden Sonne.

Knapp vor der Getreidemauer saß der Achaz, die Berge waren ihm verdeckt, und die Welt bestand nur aus Himmel und Halmen. Wie in einer Mühle roch es.

In der zitternden Sonnenluft standen die Halme, ragend und bürdegebeugt. Es waren die Tage, da der Blütenstaub seine Brautfahrt machte.

Wie karg war die Fechsung des Vorjahres gewesen! Das Grummet hatten sie mit Fäustlingen mähen müssen, der Hafer war vor Kälte nicht gereift, die Erdäpfel hatte man aus dem Schnee gescharrt.

Heuer aber wird die Ernte reich. Keine Maus störte die grünliche Dämmerung des Kornwaldes, spärlich wucherte das Unkraut, nur örterweise flackerte wilder Mohn. Die Flegel werden sich heuer müde dreschen, so beängstigend üppig steht das Getreide, und die Mühlräder an der Olsch müssen brausen Tag und Nacht.

Wie schlank so ein Halm von Knoten zu Knoten aufschießt! Wenn er so hoch wüchse wie eine Tanne – und lauter Ähre war'! – Dem Bauern schwindelte.

Doch heuer wird es Mehl und Geld genug geben. Nur das Wetter sollte morgen nicht kommen, das Wetter fürchtete der Achaz. Hui, wenn die Blitze über das Strohdach der Scheuer zacken! Wenn das schwarze Gewölk sich heraufschiebt, die Körner gegen die Scheiben prasseln und der Eisregen ins hohe Feld schlägt!

Ach der liebe Gott ist manchmal nicht zu Hause. Oder er tut, als wisse er nichts von der Bauern Schweiß und Sorge.

Die halbe Nacht betete der Achaz oft, vor den Feldkreuzen kniete er sich das Blut aus den Knien, dass Gott ihm dafür Frucht und Vieh beschirme. Und um den Allmächtigen zu verpflichten, führte er einen frommen Lebenswandel, befolgte er die Gebote aufs Treulichste.

Niemals zweifelte er an dem einzigen, dreifachen Gott: Die Dreifaltigkeit war fest in seinem Glauben verklammert, der Vater mit dem Weltapfel, der Sohn mit Kreuz und Wunden und über beiden flatternd die strahlende Gottestaube.

Niemals nannte er den Namen Gottes eitel, niemals entweihte er den Feiertag durch Arbeit. Vater und Mutter hatte er geehrt, als sie noch im Zeitlichen lebten.

Seine Hände frevelten nie an der Gesundheit anderer. Wohl hatten die Thomasöder von ihren Vorfahren das waldwilde Blut geerbt, die hastige Faust und den flinken Griff zum Messer, dem Achaz aber war das ruchlose Raufen immer ein Gräuel gewesen.

Und das sechste Gebot? In rechtschaffener Ehe hatte er mit seinem Weib drei Kinder gezeugt. Das war alles, und das war keine Sünde.

Nun dachte der Achaz an seinen Sohn, den er Gott aufgeopfert hatte. Schwere Kämpfe hat es gegolten, ehe der Norbert Priester worden ist. Als der Bub mit der lateinischen Schule fertig worden war, hat er kein Gottesgelehrter werden wollen. »Vater«, hat er damals gesagt, »lasset mich daheim, ich will pflügen und mähen.« Da ist ihm der Rab zuerst im Guten entgegengetreten. »Ich hab' dich der Kirche schon seit deiner Geburt verlobt, dem Herrgott darf ich das Wort nit brechen.« Der Bub aber hat nicht nachlassen mit Bitten und Betteln, er hat sich schließlich trutzfest widersetzt. Jetzt hat aber der Vater sein Recht geübt, er hat den großen Studenten geschlagen und ihn im frommen Zorn vor die Egge gespannt und ziehen lassen wie ein Ross. Das ist für einen Vater nicht leicht. Ja, vor die Egge hat er ihn gebunden, bis sich der junge Wille gebogen hat. So ist der Norbert ein Geistlicher worden. Und wie er nach Jahren aus der Priesterschule getreten und ausgeweiht worden ist, da ist er nimmer zu kennen gewesen, so stark hat er sich verwandelt. Ein strenger Mensch ist er worden, sein Leben ist heiligenmäßig, er kennt nicht Nachsicht gegen sich und andere. Und predigen kann er, keiner tut es ihm nach. Gar wenn er betet mit seiner hohen Stimme, da geht es mit einer Gewalt, dass die Fenster in der Kirche mitsumsen, und selbst wenn der Herrgott stocktaub wäre, dieser scharfen Stimme könnte er nicht entgehen.

Ach wäre nur der Norbert Pfarrer von Thomasöd! Den ganzen Tag würde er beten für die Fluren, voraus für die des Vaters. Die Bitte seiner geweihten Zunge würde den Regen in sanften Tropfen aus dem Gewölk locken oder die Sonne rufen, dass sie dörre und wärme, sein Wort würde den Reif bannen und dem Schnee sagen, wann es Zeit sei, sich über die Saaten zu schmiegen als ein Schild gegen des Bergfrostes Härte. Und die Schauerglocke müsste die Hochgewitter beschwören, dass sie sich mitten im tosenden Fluge kehren und der Blitz schadlos sich verstrahle und sich wende vom Rabenhof.

Aber der Pfarrer Wenzel Rebhahn?!

Der Bauer erwachte aus seinen Träumen und sprang auf. Ein fremder Zorn kam ihm, da er an die abweisende Antwort dachte von heute früh. Der Brand des roten Mohnes verwirrte sein Auge.

Drüben jenseits des Klees weitete sich der Pfarrers Korn grün und friedlich. Und der Bauer verwünschte es.

»Steine soll es ihm morgen regnen ins Feld!«

Am andern Tag, nach einer glühenden Frühe, kam das Unheil.

Die Wetter waren in diesem Sommer immer längs der Moldau gezogen. Heute aber, aus Dunst und Glut gezeugt, drohte in finsterer Ruhe ein Wolkenblock und schien hinter den Granitscharten der Fuchswiese, die wie fletschende Eberhauer gegen den Himmel zückten, festgerammt. Weißgraue Schwaden, die Wetterwurzen, durchzogen ihn. Fernher murrte es leise. Die Luft aber stand wie tot. Und die Wolke im Westen weitete sich zur dunklen Wand.

Da legte der Achaz eine Sense vors Haus, die Schneide himmelhin gerichtet, dass das Wetter davor zurückscheue.

Heute war ein Unglückstag für ihn. Ein Brief war angelangt, der ihn schwer verdross.

Seine älteste Tochter, die in der Hauptstadt diente, hatte sich mit einem gewissen Neunteufel zur Ehe versprochen. Aber der Vater hatte ihr die Heirat verboten; einen Menschen, der so heiße, wolle er nicht zum Eidam gewinnen. Und heute hatte das undankbare Kind zurückgeschrieben, sie werde ihren Liebsten heiraten, und wenn er Tausendteufel hieße.

Wie eine endlose Schraube ging der himmelschreiende Name Neunteufel durch des Bauern Hirn und erzeugte seltsame Vorstellungen von seinem Träger.

Erst als es in den Haselbüschen sauste, als ein Schauer über die Kornfelder lief und die Halme in toller Erregung sich duckten und zischten, vergaß der Achaz seines Ärgers.

Ein Donner erfüllte die Höhen, als brülle das Fuchswiesengebirg, und gleichzeitig verfloss der Bergumriss mit der Finsternis des Wetters.

Da schrie der Rab seinen Leuten, und alle knieten sie hin um die Wetterkerze, und der Bauer betete klagend das Hausevangelium gegen die finstre Ballung der Wolken, darin der Hagel lauerte.

Draußen aber stürzte das grausige Wetter nieder. Anfangs knallten versprengte Eiskörnlein gegen die Scheiben, dann ward das Land in weißgraue Düsternis entrückt, und die Fenster klirrten nun im Anprall des mächtigen Schlossensturmes.

Der Bauer stockte. »Wir beten umsonst«, flüsterte er verstört, »das Korn ist hin.«

Wieder dröhnte der Donner, dass die grünen und kirschroten Gläser im Schrank zitterten. Das Schwarzgewölk war Meister geworden.

Der Achaz sprang zum Bett und steckte den Kopf unter die Decke, er wollte nichts hören und sehen und hielt sich ruhig, als wäre er erstickt.

Die Liesel aber lehnte die Stirn gegen die feuchtkühlen Scheiben, sie fühlte das Pochen des Hagels.

»Es geht über unser Korn«, dachte sie, »weil die Sünde im Korn getan worden ist.« –

Zollhoch deckten die Hagelsteine den Grund, als das Wetter nachließ. Über den geborstenen Wolken ward jähester Sieg der Sonne. Aber es musste wahnwitzig gewütet haben.

Barhaupt, mit schwachen Knien, rannte der Bauer hinaus.

Das große Kornfeld, davor er gestern sein Gewissen geprüft hatte, war wüst, als wäre ein unholdes Heer darüber geritten, die Halme lagen geknickt auf der Erde, nur wenige Stümpfe ragten ährenlos und erbärmlich. Der schöne Acker war zur Öde worden. Umsonst alle Plage, alle Sorge!

Das war also der Dank für seine Frömmigkeit, für seine guten Werke!

Da zitterte seine Seele, und etwas riss darin entzwei. Gegen Gott ballte er die Faust empor, steil und wütend.

»Verflucht«, kreischte er, »verflucht!«

Aber gleich sank er in die Knie, selber gebrochen wie Ährenstroh.

»Herrgott, vergib mir, ich weiß nit, was ich tue! Zu hart ist es über mich kommen. Herr, verzeih mir! Nit du bist Ursach. Der Pfarrer hat die Glocke nit läuten lassen, der Pfarrer!«

Sein Geist suchte brünstig nach dem Bild eines verzeihenden Gottesantlitzes, aber er fand es nicht. Sobald er des Herrn Bild zu fassen glaubte, stand die Gestalt des Priesters schwarz und verrucht da und verdunkelte das Licht, danach sich der Bauer sehnte.

»Er steht zwischen mir und Gott, der Pfarrer«, stöhnte er.

Kraftlos ließ er von dem Versuch, Gottes Gebärde vor seine Seele zu zwingen, und die Wirklichkeit erfasste ihn wieder.

Die Luft strich kühl, der Wald qualmte, und die Wolke war weitergerückt und hüllte mit ihrem Grau den Schöninger.

Der Schauer war nur strichweise gegangen. Wohl lagen der Nachbarn gemähte Wiesen voll Eis, ihr Korn war aber kaum berührt worden von der Wucht des Wetters. Und in unversehrtem Reichtum wallte drüben des Pfarrers Getreide.

Da packte den Achaz abermals der namenlose Zorn, er winkte seinem Weib, das ihm weinend gefolgt war.

»Spreite die Schürze auseinander!«

Er füllte das Fürtuch mit beiden Händen: Eisknollen, Schmutz und geknicktes Stroh scharrte er hinein.

»Das trägst du zum Pfarrer, das schick ich ihm.« –

Wenzel Rebhahn hatte das Fenster geöffnet, die köstliche Luft hereinzulassen, die sich verjüngt hatte. Er trug eben die Spende der Agnes in die Pfarrchronik ein. Zweitausend Gulden hatte sie für die Ausmalung der Kirche bestimmt, schöne Bilder sollten die Wände schmücken; der Fürst, der Schutzherr des Thomasöder Gotteshauses, sollte einen Künstler dazu berufen.

Als der Pfarrer das Gesicht von dem Buche hob, stand die Rabenbäuerin in der Tür.

»Da habt Ihr den Zehent!«, schrie sie, riss das Fürtuch auf und schleuderte Schmutz und Eis auf die blanke Diele.

Freude und Grauen zugleich empfand die Sibill, wenn sie daran dachte, dass heute die Nacht nahe, wo sich die Tote melden sollte. Wie eine Träumende ging sie den gewohnten Geschäften nach, sie schüttete dem Vieh den Trank in den Barren, sie melkte die Kühe und sah kaum die Milch aus den Eutern strömen, sie kochte und arbeitete und wusste nicht, dass sie es tat.

Das Schattenhaus war nur ein geringes Anwesen und führte seinen Namen, weil fast den ganzen Winter der Bergschatten über dem Gebäude hing, das am Nordhang der Wolfsrucks klebte, dort wo er schroff und ungeheuer gegen die Tiefe abfiel.

Der Schattenhauser war ein verschlossener Mensch, der keine Freundschaft pflegte und das Wirtshaus mied. Vor Zeiten war dem nicht so gewesen, da war er der Stürmischsten einer, dem kein

Juchzer zu hoch, keine Nacht zu finster und kein Schnee zu tief war, wenn es galt, zum Kammerfenster einer Dirn zu wallfahren.

Das war nun längst vorbei. Jetzt hörte ihn keiner mehr lachen, und die Schatten, die über seinem Besitz hausten, schienen auch seine Stirn erobert zu haben.

Heute machte ihn seines Weibes Schweigen noch mürrischer, und zeitlich abends, ohne Gruß, schlich er in die Kammer, um zu ruhen.

Die Sibill blieb in der Stube am Tisch sitzen, betend bereitete sie sich auf die Wiederkehrende vor. Sie erhob sich je und je, wenn der Kienspan niederbrannte, und zündete einen neuen an und schob ihn in das Maul des Lehmgötzen, der als Lichtträger am Herde gähnte.

Selten rührte sich das Schwarzplattel im Käfig. Im Ofenloch knispelte es, und draußen vor den Fenstern sauste die schwarze Nacht. Aus dieser muss die Tote kommen, wohl um die Stunde, wo das Grab den Geistern Urlaub gibt.

Der Wald schloss sich unmittelbar an das Haus, drum war die Nacht draußen gar so finster. Durch diesen Wald wird ihr Geist flattern. Sie wird sich den Fuß an keiner Wurzel prellen, sie wird nicht fehl gehen im Dunkel.

Die Sibill hatte gehört, dass die Geister gern den Menschen die Hand auf den Kopf legen und dass dann ihre Finger dort sich brennend einätzen. So schüttelte sie ein Grausen, aber sie wusste es zu unterdrücken, indem sie sich immer wieder die Fragen vorlegte, welche sie an die Freundin richten wollte, die nun an den Geheimnissen der anderen Welt teilnimmt.

Vor allem wollte die Sibill wissen, welch Bewandtnis es mit der Wasserflut habe, denn die wirren Worte, die die Sterbende gesprochen, die Gesichte, die vor das Auge getreten, als es sich von der Erde kehrte, hatten die Schattenhauserin tief ergriffen.

Wenn nun das Meer wirklich über die Berge steigen sollte, müsste die Sibill ihr Leben ändern, sie müsste den engen Rest der Zeit, die noch zwischen ihr und dem Ende sich spannte, mit gänzlicher Weltabkehr und mit Taten der Buße füllen. Auch hieße es, die Menschen von Thomasöd aus ihrer Arglosigkeit zu rütteln, sie aus ihren Sünden zu schrecken, da noch Zeit ist. Eine schwere Arbeit wäre das. Denn im Dorf ist das Laster groß, da lallt die Trunksucht, da haust der Neid der Nachbarn, und die Unzucht umzwirnt Alte und Junge. Rufen wird sie müssen wie der Mann aus der Wüte, Bitternis und Spott wird sie lohnen, und viele werden sich nicht lösen aus der Sünde.

Der Kien brannte tief in den Schlund des Götzen hinab und erlosch. Die Schattenhauserin war eingenickt, und in ihrem Schlaf pferchten sich wirre, hastig verwischte Träume zusammen, bis sie auf einmal emporzuckte und die Stube von graulichem Licht dämmerhaft erhellt fand.

Dieser Schein floss nicht aus irdischem Quell, er drang von der Ofenbank her, denn die Agnes saß jetzt dort, wo sie immer gesessen war, wenn sie die Freundin heimgesucht hatte. Ihr Leib war grau und aus Luft, Licht und Nebel gewirkt, die Kacheln und die Ofenröhre waren durch ihre Verklärung hindurch zu sehen.

Träg kündete die Uhr den Anbruch der Spukstunde.

Die Unirdische hatte ihre Augen groß und erwartend auf die Sibill gerichtet. Diese wollte fragen, aber sie brachte den Mund nicht auf, ihre Kiefer schienen miteinander verwachsen zu sein. Gewaltsam musste sie die Worte ausstoßen und fühlte, dass ihr Stammeln nicht zu verstehen sei.

»Bist du schon droben?«

Das Gespenst hob die Achseln leicht und senkte sie wieder.

»Wie ist es den im Jenseits, Agnes?« So wollte die Sibill fragen, aber ehe sie noch die Lippen aufzwang, erwiderte die Erscheinung, und die Stimme klang hohl, als wurzele sie tief in der Ofenröhre.

»Wenn es so bleibt«, sagte die Tote gleichgültig und mit einer grauenhaften Langsamkeit, »wenn es so bleibt, ist es nicht schlecht.«

Eine lange, wilde Ruhe wob jetzt.

Die Sibill dachte angestrengt an die Fragen, die sie stellen wollte; das Gehirn antwortete auch auf Fragen, deren sich die Lebende nimmer erinnern konnte.

»Alle müssen ersaufen«, rief es dröhnend, und hernach kam es mit sanftem Flüstern, fast schmeichelnd: »Nur die graue Katz' bleibt übrig.«

Dann waberte das Schemen wie eine Weingeistflamme und blich und drohte zu zerfließen. Da gewann die Sibill die Spache wieder, und hastig fragte sie: »Wann kommt die Sündflut!«

Der Spuk war vorüber, aber das Weib rief noch immer in die Finsternis hinein: »Wann? Wann?«

Voller Sterne war die späte Nacht.

Dunkel und schwer drohte der Turm des ungläubigen Thomas, finster lagen die Schule und des Krämers Hütte. Nur im Pfarrhof war eine Stube erleuchtet, dort verfasste der hochwürdige Herr seine Predigt. Doch auch das Einkehrhaus »Zum letzten Bären« hatte lichthelle Augen und sandte oft eine Stimme zum offenen Fenster heraus.

Auf dem dunklen Kirchplatz sangen zwei junge Knechte mit hohen, fast weibischen Stimmen ein Volkslied, und die wehmütige Weise war bis in ferne Einschichten hörbar und fand erst weit hinten im Wolfsruck ihren Ausklang.

> »Springt der Hirsch übern Bach,
> Ich schleich mein' Dirnderl nach,
> Mir ist so leid um sie
> Und ihr um mich.«

Mit erhobenem Gesicht sangen die Burschen zu den glimmenden Sternen hinauf.

Im Wirtshaus drinnen redeten sie heute seltsam. Manch Spukmärlein ward aufgetischt, jeder wollte etwas Absonderliches erlebt haben, einer und der andere berichtete von der Wiederkehr abgeschiedener Seelen, und ein feiner Schauder rieselte allen über die Häute, wenn sich eine Geschichte gar zu grausig verstieg.

Die Erscheinung der Muhme war schon in der ganzen Pfarre ruchbar, auch der unheimlichen Katze, die den Leichnam hatte auffressen wollen und die Sündflut überdauern sollte, ward viel gedacht.

Eben führte Jordan der Schuster das Wort. Er war ein bibelfester Mann und redete viel und ausführlich von der kommenden Sündflut, als ob er selber schon einmal mit der Arche gesegelt wäre, bis zuletzt Konrad, des Pfarrers Student, der lange in stillem Trunke zugehört hatte, auf den Tisch schlug und sagte, eine allgemeine Flut sei unmöglich, und das Erlebnis der Sibill sei ein Hirngespinst, wie es bei verschrobenen Weibern leicht noch ärger vorkommen könne.

Sonst hörten die Leute dem Konrad gerne zu, denn seine Reden führten sie aus dem ewigen Göpelkreis des Gespräches um Feld und Vieh hinaus. Heute aber missbilligten sie seine Meinung.

Der Thomas war der einzige, der ihm zunickte.

»Nur die Dummen glauben an Geister«, meinte er. »Ich glaube nit daran. Ich glaub' überhaupt nix, gar nix.«

»Dann bist du ein trauriger Narr«, erwiderte ihm der Schuster. »Aber du kannst nit leugnen, dass ein Unheil geschehen muss, wenn der Komet an die Erde streift. Und so weit kommt es im nächsten Sommer. In der Zeitung ist es gedruckt.«

»Die Zeitungsflicker lügen wie die roten Hunde«, lachte der Thomas, und nun behauptete der Konrad, dass das Weltende wahrscheinlich in unausdenkbar ferner Zukunft liege.

Als der Schneider spürte, dass ihm in dem Studenten ein Helfer erstanden sei, schwoll ihm der Kamm.

»Eher liest der Teufel eine Messe, eh' ich daran glaube, dass der Jüngste Tag anrückt. Es ist auch nit möglich. Die Türken sind noch nit ausgerottet, die Juden noch nit getauft. Und eh' das nit geschieht, gibt es kein Ende.«

»Aber die Sündflut kann trotzdem kommen. Sie ist ja schon einmal über die höchsten Berge geronnen«, warf der Tischler Kleo ein.

»Warum denn?«, fragte Konrad scharf. »Und wer hat Ihnen das vorgeblümelt?«

»Unser Herr Pfarrer lügt Sie an, Kleo«, lachte der Student und stürzte sein Glas auf einmal hinunter.

Die Leute verstummten ob dieses heftigen Wortes, und der Fasshahn quietschte hässlich in die jähe Ruhe.

»Alles begründet ihr mit euren Pfarrer und seinem stillen Gesellschafter, dem Herrgott«, fuhr Konrad fort. »Was hat nach eurer Meinung die Sündflut bezweckt? Die Sünder zu strafen und wurzaus zu vertilgen. Aber ist die Welt hernach besser worden? Schnurren die Tiger jetzt harmlos wie Katzen, und schnäbeln die Habichte jetzt mit den Tauben? Vieh bleibt Vieh, und die Menschen werden nicht besser. Drum ist eine Sündflut zwecklos, und es hat niemals eine gegeben.«

Der junge Mann hatte sich während des Sprechens erhoben, er stemmte die feinen Fäuste auf den Tisch und neigte den Oberkörper vor, sein schmaler Mund zuckte, die schöne, wölbige Stirn lag in leichten Falten. So ähnelte er stark dem Manne, der sonntags auf der Kanzel von Thomasöd stand. Und er erklärte, dass die Heilige Schrift größtenteils ein hübsches Märchenbuch und die Sündflut nur eine sagenhafte Überschwemmung im Morgenlande sei. Dort, so die Juden zur Urzeit gehaust hätten, rännen große Ströme, die einst in den Wochen des schmelzenden Schnees über die Ufer gewachsen seien, gleichzeitig hätten vielleicht starke Stürme das Meer gegen das Land gepeitscht – und ein paar einfältige jüdische Kamelhüter hätten dies Naturgeschehen zu einer Flut aufgebauscht, welche die ganze Welt ertränkt haben solle.

Der Kleo aber schüttelte seinen großen Kopf, er ließ sich nichts einreden, und der grobstämmige Jordan rief, es habe unbedingt eine Sündflut gegeben, die Gott als gerechte Strafe über die Sünder losgelassen habe.

»Seit wann ist denn Gott gerecht?«, höhnte Konrad.

»War es am Ende gerecht, dass er dem Achaz das Korn in den Grund geschlagen hat? Warum hat er das zugelassen? Ist der Achaz ein schlechter Mensch? Am frömmsten von euch allen lebt er, den Heiligenschein wird er sich noch einmal zuziehen! Und bis auf den letzten Halm hat ihm sein Gott den Acker verdorben!«

Der Schuster ward nachdenklich, und auch den andern verglomm das Rauchkraut in den Pfeifen. Nur der Gregor, der eben vom Torfstich gekommen war und bescheiden bei der Tür saß, schlampte unbekümmert seine Suppe.

Jetzt aber raffte sich der Kleo auf, er wollte Bibel und Sündflut und Gottes gerechtes Richtertum gegen den höllenschreienden Frevel verteidigen, mit einem einzigen gewaltigen Wort wollte er es tun. Weil ihm aber dies Wort nicht einfiel, so wandelte sich seine Empörung in leere Verlegenheit, und der berauschte Konrad herrschte ihn an: »Reden Sie nichts, Tischler! Sie sind zu dumm, um Gottes Anwalt zu sein. Ihr alle seid zu dumm, Vorurteile und Aberglaube erfüllen euch, belogen seid ihr worden seit jeher von Vater und Mutter, von Schulmeister und Pfarrer und jetzt wieder von der verrückten Sibill.« –

Da klirrte es draußen an das offene Fenster, und eine Weiberstimme greinte in die Stube herein: »Du redest, dass es eine Sünd' und eine Schande ist. Über den Herrgott schimpfst du, der dich erlöst hat, du schimpfst über deinen leiblichen Vater, den hochwürdigen Herrn Pfarrer. Und wer bist denn du? Ein versprengter Student, ein besoffener Mensch. Der Herrgott soll es geben, dass du der erste bist, der in der Sündflut ersauft!«

Die Männer duckten sich vor dieser Stimme, die wie Geißelschlag aus der Nacht hereinfuhr, und wagten erst wieder zu atmen, als draußen das Gartentürlein zuschlug.

»Die Sibill ist es gewesen«, sagte der Rochus, »Euer Geschrei hat sie angelockt. Sie schleicht abends in die Häuser und erzählt ihre Geistergeschichte.«

Konrad saß verstummt und stützte die Schläfe in die Faust. Alle schauten ihn schweigend an.

Endlich sprach der Thomas: »Ausschlagen tut die Schattenhauserin wie ein kitzliges Ross.«

Um die anderen abzulenken von dem peinlichen Geschehnis, deutete einer auf den Gregor. »Der frisst noch immer, er zersprengt sich den Darm.« Ein zweiter gestand: »Unsereiner isst so lange, bis es weh tut. Der Gregor aber hört nit auf.« – »Friss, Bruder«, spornte der Thomas, »dass du Kraft kriegst und dem Kometen den Schwanz ausreißt.«

Der Tagelöhner wehrte sich mit einem ungeschlachten Grinsen. Draußen unter dem Sternhimmel sangen die Burschen.

»Leute«, rief Konrad plötzlich in greller Fröhlichkeit, »jetzt singen wir ein Lied!« Er fasste des Schusters Glas und wollte es ihm über den Kopf gießen. »Lass dich mit Essig salben, Sauerkopf!«, lärmte er.

Grimmig entriss ihm der Jordan das Glas und stieß ihn auf die Bank zurück. Dort saß nun der Student verwundert und starrte einen nach dem andern an, aber alle zogen die Stirnen kraus und schienen nicht gewillt, sich narren zu lassen. Nur der Gregor ließ den Kopf schläfrig über die Schüssel hängen.

Da begann der Berauschte:

»Gott schenk dir die ewige Ruh
Und ein Glas voll Schnaps dazu!
Su la su la la.«

Erschöpft endete seine krähende Stimme, keiner hatte mit ihm gesungen. Nur der Gregor reckte sein struppiges Haupt auf.

»Warum schweigt ihr alle?«, rief Konrad. »Warum singst du nicht mit mir, Kleo?«

»Dieses Lied mag ich nit leiden«, sagte der Tischler ruhig.

Hastig schluckte der Student das Gebräu hinab, das vor ihm stand, und erhob sich. Die Mienen der anderen deuchten ihn höhnisch verzerrt, alles wankte um ihn.

»Die Horde verfemt mich«, stieß er heraus. »Keiner singt mit mir, weil ihr mich verachtet. Ihr habt euch verschworen, mich zu beschimpfen, weil ihr ehelich gezeugt seid und ich ...« – Konrad schrie es – »... und ich der Bankert eines Geistlichen bin.«

»So hab' ich es nit gemeint«, beteuerte der Kleo. »Hätt' ich gewusst, dass ich Sie kränke, so hätte ich mitgesungen.«

»Du lügst! O, ich bin der verachtetste Mensch im Dorf«, schluchzte der Student auf, »aber ihr werdet mich nimmer lange verspotten, ich erschieße mich ...«

»Kein Mensch verachtet dich, das bildest du dir nur ein«, knurrte ihn der Wirt an. »Hättest du studiert statt gesoffen, du könntest ein großer Herr sein, und jeder hätte vor dir den Hut gerückt. Wenn du aber noch einmal vom Umbringen redest, dann leih ich dir meinen Leibriemen und zeig dir den Nagel, wo du dich aufhängen kannst.«

Jetzt schlug des Trunkenen heulendes Leid in Wut um.

»Du grober Trampel du? Und ihr Zipfelhaubenbauern, ihr wollt meinen Schmerz beschmutzen?«

Plump tappte er nach des Kleo Kehle. Aber der Wirt sprang hinzu.

»He, willst du meiner Kundschaft die Kehle verschrauben, dass sie nimmer schlucken kann?«

Und er drängte den Berauschten, den plötzlich aller Wille verlassen hatte, zur Tür hinaus.

Im finstern Flur strauchelte der Student über einen Holzschuh, fiel nieder und wusste nichts mehr von sich. Er lag aber nicht lange, da stieß der Gregor an ihn. Der Tagwerker streifte ein Zündholz an, und als er den Trunkenen erkannte, hob er ihn auf und trug ihn wie ein schlummerndes Kind davon. –

Dämmervolle Sommernacht draußen und bleiche Nachtwälder. Die kreuz und die quer hafteten die Sternlein am Himmel, und der gelbe Mondschein war ausgehangen. Dunkel und schwer aber drohte der Turm des ungläubigen Thomas.

Als der Mann mit seiner Last ins Pfarrhaus hineintrottete, kam der Pfarrer die Stiege herab. Er hatte wohl gewartet.

»Bist du es endlich, Konrad?«, fragte er weich und gütevoll.

Das Blutlichtlein einer ewigen Lampe flackerte, und in dem kargen Schimmer stand tölpisch der Riese.

»Pfarrer, ich bring' Euch den Buben.«

Ihr hollerumgrünten Mühlen an der Olsch, nicht lange mehr brauchen eure plumpen Räder, eure Malmsteine zu harren. Denn schon klingeln abendlich die Dengelhämmer von Einschicht zu Einschicht, und die Sensen rufen einander an.

Heuer wurden sie in Thomasöd kaum des vielen Roggens Herr. Die Ernte war überreich, in endloser Zahl, Reihe an Reihe, ragten die Kornmandeln. Das Bauernland, das im hohen Getreide traulich und eng geschienen, ward wieder weit, und das Auge sah frei über die gedehnten Stoppelflächen.

Alles war voll Freude und Arbeit. Nur der Rabenbauer ging kummerschweren Sinnes, seine Sensen konnten rasten.

Ein einziger Acker, der, getrennt vom gerundeten Besitz, im Walde lag, war ihm vom Schauer verschont geblieben. Mit Weib und Knecht, finster und freudlos, zog der Achaz hinaus.

Das Waldfeld hatte keine gute Frucht. Wie im Hass schlug der Bauer drein und senkte wieder müßig die Klinge, den Krähen lauschend, die in fernen Wipfeln greinten. Der Knecht kam ihm voraus und mähte schon ein weidliches Stück im Felde drin. Über die gefallnen Halme gebückt, band die Bäuerin die Garben.

Der Achaz hatte keine Lust zum Ernten, er hätte lieber alles, was da gelb und knisternd wuchs, mit den Füßen zerstampft.

Wie die Sonne stierte! Grell säumte ein zerklüftetes Gewölk.

Jetzt hielt auch der Knecht ein, verstört rief er herüber: »He, Bauer, der Teufel hat auf dem Acker gegrast!«

Der Achaz jagte hin. Eine Furche strich quer übers Getreide, ellenbreit, brandig, fast wie von laufendem Feuer gezogen. In gleichförmiger Höhe waren den Halmen die Ähren abgeschnitten. Doch nirgends war eine Spur, dass dies ein Mensch getan.

Es war der Bilmesschnitt, jene unerklärliche Naturerscheinung, die der Bauer ruchlosen Nachtunholden zuschreibt.

Die Rabin streckte die gefalteten Hände von sich. Ihr Mann aber presste die Fäuste sich ins Gesicht, als wolle er die Augen in den dunklen Leib hineinzwingen, dass sie nicht schauten. Aber die verschlossenen Augen sahen den Bilmes durchs Korn waten, mit krummer Satansnase und glosendem Blick, gehörnt und haarig; die Sichel an seinem Knie köpfte die heimgesuchten Halme.

»Uns hat es getroffen, Weib«, flüsterte der Bauer, »uns allein im Dorf.«

Und er hatte doch an keinem verworfenen Tag gesät und hatte zu Ostern Weihwasser auf diese Schollen gespritzt, um sie vor höllischem Zauber zu sichern, hatte Kreuzlein aus geweihten Felbergerten in alle Ecken des Feldes gesteckt, dem Hufe des argen Feindes zu wehren.

Aber Wasser und Gerten hatte Wenzel Rebhahn geweiht. Ob dieses Priesters Weihe wirkt? Ob sie nicht zu matt ist? Kehrt sich nicht der Himmel ab von seinen frommen Handlungen? Denn er verrichtet sie ja mit einem Herzen, befleckt mit der Todsünde des Geizes.

Wenn dieser Pfarrer nur einmal von dem Dorfe wiche! Seine Weihe hat keine Kraft. Wenn er nur stürbe!

Der Achaz erzitterte vor seinen Gedanken. Scheu spähte er himmelwärts, ob nicht Gottes Faust drohend durch die grelle Wolke dringe. Aber er sah nur einen Geier. Über des Bauern Scheitel mit gespannten Schwingen hin der wilde Schweber. –

Die beiden Eheleute verbrachten eine unruhige Nacht. Sie ruhten nebeneinander im Bett und wussten eines von andern, dass es wach war, und redeten nicht mitsammen. Und wenn das Weib in Halbschlummer sank, krochen Träume von Truden und blutsaugerischen Scheusalen über sie, so dass sie tobenden Herzschlages wieder auffuhr. In dem Hirn des Achaz aber wühlten die Gedanken wie grässliche Engerlinge. –

In aller Frühe stöberte er, als schwane ihm neues Unheil, durch Haus und Scheuer. Im Stall fand er das Kalb, es hatte sich an der Kette erhängt.

Wie teilnahmslos stand er, als die Bäuerin jammernd nahte, und dennoch hatte sich schroffer Wille seiner Seele bemächtigt. Dem Weibe war er unheimlich mit seinem steinernen Gesicht, mit seiner fremdartigen Ruhe.

»Jetzt wirst du mir sagen, was du vorhast, weil du so still bist«, schaffte sie ihm in ihrer Verzagnis.

Er aber riss die dreizinkige Mistgabel von der Wand und drohte: »Frag mich nit, sonst renn' ich dir den Dreizahl durch den Ranzen!«

Heulend entlief sie dem Ergrimmten. –

Der Pfarrer war frühzeitig im Feld gewesen, die Mähder anzutreiben, dass sie mit ihrem Fleiße das günstige Wetter ehrten. Nun kehrte er heim. Er eilte nicht, denn zur Frühmesse hatte es noch Zeit. Den Kartoffelacker entlang ging er zum steilen Wald.

Weißrosiges Kräuselgewölk weilte über dem Wirrsal der Wipfel. Des Hähers gedämpfter Liebeslaut erklang, und ortweise probte ein Schwirrling im Gezweig einen Schnörkel seines Liedes.

In seinem Innern war der Wald voll schwellender Frische. Hoch oben das ausholende und sanft schwankende Tannenkronicht.

Der Pfarrer aber schritt gebückt, die braunen, zweigentfallenen Zapfen klaubend und sich damit die Taschen stopfend, dass sie sich bauschten. Vertieft in seinen Eifer, merkte er den Achaz Rab erst, als dessen Schatten ihm über die Hände fuhr.

Er zuckte zusammen. Es war ihm doch nicht ganz recht, dass jemand seinen Sparsinn belauscht hatte, und seine rosigen Wangen röteten sich dunkler, nicht zuletzt darum, weil er des Hagels dachte, den ihm der Achaz gezehntet.

»Die Eichkatzeln werden Sie scheel anschauen«, versuchte der Bauer zu scherzen, »wenn ihnen das tägliche Brot genommen wird.«

»Ich sammle zur Feuerung«, erwiderte der Geistliche unwirsch, »das Holz wird teurer, und so ein geringer Bergpfarrer muss eintragen wie eine Biene, dass er sein Leben nur halbwegs friste. – Übrigens muss ich Sie fragen, Achaz, ob Sie wirklich der wahnsinnigen Meinung sind, dass ich den Hagelschlag verschuldet habe?«

Der Bauer senkte die Stirn.

»Verzeihen Sie mir und meinem Weibe, hochwürdiger Herr! Was wir getan haben, ist in der Aufregung geschehen. Jetzt tut es uns leid. Tragen Sie mir es nit nach!«

Diese Reue versöhnte den Pfarrer.

»Ich bin in meinem Sprengel keinem feind«, sagte er. »Schließlich tu ich selber oft, was mich hernach reut.«

»Sie werden auch mein Anliegen nit abschlagen?«, fragte der Bauer zögernd.

»Was wollen Sie schon wieder?«, lächelte Wenzel Rebhahn. »Ich komme Ihnen gern entgegen. Aber das sage ich gleich, die Schauerglocke darf nicht geläutet werden.«

»Das begehr' ich nit, Hochwürden. Ich will nur, dass Sie jeden Sonntag in der Messe ein kräftiges Gebet sprechen für einen geheimen Wunsch, den ich habe.«

»Gebete kosten Geld«, sagte der Pfarrer trocken. »Umsonst kratzt keine Henne.«

»Ich zahle gern die Gebühr, aber das dinge ich mir aus, Sie müssen mit aller Gewalt beten, dass sich mein Anliegen erfüllt.« Und der Achaz zog eine Handvoll Silber hervor. Das wäre das Angeld.

Des Pfarrers Finger krümmten sich, sie wurden wächsern gelb und bemächtigten sich in zuckender Wildheit der Münzen. Diese Gebärde war in ihrer Gier und Hast unsäglich hässlich.

»Bauer, ich will mich in die Riemen lehnen wie ein Pflugross, ich werde den Herrgott auftrompeten.«

Und er zählte das Geld aus einer Hand in die andere und entzückte sich an dem kurzen Geklirr, womit die Gulden aneinanderprallten.

Plötzlich fasste der Achaz mit zitterndem Griff den Ärmel seines Seelsorgers. »Der Bilmes ist in meinem Korn gegangen. Warum hat das der Herrgott zugelassen? Sagen Sie mir, Hochwürden, was hat der Herrgott gegen mich? Wie muss ich leben, dass er mir nit noch mehr verderben lässt?«

»Aber Achaz, es gibt doch keinen Bilmes. Die Ähren sind wahrscheinlich von Rüsselkäfern abgebissen worden. Oder von Rehen. Ich weiß die Ursache selber nicht. – Aber Gott hat nichts gegen Sie. Er lässt über jeden Leides kommen – über jeden.« –

Er sagte es wehmütig und vergaß des weißen Silbers in seiner Hand.

Düster kehrte sich der Achaz zum Gehen. »Wenn es so ist, lässt sich nix ändern. In Gottes Namen!«

»He«, schrie ihm der Pfarrer nach, »was für ein Anliegen ist es, dafür ich beten soll.«

»Ich möcht' es nicht gern verraten.«

»Ist Ihr Anliegen nicht zu weltlich? Denn ...«, fügte der Geistliche zögernd hinzu, »dann müsst' ich Ihnen das Geld zurückgeben.«

»Es ist nit weltlich«, rief der Bauer zurück, und seine Rede schrillte wie hartes Silber.

Der Pfarrer gab sich zufrieden. Mit dem Geld in der Faust schritt er wohlgemut durch seinen Wald. Morgenstunde hat Gold im Munde.

Er musste an der Bilderbuche vorüber. Daran war der Heiland gespannt, und auf den Ästen waren viele geschnitzte Heilige, die in dem Baum wie bunte Vögel nisteten. Der Stamm griff mit mächtigen, fast felshaften Wurzelwülsten in die Erde. Im Land übte das Rotkröpfel sein sehnliches Gesätzlein.

Der Pfarrer schüttelte das Geld, des Klingelns froh, das sich trefflich zu des Vogels Heimlichkeit fügte. Aber da stolperte er über eine Wurzel, und die Gulden rollten auf dem Boden davon. Wie ein Sperber fiel er darüber her, sie zusammenraffend, und hernach schlug er mit der Hand, die das Geld wieder umballte, gegen den Heiligenbaum und knirschte: »Du grober Trottel, du verdienst, dass ich den Holzhacker auf dich hetze.«

Da fiel ein Brausen in die Krone, als erhöbe der Baum Einspruch gegen Züchtigung, Schimpf und Drohwort, die Heiligen nickten, und der hässliche Christus mit den dürren Rippen und den sechs Zehen auf dem einen Fuß wankte leise und starrte schwarzen Auges auf den Menschen herab. Und das Brausen der Höhe sank über die Seele unten, erschütterte sie und hüllte sie in bange Erkenntnis, dass sie sich flehend an den wandte, der einst in Dürftigkeit und Not gewandelt war.

»O Heiland, hebe mich aus der Hölle des Geizes!«

Rascher schritt Wenzel Rebhahn heim, er achtete nicht des Wilddorns, der rosenbrünstig glühte, nicht des Taues, der wunderreich über die Gräser versprengt war.

Nur bei dem krüppeligen Birnbaum vor seinem Tore hielt er an. »Wachse, Bäumlein, werde gerad' und wirf deine Dörner ab!«, flüsterte er, und das schwere Auge ward ihm wieder mild.

Der Sommer versank.

Nun sauste der fahle Hafer, und die Sense warf ihn. Die Jagd hub an, am Wolfsruck klifften die Hunde, und Heger und Bauer hängten die Büchse über die Schulter.

Süß rochen die letzten Reseden in des Schulmeisters Garten, die Ufer der Wegschluchten glühten unter dem Brand der Heide, und die Sonne wirkte ein kühles Gold.

Da erkannte der Ehrenfried, dass es wohl an der Zeit sein, den Haselwald zu plündern. Mit einem weidlichen Sack brach er in das Gebüsch. »Mit Verlaub, du gutes Holz«, grüßte er die Stauden, »darf ich mir nehmen, was der Häher verschmäht hat und die Eichkatz'?« Gnädig und großgünstig winkten die Bäume, und so begann der Mann, in köstlicher Heimlichkeit zu heimsen, und abends schleppte er den raschelnden Nusssack in sein winzig Häusel, dass die weißschädligen Kinder zu knacken hätten über den Winter.

Bald aber drang eine leise Glut in die Bergwälder, flammende Farbtöne grellten im milden Glitzern der Tage auf, der Mischwald ward scheckig, die Buchen am Wolfsruck röteten sich, und es war, als roste der Berg.

Der Ruch von Feldfeuern wob in der Luft, und die aufgerissenen Äcker waren schwarz wie das schwere Brot der Bauern. Müder trugen die Birken ihre Kronen.

Dann ward der Herbst zur Seuche: Im rüttelnden Fieber fiel das Laub, und die Olsch floss grünlich und schwemmte endlose Flotten vergilbter Blätter.

Und es kam ein Tag, da prahlte im Friedhof auf jedem Grab ein Gärtlein mit späten Blumen, da hing an den vergoldeten Armstreckern und den schiefen Holzkreuzen grünes Gewind, und die Ruhestätten waren mit feiner Torferde bestreut, auf deren Dunkel man den Namen Jesu zusammengesetzt hatte mit der Eberesche scharlachnem Obst, und versunkne und öde Totenhügel waren moosgebrämt.

Jedes Grab hatte sein Lichtlein, im farbigen Glas schwamm es auf dem Öl, bang und unruhig, als wäre es Seele, welche der Abgeschiedene ein Weilchen aus der Erde herauszucken und flattern ließ, um sie nach der dumpfen Morschheit und Fäulnis zu lüften.

Kühles Wolkensilber und feiermild der Tag.

Schwermütig irrten die Menschen durch den Friedhof, sie knieten versonnen vor den Gräbern oder spähten, wes Hüglein am lieblichsten geputzt sei. An den Totenkreuzen wurden alte Türlein geöffnet, dahinter die Spinne lauerte und der Name verblichen war. Manches ward heut gesprochen vom Sterben und von der Ewigkeit, vom kurzen Leben und der langen Ruhe, und die alte Fichte am Kirchplatz rauschte so verhalten, als rede sie über die Toten.

Ein einziges Ereignis verstörte den stillen Ernst dieser Stunden. Wohl hatte die Wulschbäuerin der Muhme Grab redlich und schlicht geschmückt, wie es der Brauch heischte. Über Nacht aber hatte jemand die Stätte zerstampft und widerlich besudelt. Es war eine Verwegenheit von dem Täter gewesen, derart zu freveln in der schaurigen Allerseelennacht, wo die Seelen aus der Erde steigen, im Winde sind und heimlich die Angehörigen aufsuchen oder die Orte, wo sie einst gelebt haben.

Und der Pfarrer hub auf der Kanzel an, von dem gottgefälligen Leben der verstorbenen Muhme zu reden, das nur dem Wohltun geweiht gewesen, und von dem vielen Gelde, das dies edle Weib in seinem Vermächtnis dazu bestimmt habe, dass die arme Kirche ihrer Heimat einmal reich und prächtig werde und alle Gemüter erquicke mit erbaulichen Gemälden.

Dass aber, schrie der Prediger plötzlich auf, dass das Grab dieser Frau, die jetzt glorreich zu Gottes Füßen sitze, von einem Veruchten viehisch geschändet worden sei, von einem Elenden, dessen Hass sich erkühne, über den Tod hinüberzuzielen. Den Rachestrahl des Allwissers beschwor der Priester auf den versteckten Schurken herab, und seine harten Augen hafteten dabei unablässig an des Wulfen Kirchstuhl, der heute leer war.

Die Weiber aber schielten lispelnd zu der Wulschin hinüber, die regungslos die brennende Stirn über das Betbuch gesenkt hielt.

Nach seinen Worten kniete der Pfarrer hin und begann mit einförmig hallender Stimme die Gebete für die Verstorbenen. Als er aber zum Schluss die Gemeinde aufforderte, mit ihm für ein Anliegen des Bauern Achaz Rab zu beten, da ward er inbrünstig und warm, seine Stimme scholl verjüngt, und er betete, als wünsche er etwas für sich. Brausend griff die Menge in das Vaterunser ein, und des Achaz Kehle schrie scharf und begehrend über die andern hinaus.

Das Ringareia der Blätter im roten Forst war vorbei. In den weißen Wolken blühte schon der Schnee, und die Alpen tauchten in prachtvoll frischen Tagen aus dem Süden.

Oft wieder vergrauten die nächsten Berge vor Dunst und schienen in unerwanderbare Fernen hinausgeschoben, oft wälzte sich der Nebel tagelang über dem Wolfsruck, dass das Dorf ganz vermummelt war und seine Straßen sich ins Fahle verliefen. Dann ruhte aller Wald in Schweigen, selten spaltete ein Keil ziehender Vögel das gramvoll öde Himmelsgrau, und nur die Scheuern lebten und ließen ihre Tore kreischen und die Flegel gegen die zitternde Tenne prallen.

Endlich griff der große Frost übers Dorf, Raureif legend an Bart und Tann, den Wald verzaubernd und die Halden silbernd. Ein Senger und Brenner, verdarb er, was noch karg vom Frühherbst stand, und kroch Menschen und Vieh bis an die Knochen in den Leib hinein.

Da sah denn des Sixtels Hütte beruhigend darein mit dem vielen Astwerk und Klaubholz, das außen an den Mauern aufgestaffelt war und dem Fenster kaum Raum ließ, aus dem Stüblein herauszublinzeln.

Aber der Häuselmann drin sah dennoch alles, denn als der Thomas vorüberschlenderte, den Hut mit eines Eichhorns buschigem Schwanz geputzt, schoss der Sixtel zur Tür heraus und schalt ihn einen Schindersknecht und Tierpeiniger, worauf sich der Schneider umdrehte und mit grauem Atem fragte, ob der Sixtel seiner Kuh schon ein Himmelbett gekauft habe.

»Die Tiere muss man behandeln wie die Kinder, die kleine Seele ausgenommen«, sagte der Häusler streng, und die eidechsflinken Augen glühten ihm. »Und schließlich weiß keiner, ob das Tier nit auch eine Seele hat. Wie wenn dich am Jüngsten Tag das Eichkatzel, das du gemartert hast, vor Gott verklagt?«

»O du Narr, du Viechsnarr!«, lachte der andere.

»Wär' es dir recht, Thomas, wenn dir einer den feuerfuchsigen Bart vom Kinn hacken tät?!«

Der Rote sah von der Seite darein wie eine Gans, wenn es wetterleuchtet. »Das sollte sich einer getrauen!«, drohte er.

Auf das hin waren die Streiter grimmiglich aneinandergeraten. Den Sixtel begünstigte seine behände Dürrheit. Auf die Sitzteile seiner grauen Hose waren zwei Flecke genäht, grasgrün der eine, der andere kanarigelb, jetzt beim Raufen kamen sie zur Geltung.

Der Thomas war durch die maushafte Flinkheit des Gegners überrumpelt worden. »O du Dürrling!«, schnaufte er, und bald hub er unter den emsigen Hieben des Sixtel an, wie eine Jungfer zu kreischen, der man ihr Magdtum nehmen will.

Es war hohe Zeit, dass der Brillenbauer, durch des Schneiders Gezeter von seinem Buche aufgestört, eingriff. Sein Geißelstecken vermittelte bald den Handel, und der Thomas entrann lamentierend dem knorrigen Sachwalter des Eichhorns.

Nun musste der Bauer, so heftig er sich auch in seiner brennenden Lesegier dagegen verwahrte, Sixtels Viehstand beschauen. Die Kuh, die voreinst als zaundürres Geripp in diesen Stall eingezogen war, hatte sich ein ansehnliches Schmer angewamst und stand nun behäbig und schier lächelnden Gesichtes vor ihrem Barren.

Lange währte es, bis ihn der Häusler von sich ließ und er wieder fröstelnd in der kahlen, kalten Stube las, die Hände im Sack und mit den Füßen sich Wärme aus der Diele stampfend.

Die Hängelampe hatte er schon angezündet, obzwar es noch nicht so arg düsterte. Dem Krämer schuldete er schon viel für das Öl.

Bei seiner Lesewut hatte er sich fast durch alle Bücher durchgefressen, die zwischen dem Schöninger und der Fuchswiese vorhanden waren, durch mord- und todtriefende Mären von Räubern und Paschern, durch schwerleibige Erbauungsbände und durch Kinderbüchlein, wie sie der Schullehrer herborgte, und an deren Erzählungen brave Sprüchlein geleimt sind, die Jugend zu bessern. Heute aber hatte er in Mönchsreut aus dem Wust einer Bodenkammer ein gewaltiges Buch aufgestöbert und es sich im Buckelkorb eilends heimgeschleppt. Blutfarbne Bilder darin reizten zum Lesen des verworfnen Erdenwallens des Räuberhauptmanns Grasel.

Aber trotz Mord und Brand, die aus diesem Buche aufstiegen, fror der Ambros Hois erbärmlich, dass er sich vor Kälte nicht mehr verwusste und aufstand und um den Tisch trippelte, die starren

Zehen zu wärmen. Auch hob er jetzt Arme und Knie und hielt einen Stuhl mit beiden Händen empor, bis ihm die arme zitterten und der Atem zu hören war. Doch die Wärme kehrte nicht so bald in den alten Leib ein.

Schließlich ließ er sich auf die Hände nieder und kroch beinlings die Wand aufwärts, so dass die Füße oben waren und die Zipfelhaube unten.

Nun war ihm warm, und hastig beugte er sich wieder über das Buch. Aber seine Gedanken ließen sich heute nicht in das Geleis der abenteuerlichen Geschicke Grasels drängen, sie irrten immer wieder abseits. Sixtels, des aufstrebenden Knechtleins Glück mahnte ihn an sein niedergehendes Haus.

Als sein Weib in den Kirchhof übergesiedelt und sein Sohn nach Amerika gezogen war, hub der Unsegen an. Ganz rauschig war sein Bub gewesen voll Sucht nach der Ferne, nach Kämpfen und Taten; in Übermut und Hast ist er übers Meer. Damals hat der Ambros zu lesen angefangen. Und nun schaltete das Gesinde, indes sich der Herr hinter den Büchern vergrub. Feld auf Feld riss von dem Grund der Väter ab, eine Kuh nach der andern ward verkauft. Schließlich blieb dem Verschuldeten kein Knecht mehr, und die Gefahr stieg auf, dass ihm das Haus über dem Kopf verkauft würde.

»Mich hält es noch aus«, tröstete er sich auch heute wieder, da ihm bange zu werden begann, und er sagte es laut, um es sich besser glauben zu machen.

Was läge auch schließlich daran, wenn das Haus wirklich vergantet werden müsste! –

Wie blank hatten einst diese Fenster gegrüßt! Wie hatte Wohlstand die Räume durchwärmt vom Keller bis zum Kornboden! Jeder Dachziegel, jeder Zaunstecken war an seiner Stelle gewesen. Und jetzt?

Der Garten, wo voreinst die brennende Liebe geglüht, die Herzblumen gebaumelt, blaue Schwertlilien, Blutrosen, Liebstöckel und

Alant das Gemüt froh gemacht hatten, dieser Garten war nun hässlich und zertreten, und das Unkraut blähte sich darin hochwuchernd und geil.

Im verödeten Stall hauste eine einzige Kuh. Wie traurig sie gebrüllt hatte, als man ihr die letzte Genossin weggenommen! Die ganze Nacht hatte sie gebrüllt vor Leid und Einsamkeit. Damals, in jener Nacht, hat der Ambros Hois nicht lesen können, so stark hat das Tier geklagt. Jetzt stand es wieder still und stumpf, verlassen wie sein Bauer.

Verlassen! Das Weib tot, der Bub im fernen Land! Das gefährliche Meer zwischen Vater und Sohn, ein Meer voller Haifische und voller Wogen, höher als ein Kirchturm! Und das Land drüben unsicher von den Hindianern, Menschen, die sich die Haut bemalen und die weißen Leute an den Marterpfahl heften und zu Tod peinigen! Er wird nimmer heimkommen, der Sepp. Und es ist recht, dass alles zugrund' geht, denn er kommt nimmer, nimmer ...

Der Brillenmann seufzte auf. O Bub, Bub!

Gewaltsam zwang er sich wieder in den Sinn des Buches, und Meinungen und Taten des Waldhäuptlings Grasel umstrickten gnädig die Gedanken des Einsamen und zerrten ihn hinein in den Sturzbach grässlicher Dinge, in Brandstiftung, Meuchelmord, Raub und Notnunft, dass sich ihm Haare und Brauen sträubten und er den vergaß, der jenseits des tiefen Meeres lebte.

Schlürfende Füße und ein pochender Knöchel aber rissen ihn wieder aus seiner Betäubung.

»Bleib' draußen!«, zankte er in das dumpfe Vaterunser drein, das im Vorhaus gemurmelt ward. »Ich will meine liebe Ruh' haben.«

»Um ein Vierkreuzerstück tät ich dich bitten, Bauer. Ich bin ein armer Mann«, brummte es zum Spalt herein, der sich bescheiden zwischen Tür und Mauerstock auftat.

»Was?! Vier Kreuzer auf einmal? Belohnen soll ich dich, Müßig-
gänger, dafür, dass du mich störst?«, entrüstete sich der Ambros,
dass ihm die Brille anlief. Und da ihm gleichzeitig einfiel, dass er
selber keinen roten Kreuzer Geld im Schublädlein hatte, tappte er
nach dem Stock, womit er den Thomas und den Sixtel aus ihrer
Umschlingung getrennt hatte, und knallte damit auf den Tisch.
»Hinaus, sag' ich, hinaus!«

»Vergelt's Gott tausendmal«, entgegnete der draußen in Demut,
als wäre ihm eine Gabe worden, der Türspalt schloss sich, und
schwerfällig schlürften die Schuhe zum Haus hinaus.

Betroffen kraulte sich der Bauer das Kinn. Der Fechtbruder
hatte gedankt, nachdem er verscheucht worden ist wie ein fremder
Körper! Wer mochte das sein? Es waren ja nur wenige, die bettelnd
das Hochdorf heimsuchten.

Da war der Kuttenbruder, der allherbstlich mit seinem Knecht
um gehechelten Flachs bettelte und reichlich bedacht wurde, weil
er ein Gottesmann war.

Dann der Gitarrfranzel, ein pfiffiges Zeisel, der allerlei
schnackische Gesätzlein wusste und auf seiner Zupfgeige flink dazu
klimperte. Alsdann der grobe Werkelmann, der mit Steinwürfen
die Buben vertrieb, die seinem verstimmten Leierkasten folgten wie
die Kinder dem Rattenfänger.

Hernach der Törrische (törrisch, taub) aus Krummau, den die
Weiber fürchteten, wenn er mit seinen wilden Augen in die Einöden
lallend kam, und den sie nicht in die Stuben ließen, weil er sich
oft aus des Krämers Fässlein die Wagenschmiere schaufelt und sich
die Holzschuhe bestrich, so dass seine Spur weit auf Steig und Steg
kenntlich war.

Schließlich der Leidenchristimann. Der trug eine Kiste vor die
Brust gebunden, darin unseres guten Heilandes Marter mit kläg-
lichen Bildlein dargestellt war. Und sein Weib, das in der Schürze
hochheimlich ein ausgestopftes Lamm barg und für das liebe Geld

herzeigte. Das Tierlein hatte sechs Beine (davon das mittlere Paar aber angenäht war, was jedermann im Dorfe wusste).

Aber keiner von diesen fahrenden Leuten war es, der jetzt im Dämmer draußen jenseits des Zaunes dahinschlich wie ein Schatten.

Und wenn jetzt zur selben Stunde einer drüben im Hindianerland um ein Almosengröschel anspricht, wenn er auch unbarmherzig hinausgejagt wird in den Laubsturz, wenn die Kälte auch so bärenbitter ist dortzulande und die Zeit so grau ...

Aufschnellte der Bauer, die Tür riss er auf und trat eilig vors Haus. Jetzt fühlte er die schneidige Luft, jetzt merkte er, wie schwer die Dunkelheit schon war. Rauer Raschelwind im Dorn, und ein Schritt, der hart gegen die Erde schlug, die der Frost versteinert hatte.

»He, halt aus, du Bruder Seltsam!«

Der Schritt pochte langsam weiter.

»Bettelmann, bleib bei mir über die Nacht«, bat der Ambros inständig, »hörst, bleib da, es riecht nach Schnee!«

Die dunkle Gestalt hielt an.

»Bettelmann, kehr um und trag es mir nit nach, dass ich dich so angerollt hab'. Mich hat es gegiftet, dass du gleich einen Schustertaler begehrt hast.«

Der Fremde näherte sich.

»Weniger nehm' ich nit an.«

»Warum denn nit, du Bruder Seltsam?«

»Geld brauch' ich, viel Geld. Ich bin ein Wallfahrer.«

»Wohin wallfahrst du? Nach Maria-Schnee? Nach Maria-Rast-am-Stein?«

Der Bettler schüttelte seinen wuchernden Gottvaterbart. »Übers Meer will ich«, erwiderte er mit leiser Feierlichkeit.

»Übers Meer?«, wiederholte der mit der Brille zag und hoffend. »Da grüßt du mir meinen Sepp und bringst ihn mir zurück. Er ist auch drüben bei den Hindianern.«

»Ich fahr' nit nach Amerika, Ambros Hois, ins gelobte Land muss ich.«

Jetzt erst erkannte der Bauer, dem von den Moritaten des Räubers Grasel noch schwindelte, den wunderlichen Waller.

»Du lebst noch, Ägid? Bist nit gestorben damals, wie du in Oxbrunn die lebendige Blindschleiche gefressen hast?«

»Erst muss ich Jerusalem sehen, ehe ich sterbe.«

»Aber du kommst dein Lebtag nit hin, wenn du alle Jahre uns in Thomasöd besuchst. Solange ich denke, gehst du schon ins gelobte Land.«

Sie traten in die Stube. Der gottvaterbärtige Gast warf ächzend den Brotsack ab, lehnte den Pfahl, darauf er sich gestützt, daran, und setzte sich auf das Ofenmäuerlein, indes der Ambros rasch einen Schüppel Stroh aus seinem Bett riss und ins Ofenloch schob, hernach etliche Späne von einem Stuhl spliss und ein paar Stecken vom Zaun hereinholte, welch Gemengsel er umständlich mit Zündstein und Schwamm in Brand steckte.

Der Ägid klapperte mit seinem Rosenkranz, der aus den weißen Wirbelknöchlein einer Natter abenteuerlich zusammengefügt war.

Er war ein Sonderling, aus dem keiner klug wurde. Er wanderte und bettelte und ließ sich von frommen Weibern mit Wünschen beladen, die er am Grabe Christi zu Jerusalem niederlegen sollte. Oft kletterte er auch in den Schenken auf den Tisch und predigte – und verschwand dann wieder auf Monate, als ob er wirklich schon am Ölberg und auf der Schädelstätte wandle.

Aus der Schüssel am Ofen nebelte es, und der Bauer holte zwei Löffel aus der Klunse des Trambaumes, stellte die Milch auf den Tisch und schüttete Brotbrocken hinein, die schwarz und so schwer waren, dass sie nicht schwammen, sondern gleich zu Boden sanken.

Aufrecht saßen die beiden vor der schartigen Schüssel, und der Löffel hatte einen weiten Weg zum Munde. Die Brocken knirschten wie feiner Sand zwischen den Zähnen. Der Bauer aß andächtig, der Landfahrer aber begrub die Suppe gierig in sich.

»Fleisch hast du nit im Haus?«, fragte er.

Der Bauer schüttelte gewaltig Kopf und Zipfelmütze. Doch der mit den tiefen, Erlösungsland suchenden Augen blieb beharrlich.

»Schon lange hab' ich keinen Fetzen Fleisch im Magen gespürt. Mich dürstet schier danach. Mit einer Krähe nähme ich vorlieb, mit Fuchsenfleisch, mit einem Igel.«

»Der Schneider Thomas hatte heut' ein geselchtes Eichkatzel«, riet darauf der Ambros. »Das wär ein Schleck für deinen blechernen Magen.«

Der Wallfahrer zog lüstern die Nasenlöcher hoch, aber an den Lippen seines Wirtes las er die Schalkheit.

»Und wenn ihr meinen elenden Leib hungern lasset und meine Zunge lechzen, der Herr wird seine Raben schicken, die mich speisen werden mit den Früchten des Paradieses. Aus dürrem Stein wird Gott den Brunnen spritzen lassen, der mich letzt und labt.«

Seine tiefe, langsame Stimme war wie der Ton einer Höhlenglocke, sein bärtiges Haupt war in den Nacken geworfen.

Da fiel dem Brillenmann ein, dass Ägids Geist sich immer verwirre, wenn der Mond wachse. Also zog er den Kalender am Fensterbrett zurate, und als er inne ward, dass der Mond im Zunehmen sei, beruhigte er den biblischen Mann und wies ihm die Ofenbank zum Lager an, er selbst aber setzte sich wieder zu dem Buch.

Der Bettler war mäuselstill; nur selten raschelte die Natternkette, doch betete er nicht, sondern ließ seine Äuglein besinnlich über den Verfall dieser Stube gleiten. Das verwilderte Bett, der Strohsack, daraus es wie Strupphaar gilbte, die Uhr, die stumm und tot an der Wand haftete, das allzu dürftige Gerät, der erdvergessene Mann vor dem Buch, das bot ein trauriges Bild.

»Bauer, ob du auch lesen wirst, wenn du einmal nichts mehr hast, wohin du dein Haupt legen kannst?« Der auf der Bank sagte dies plötzlich.

Der Brillenmann fuhr zusammen, er hatte vergessen, dass er nicht allein war. Und die Frage machte ihn stutzig. Vielleicht ist der Mond doch nicht im Wachsen?

Endlich erwiderte er halb seufzend, halb leichtsinnig: »Mich hält es noch aus.«

Dem widerstritt der Ägid. »Du schaust gesund und kräftig aus, Hois, du lebst noch dreißig Jahre. Und so lange kann dich deine Wirtschaft nit aushalten.«

»Dreißig Jahre nit, mein Freund, aber bis zum künftigen Jahr, bis zur Sündflut gewiss.«

»Bis zur Sündflut?« Der Wallfahrer stand steil an dem Tisch. »Wo soll denn die Sündflut sein?«

»In der ganzen Welt und in Thomasöd.«

»Wie kannst du das wissen? Steht das in deinem Buch beschrieben?«

»Im Dorf glauben sie es. Der Wulschenmuhme ihr Geist hat es prophezeit.«

Der Mond musste dennoch sich füllen, denn der Ägid starrte so verloren darein, und auf einmal griff er gar nach Schnappsack und Stab.

»Wohin willst du in der Finsternis, Mann?«

»Die Sündflut kommt«, murmelte der Sonderbare. »Es ist Zeit, dass ich das Gelobte Land erreiche.«

Und träumlings trat er in die Herbstnacht.

»Er ist halt doch ein Mondnarr«, dachte der Brillenbauer und vertiefte sich einsam wieder in Leben und Höllenfahrt des berüchtigten Schächers.

Die Tage schrumpften, und die Sonne siechte über der Erde, der die welken Gewande entfallen waren. Da stürzten aus dem Geschiebe plumper Wolken die Flocken, die tanzenden Welteroberer, und besiedelten die Furche im Feld, die Schindel am Dach, die Nadel im Tann.

»Der Jud lässt die Federn aus«, johlte der Jungwuchs des Dorfes. An das frierend nackte Gestäude hängte sich der Schnee. Die Olsch stockte unter dem verglasenden Eis, die Mühlen feierten, und die Müller schlugen im Wirtshaus auf den Tisch und leerten ihr Krüglein fein sauber.

Wie hochzeitende Mücken schwirrten die Flocken durcheinander und verschneiten den Hasen im Feld und im Strauch den Ammerling, dass ihn sein Liedel verdross. Nur des hochgeschopften Pestvogels Ruf klirrte verstohlen.

Misslaunig lugte der Fuchs über die Steinmauer: Verreist der feiste Sommerflug, die Maus erfroren, das Rebhuhn dem Dorfe allzu nahe – und Hunger, dass man sich den eigenen Bauch aufreißen könnte!

Tief im Schnee verkauerten sich die Gehöfte, immer mehr flockte es nieder, ein weißes Vorspiel zur Sündflut, und an windstillen Tagen starrte ergreifend die Öde des Bergwinters.

Adventszeit! Wundertraulich war es zur dunklen Frühe in der Kirche, draußen hingen die Gestirne, drinnen glänzten die Kerzen, und die warmvermummten Leute sangen die liebliche Weise: »Maria, sei gegrüßt, du lichter Morgenstern!«

Wenn dann der träge Tag erwachte, drohten glutbrünstig im Ost die Wolken. –

Den ganzen Tag über musste im Rabenhof die Lampe brennen, denn die Fenster waren unterm angewehten Schnee verschüttet. So merkten Bauer und Bäuerin den Abend erst, als die Dirn ihr Spinnrad nahm und in die Rockenstube ging und der Gregor sich seinem breitesten Gähnen hingab.

Der Achaz hatte den starken Gregor gedungen. Da aber das karge Getreide bald gedroschen und im verschneiten Feld nichts zu schaffen war, tat dem Riesen die Stärke im Leibe weh. Drum vertrieb er sich die Überfülle von Zeit und Kraft, indem er wunderliche Straßen und Joche in den Schneebüheln vorm Hause schaufelte, Treppen staffelte, Grotten höhlte und aus der Öde eine putzige Kleinschöpfung hervorrief, daran die heimkehrenden Schulbuben ihren lichten Jubel hatten.

Dies Geschäft hatte ihn auch heute beansprucht, und nun waren seine Glieder müde, als hätten sie mit einem Bären gerungen. Trotzdem bat er den Bauern beim Gutenachtgruß: »Weckt mich auf in der Nacht, dass ich weiß, wie gut das Schlafen ist.« Er war in seiner Art ein Lebenskünstler.

Nun waren sie allein, der Achaz, sein Weib und die Liesel.

Er hockte im Herrgottswinkel und hatte seine nachdenkliche Zeit, während die Weiber das Spinnrad drehten, das so hausheimlich und behaglich schnurrte wie ein Kätzchen am warmen Ofensims. Die Luft war vom kräftigen Wohlgeruch des Flachses durchdrungen.

»Der Schüttboden ist schier leer«, murrte der Achaz in den Tisch hinein, »es ist ein bitteres Jahr gewesen für mich. Mir läg' meiner Seel nit viel daran, wenn die Welt aufhörte.«

Die Tochter setzte im Spinnen aus, bekümmert und bleich sah sie darein. »Glaubt Ihr denn auch an die Sündflut, Vater?«

Der Mann schupfte die Achseln. »Ich kenn' mich nit aus. Aber das ist gewiss, dass der Komet kommt. Und niemand weiß, ob er das Jüngste Gericht und den Antichrist mitbringt.«

Den Weibern schauderte.

»Der Pfarrer hat aber gesagt, die Meinung, dass das letzte Ende da sei, wär' ein Unsinn«, wagte die Liesel zu entgegnen.

»Der Neugläubig, der Heide!«, schalt der Bauer. »Mit seinen Reden bringt er noch die ganze Pfarre ins Elend.«

»Es wär' nit unmöglich, dass Gott eine Strafe schickt«, sagte die Bäuerin, »die Sünden werden immer größer.«

Finster sah der Achaz auf seine Faust, und die Liesel drehte das Rädlein hastiger.

Das Weib aber fuhr fort: »Eine schwere Sünde hat der getan, der am Armenseeltag der Agnes ihr Grab so schandhaft hergerichtet hat, und mich ziemt, der Wulsch hat es getan im Zorn, dass die Muhme das Geld der Kirche vermacht hat.«

»Bist still!«, grollte der Mann sie an; und sein Gesicht glühte. Über den Marx ließ er nichts kommen.

Jetzt ward es ruhig, und nur die Spinnräder surrten, und der Wind johlte im Schornstein.

Der Bauer stand schwerfällig auf.

»Wie es drin im Rauchfang zugeht! Es weint und pfeift und ist wie eine Stimme, die aus der Hölle ruft.«

Niemand antwortete ihm.

Er trat vor das Kreuz im Herrgottswinkel.

»Deine fünf roten Wunden haben die Welt erlöst«, flüsterte er, »aber dein Blut hat die Hölle nit auslöschen können, sie brennt weiter.« Sein Flüstern ward immer zager. »Brennt weiter … brennt weiter …«, wiederholte er, bis das Wort tonlos wurde und die Lippen nur noch unbewusst bebten.

Besorgt sah das Mädchen hin. »Vater, wo fehlt es Euch denn?«

»Entsetzlich schwer ist es, in den Himmel zu kommen«, grübelte er, »nur selten ersteigt einer die ewige Seligkeit. Aber in die Hölle hinunter fliegen die Seelen, sie sind nit zu zählen wie die Flocken draußen im Sturm. – Wie mag es einmal mir gehen …?«

»Ihr tut nix Schlechtes, Vater, Ihr betet und arbeitet, und das muss dem Herrgott genug sein.«

»O, ich bin ein Sünder«, sagte der Achaz düster.

»Ihr habt ja eine Himmelsleiter, Euer geistlicher Sohn wird fürbitten, auf den sollt Ihr vertrauen.«

»Ob ein einziger Fürbitter nit zu wenig ist?«, raunte er, angstvoll zu der jungen Spinnerin hinüberlauernd. »Wenn noch ein zweiter wär', der für mich betete – und eine Weihe hätte, mir wäre leichter ums Herz.«

Und jäh trat er vor seine Tochter hin und legte ihr die Hand auf den Scheitel, als wolle er selber sie weihen.

»Liesel, schon lange denk' ich daran, du sollst wegen deines Vaters eine Nonne werden.«

»Eine Nonne ...«, stammelte sie fassungslos. Die Hand auf ihrem Haupte war hart.

Die Mutter, die trotzig und stumm gesponnen hatte, seit ihr Mann sie schweigen geheißen, sagte staunend: »Aber Achaz, was träumt dir denn! Wer soll denn einmal die Wirtschaft übernehmen, wenn die Liesel fort müsste?«

Er achtete dieses Einwurfes nicht.

»Mein hochwürdiger Herr Sohn wird dich schon in ein Kloster bringen, Liesel, und dort betest du für mich, gelt, nur für mich, Tag und Nacht?!«

Das Mädchen hatte sich gesammelt.

»Vater, zu einer Nonne sind meine Hände viel zu grob, – und sie brauchen schwere Arbeit, – und meine Rede ist bäuerisch.«

»Wenn du die Finger nur zum Baten falten kannst«, sagte er.

»Aber zu jung bin ich noch«, wehrte sie sich.

»Das ist gerade recht, du bist noch in der Unschuld. Aber die Zeit kommt bald, wo dir das Blut wilder rinnt und schreit.« –

»Red' nit so vor dem Dirndel!«, rügte die Bäuerin.

»Du musst ins Kloster, Liesel, ich und meine Schwester, die Schattenhauserin, haben es beschlossen, und meinem hochwürdigen Sohn hab' ich deswegen schon geschrieben.«

»Da müsst ihr mich auch fragen, ob ich mag«, sagte das Mädchen weinerlich, »der Mensch hat einen freien Willen.«

Der Achaz hörte nicht darauf.

»Leid ist mir nur, dass meine älteste Tochter nit auch den Schleier genommen hat. Ich hätte sie nit in die Stadt geben sollen. Jetzt hat sie dort diesen Menschen geheiratet, der sich Neunteufel schreibt. Neunteufel!! Ist das ein Name für einen Christen?! Grausen tut mir davor. – Aber du, mein Kind, gelt, du folgst mir, du wirst beten für deinen alten Vater.« ...

»Vater, jede Nacht bete ich für Euch. Aber dass ich eine Nonne werde, das verlanget nit.«

Seine Lippen verkniffen sich.

»Liesel, du musst! Mein Wille ist so fest wie die Erde unter meinem Fuß.«

Da stand das Mädchen vom Rocken auf. Ach – zwei Herzen schlugen in ihr, das eigene, wildbeklommen, – und dann das fremde, neue Herz des Menschen, der in ihr keimte. Ihr schauderte. Sie ging zum Ofen und beugte das glühende Gesicht über des Herdes glühende Ringe. Die Tränen ließ sie auf die Platte fallen, und es tat ihr wohl, wie sie verzischten.

»Wenn ich auch wollte«, sagte sie halblaut, »ich könnte nit mehr.«

»He, was murmelst du?«, fragte der Achaz erschrocken, und der Mutter stockte das Rädlein.

Eine tödliche Scham verfasste die Liesel, sie floh den Blick der Eltern, am liebsten hätte sie den Kopf in die Ofenglut gesteckt. Aber dann ward ihr eine wilde Kraft, alles zu gestehen.

»Ich bin keine Jungfer mehr«, stieß sie heraus.

Der Bauer machte eine Bewegung, als ob ihn ein Schuss ins Herz getroffen hätte.

»Was?! Du …?«, lallte er.

Sein Antlitz war auf einmal greisenhaft verfallen, seine Augen irrlichteten, und mit gurgelndem Schrei riss er sein Kind bei den Haaren zur Erde und trat auf ihren Leib. Sie schloss die Augen und regte sich nicht. Wieder fasste der Rasende sie am Zopf, um sie zu schleifen. Aber die Alte fiel ihm mit gellendem Weinen in den Arm.

»Greif sie nimmer an! Glaubst du, ich hab' sie mit Schmerz auf die Welt gebracht, dass du sie umbringst?!«

Die Liesel raffte sich auf und setzte sich wieder zum Rocken und spann. Wie ein Traum war ihr alles, die Misshandlung, das flinke Rädlein, der Faden in ihrer Hand.

Der Achaz hatte sich gewaltsam gefasst. Die Ruhe des Mädchens besänftigte seine leidenschaftliche Empörung.

»Die Jungfernschaft kann dir der Herrgott mit seiner ganzen Allmacht nimmer zurückgeben. Aber das tut nix, du kannst noch immer eine Nonne werden. Niemand weiß es.«

Die Liesel spann immer, immer zu, als müsste sie ein Tuch über ihre große Schande weben, und dabei rang und röchelte es sich ihr heraus: »Es geht nit – es geht nit, – ich hab' ja ein Kind – im Leib.«

Wimmernd fuhr die Mutter auf. Dem Mann aber ward alles zum Hammer, alles pochte, drohte, dröhnte auf sein Haupt los, der Wind im Rauchfang, des Rades Surren, das Wimmern seines Eheweibes, und als dieses aussetzte, das Schweigen.

»Mein Hirn, mein Hirn«, klagte er, »jetzt ist es gesprungen.« Und dann mit fremder Kälte im Ton: »Wie heißt der Kindesvater? Vielleicht auch Neunteufel?«

Die Spinnerin schwieg. Der Bann, den der Wulsch über sie übte, war gewaltig, war nicht gebrochen durch seine Abwesenheit. Wie sie seine Augen fürchtete und die Macht darin, die unerklärliche! Seine Drohungen murrten ihr noch im Gehör. Zu allem war er fähig, dieser Mensch, er würde sie töten, wenn sie ihn verriete. Nein, sie durfte seinen Namen nicht nennen. Und auch darum nicht, weil er verheiratet war. Das hätte ihre Schande noch vergrößert.

»Ich verrate ihn nit«, presste sie heraus.

Leichenweiß stand der Vater da, er krampfte die Fäuste, er wollte sie züchtigen. Da fürchtete sie sich.

»Aus dem Wald ist er gekommen«, log sie, »niedergeschmissen hat er mich, ich kenn' ihn nit.« –

»Wie hat er ausgeschaut? Wie ist sein Gesicht gewesen?«

»Ganz schwarz, ganz rußig, – ich hab' ihn nit erkannt.«

Den Bauern fröstelte bis ins Mark hinein, sein Lachen ward grell. »Schwarz – rußig –? Der Feind, der böse Feind!« Und er beugte sich scheu zu seines Kindes Ohr. »Liesel, hörst du, ob dich nit der – Teufel gehabt hat?«

»Vater, Ihr seid närrisch worden, um Gottes willen!«, jammerte sie und warf sich vor ihm hin. Und sein Weib packte ihn bei den Händen. »Aber Achaz, hör' auf mit deinem Aberglauben!«

»Bei euch ist der Herrgott selber Aberglaube«, sagte er. Dann tastete er über der Liesl volle Arme, die sich an ihm emporstreckten. »Dein Leib blüht, aber schon stinkt die verwesende Seele daraus.«

»Vater, ein andrer ist es gewesen.« –

»Du betrügst mich nit«, stieß er sie zurück, und dann sagte er wie in einer Erkenntnis: »Also darum geht es mir so schlecht mit Fechsung und Vieh. Das Korn hat mir der Feind verdorben, jetzt greift er nach meinen Kindern.« Und herzzerreißend schrie er auf: »Liesel, der Teufel hat dich überschattet, jetzt ist es mir gewiss. Die Welt geht unter. Und du, du wirst den Antichrist gebären!«

Heulend rannte er zur Stube hinaus. –

Am Dachboden oben schlief der Gregor fest und tief. Wie ein Dachs, der seinen Winterschlaf feiert, lag er zusammengekugelt auf seinem Stroh. Ihn störte der Wind nicht, der zum Fensterlein hereinfauchte, nicht das Gekrach der Schindeln, welche die Kälte bog.

Der Achaz rüttelte ihn lange, denn der Schlaf lag dick über dem Riesen. Endlich meldete er sich.

»Wache und bete, Gregor«, flüsterte der Bauer, »der Antichrist ist nimmer weit.«

Murrend, dann wieder aufschnaubend und endlich erzhaft dröhnend fuhr der Sturm über den First. Und es war, als tönten darin Tierlärm und Männerrufe, als lechzten die Gespenster erschlagener Wölfe durch die Lüfte.

Da beteten die beiden Männer in Frost und Tiefnacht zu Gott.

Was mag nur heute Mariandel die Kuh so betrüben? Sie frisst nicht, traurig und freudlos starrt sie in die Mauer, heute, wo sich doch alles auf das Christfest freut und die Kinder fröhlich Heu vors Haus streuen fürs goldene Rössel, das nächstens geheimnisvoll durchs Dorf klingelt.

In Sorgen um sein Kühlein stand der Sixtel vor seiner Tür. Eiszapfen zielten aus dem zottigen Strohdach, und im verfrorenen Einbaum rann das Wasser spärlich. Der Winter wuchtete schwer auf dem Gebirge, nur die Fichten stießen dunkel aus dem Weiß, das über Heide und Hochacker glänzte.

Um des Sixtels Hütte waren der Hasen drollige Fährten im Schnee abgeprägt sowie Krähenkralle und Rebhuhnfuß und der Marderpfote trotzige Spur. Ganz nahe mussten diese Tiere dem Heim oft kommen, als ahnten sie, dass an dieser Stätte der Gottesfriede ausgerufen war. Und eben jetzt flatterte ein wundervoll gefiederter Seidenschwanz nieder auf des Nachbarn verwahrlostes Einfriedholz.

Des Vogels Buntheit machte den Sixtel wieder froh. Wie vertrauend nahe dieses Geschöpf saß! Keine Scheu blickte aus dem klugen, dunklen Auge. Ach warum sind die Vögel sonst so furchtsam? Warum flüchten sie gar so toll vor dem Menschen? Es ist doch traurig, dass Wesen dem Wesen so wenig Glauben mehr schenkt.

Wär' es doch noch so friedsam wie in der Schöpfungsstunde, wo Gott ihnen die Schnäblein gespalten und die hellen Pfeiflein darein gesetzt hat! O gute Stunde, wo dann der Herr über die Wälder geschritten ist, die Nester auszusäen! Und dann hat er die

Vögel im Kreis um sich versammelt und zur Farbenschüssel gegriffen, mit feinstem Pinsel dem ein zinnoberrot Käppel auf den Kopf gesetzt und jenem ein blaues Spieglein an die Schwinge und einem dritten das Kröpfel bemalt und den winzigen Zwitscherling dort so possierlich bekleckst, dass er wie ein fliegend Farbentrühlein zu schauen war. Und als hernach der liebe Herr alle die Gurgeln und Kröpflein ausgehört hat, wie gut sie pfeifen können, und als der Drossel herzlich liebes Waldlied an die Reihe kommen ist – ob da der Herrgott nicht einen Juchschrei ausgestoßen hat, dass die ewige Seligkeit davor gezittert hat?!

Und weiter sann der Sixtel, wie hübsch es die Vögel im Sommer hätten, wo sie oben auf dem Tannenspitz stünden wie auf einem Predigtstuhl und wie sie mit ihren Flügeln den Engeln verwandt wären. Die vierfüßigen Tiere wären nicht so gut dazu gekommen, die hätten nichts, was sie über die Erde höbe, und schauten, in der Menschen Knechtschaft, dumpf zur Erde.

Da empfand der Sixtel ein tiefes Mitleid mit den Tieren, er fühlte sich plötzlich in ihrer Schuld, und nachdenklich trat er in den Stall zurück.

Hell meckerte ihm Heppel, die Geiß, entgegen, und der Kater Strix, den er mit großer Geduld an sein Haus gewöhnt hatte, schnurrte an ihm empor. Nur die Kuh regte sich nicht.

»Friss, Mariandel, es wird dir besser werden«, redete er ihr zu. Aber das schwere Auge des Tieres war heute noch ernster, und es dunkelte wie Menschentraurigkeit darin.

»Du musst fressen«, lockte der Sixtel, »schau, das Heu ist gut, es macht dich kräftig.« Dabei schob er ein bisschen Heu, so viel er zwischen zwei Finger brachte, in den Mund und kaute es, um des Tieres Begier danach zu wecken. Doch umsonst. –

Einsam und feiernd erwartete er dann in der warmen, lehmverklebten Balkenstube den Heiligen Abend. Er hatte beschlossen, statt die Christmette zu besuchen, die Nacht bei dem kranken Vieh zu bleiben.

Draußen blähten sich die trächtigen Wolken, bis sie ihre Bürde nicht mehr ertrugen und der Schnee niederstürzte. Feierlich landeten die Flocken und füllten Rebhahnspru und Hasentritt vor dem Hause.

Es dämmerte, und der Sixtel lauschte, wie fern unten ein Hund greinte. Der hat keine Weihnachten. Er ist wohl einsam und gefesselt, und die Kette strafft sich unter seinem Drang nach Befreiung. Ihn friert, ihn hungert wohl auch, den einsamen Hund.

Und wieder ging der Sixtel, sich zu seinen Tieren zu gesellen, ihnen die bange Verlassenheit zu kürzen. Die Laterne erfüllte den dämpfigen Stall mit Halblicht.

Er räusperte sich. Auch seine Tiere sollten die helle Botschaft hören, die heut nachts unten im Gotteshaus den Menschen verkündet wird, die Botschaft von dem Heil, das aller Welt gefrommet, und von der Stunde, da sich Gott mit seiner Menschheit zur Erde geneigt.

So begann er zu erzählen, schlecht und recht, wie es in seinem Gedächtnis lebte, wie er es sich aus heimeligen Märchen ergänzt und bei den Schauspielen gesehen, die das Volk des Waldes im verschneiten Dorfe aufführt.

Er redete von dem Wunderstern, der über Berg und Au ging und über einem Stalle hängen blieb, und von den Engeln, die auf den Wolken sangen und Zither spielten oder, in weiße Hemden gewandet, die Hirten auf der Heide aufschreckten. Im fernen Judenland war es geschehen, als der Pilatus Landpfleger war.

»Im Stall aber ist eine Jungfrau Mutter worden, vom Heiligen Geist hat sie empfangen. Ins Heu ist er gebettet worden, der kleinwinzige Herrgott, den Menschenleib hat er gehabt und ums gekrauste Haar einen goldenen Schein, und die heilige Gottesgebärerin hat ihn eingesungen. Sie ist ein blutjung wunderschönes Weib gewesen, weiß wie Kreide, zart wie Seide. Derweil hat der Zimmermann Josef in einen Kessel Schnee getan, das war die Milch, und Eiszapfen, das war der Zucker, dass das eingeborne Gotteskind nit hungern soll. Auf einmal sind die Hirten kommen, Eier und Schmalz und Haselnüsse haben sie gebracht und dem Josef fuchsene Handschuhe und der heiligen Maria ein seidenes Fürtuch, dem Kind aber ein schneeweiß Lamm. Hernach haben sie gegeigt und den Dudelsack geblasen wie bei einer Kirchweih, und die Engel sind um das Dach gequirlt. Gleich neben dem kleinen Herrgott aber ist der Ochs mit dem Esel gestanden, die haben ihn mit ihrem warmen Atem behütet vor der Kälte, und das hat der Heiland dem lieben Vieh nimmer vergessen, und wie er am Kreuz über sein ganzes Leben nachgedacht hat, da hat er sich auch erinnern müssen an die Tiere, die im Stall sind.«

Andächtig endete Sixtel seine Worte, wie er es immer von der Kanzel hörte: »So viel die Worte des heutigen, festtäglichen Evangeliums.«

Draußen aber tobten die Schauer der Raunacht, das Fensterlein klirrte, und wütend setzte sich der Sturm an, als wolle er das Häusel vom Hang reißen.

»O wie gut hab' ich es, dass ich kein Nachtwächter bin«, frohlockte der Sixtel, indem er die Raufen mit frischem Heu füllte und dem Vieh den Trank hinstellte.

»So, da wär' das Abendbrot«, meinte er.

Und weil es ihm in seiner Kammer heute zu einsam deuchte, so setzte er sich im traulichen Stall auf den Melkstuhl und träumte, indes sich die andern Menschen zur Mette rüsteten und die Kinder Teller ins Fenster stellten, dass ihnen das goldene Rössel dürre Zwetschgen und Kletzen bringe und dem Buben ein hölzern Ross, dem Dirnlein eine bemalte Docke.

Mitten in seinem Sinnen war es dem Sixtel, als ob die Traurigkeit seiner Kuh nicht von Schmerzen stamme, die der Vieharzt heilt, sondern aus der Tierseele quelle, der in dieser hochheiligen Nacht wundersame Kräfte verliehen sind, wie ja erzählt wird, dass die Rinder um die Mitte der Christnacht mit Menschenstimmen reden könnten.

Vielleicht ist die Kuh so todbetrübt, weil sie an der Kette steht und das Fest nicht mitfeiern darf, das die freien Tiere im Forst jetzt bereiten?

Im Wintertann zur Heiligen Nacht steht sie ein einzig Mal im Jahre licht, die verlorene Kapelle, dem Waldgetier zur Freude, das sich Gottes besinnt. In Eintracht und Demut kommen sie alle zur Lichterkirche heran, voran der Hirsch, das Hubertustier, auf seinen Zinken feurige Kerzen tragend wie ein wandelnder Hochaltar, dann die Rehe, der graue Dachs, der Fuchs, der seine verstockte Bosheit in dieser Weile verliert. Das Eichhorn aber zieht das Glöckel, und lieblich singen die Bergvögel auf dem Chor.

Der Sixtel lächelte über diese alte Geschichte und lauschte dem Atem der Kuh und der Ziege, blättelte dann sein Betbuch von Anfang zu Ende durch und klappte es unwillig zu. So viel Gebete auch darin waren, keines galt dem Heil der Tiere. –

Es schneite nicht mehr, und der Sturm verstummte, um die rätselreiche Mittnachtstunde nicht zu stören, wo Zeit und Ewigkeit einen Augenblick lang ineinander verklingen, wo Gott auflauscht und sein erdgeborener Sohn die Welt heiligt, indem er sie aufs Neue betritt.

Hoch erleuchtet war die schneeverwehte Kirche von Thomasöd. Von den Bergen und aus den Wäldern krochen Lichter nieder und strebten dem Gotteshause zu. Die Laternenträger stapften im Schnee und mussten sich erst neue Steiglein treten. Die Köpfe trugen sie in Schneehauben vermummt und den Mund verbunden gegen den scharfen Wind.

Der Kirchenraum war würdiger als am Tage, die nur durch Kerzen gebrochene Dämmerung adelte alle Linien und machte sie groß und einfach.

Oben um die Orgel waren sie schon geschäftig, der Schulmeister legte die Noten auf, ein Musikant stimmte die Saiten, prüfend stieß ein Atem ins Waldhorn, der Klarinetter leckte sich die Lippen, steckte den Beffel in den Mund und näselte einen flüchtigen Läufer, und ein derber Finger zupfte im Gedärm der Bassfiedel.

Das Hochamt begann.

Alle Augen zielten auf den im Prunkgewand staffelansteigenden Mann, der mit Gott zu reden, sein Wort zu deuten und ihm zu opfern hatte. Und während die Messbuben mit dem großen Buche wichtig von einer Altarseite zur anderen trippelten, breitete der Pfarrer die Arme wie ein feierlicher Beschwörer, seine Hände entfernten sich voneinander und falteten sich wieder, würdevoll hob er Brot und Kelch, mächtig hallte seine Stimme.

Wie ein Halbgott ragte er hinter geweihtem Nebel unter einem Haine flammender Kerzen, die bald unruhig wurden vom steigenden Weihrauch, bald wieder reglos und ernst leuchteten.

Auf dem Chore vereinten sich Mädchenstimmen mit Geigen, Flöte, Klarinette und Bass zu einer anheimelnden Hirtenmusik, zu einem in den Ring der Gottesscheu erhobenen Ländler, wozu die Orgel gar erbaulich geschlagen wurde.

Einmal sang ein holder Mund ein deutsches Lied darunter. Es war in diesem Dorfe noch unbekannt, heute klang es zum ersten Mal hier mit alle seinem schlichten, träumeligen Zauber. »Stille Nacht, Heilige Nacht« sang es halblaut, wie eine Mutter ihr Kind einlullt, und die Stimme war ohne Schwere und schien alle Lerchen zu überfliegen, die der Thomasöder Lenz gen Himmel sendet.

Die unten im dunklen Betwinkel hockten und hinter flackerndem Wachsstock die engen Bänke drückten, hüteten sich fast, mit ihrem Atmen diese Weise zu beirren, deren Innigkeit zu ihnen redete wie eine uralte Heimatgeschichte. Die Greise bekämpften Hüsteln und die Buben ihre Unruhe, und auch den Mann am Altar umfing es mit beklemmender Süße.

Als droben das Lied dem Ende zuklang, betrat ein Fremder die Kirche. In der Mitte des Schiffes hielt er inne, und sein Blick suchte verwundert das Chor, als wolle er den Quell dieser in ihrer Reine und Schlichtheit betörenden Stimme entdecken.

Mit einziger Kraft ergriff ihn diese gottgeheimnisvolle Nacht, die Kerzenhelle und das unschuldvolle Lied:

Stille Nacht, Heilige Nacht!
Gottes Sohn, o wie lacht
Lieb' aus deinem göttlichen Mund,
Da uns schlägt die rettende Stund',
Jesus, in deiner Geburt.

Die freie Stirn hob der Fremdling und ahnte die dämmernden Wände farbig erblühen unter seiner Kunst, sah die Erscheinung des erstandenen Heilandes, die roten Wundmale weisend dem ungläubigen Jünger, der in Schrecken, Reue und Seligkeit in die Knie gebrochen ist vor dem Meister, sah die Mauern belebt von deutsamen Fabelwesen, vom Einhorn und vom Hirsch, der nach dem Brunnen schreit, von wunderdeutigen, jahrtausendalten Sinnbildern. Und die Gemeinde betrachtete er, die durch sein Werk fortan emporgetragen werden sollte aus dem flachen Alltag, die herben Bergmenschen, in rauwinteriger Waldöde heimisch und in der Nachbarschaft des nackten Granites. Und er sah einen Mann neben sich, dem spielte unter dem roten Bart ein Zug des Unglaubens, wie ihn so seltsam eingerissen der Fremde noch nie gefunden hatte an den Lippen der Zweifler und Höhner der Großstadt.

Und auf rauchendem Atem flogen die Gebete auf, und die holde Stimme verbebte, und dem Künstler ward so kindesfroh ums Herz wie heute auf der Wanderung, da er die weißen Gebirge in Unschuld hatte ragen sehen und weite Schneeflächen schimmern, keusch und von keiner Fährte geschändet.

Nun der Zauber des Liedes die Lauscher losließ, rührte sich die Neugier, die Hälse reckten sich, der Waldhornist beugte sich über die Brüstung des Chores, das Blech funkelte im Kerzenlicht und ging mit seiner Windung vom Munde des Bläsere aus wie eines Falters Rollrüssel. Dem Schulmeister wäre der hohe, blondbärtige Fremde fast wie ein germanischer Wintergott erschienen, wenn er statt des Pelzes ein Bärenfell getragen hätte. Als wäre er aus grauem Sagenkreis getreten, wie einer der verschollenen Urgötter war er zu schauen, die jetzt in den Raunächten durch die Dörfer schleichen und über die Wipfel brausen, wie ein Ase, der zurückgekehrt ist, zu erkunden, ob man den neuen Gott auch mit Rossblut und Julbrand feiere. Was mag den Fremden zu so unmöglicher Zeit hergeführt haben, jetzt, da die Wegzeiger in ihrer ganzen Länge im Schnee ersoffen und die Straßen, den Wanderern, Wagen und Herden rastend, aller Frone ledig sind? –

Ein allgemeiner Gottespreis endete das Mettenamt. »Großer Gott, wir loben dich«, sangen die Leute von Thomasöd, die Geigen jubelten in die Höhe, waldfröhlich lärmten die Hörner darein, die Orgel ging gewaltig und trug all das Gotteslob auf ihrem breiten Rücken, und hinter ihr trat der Gregor mit solchem Eifer die Bälge, dass das Chorgerüst bedrohlich zitterte. –

Es war ein plaudersamer Heimgang. Oben funkelten Mettenstern und Bär, der Schnee hellte mit seinem Licht, und die Weiber erzählten von des Schulmeisters Tochter, die aus der Stadt zurückgekehrt sei, und wie sie heute so schön gesungen habe, dass man hätte dabei sitzen können, bis einem das Moos auf den Knien gewachsen wäre.

Besonders die Himmelreicherin war von dem neuen Lied entzückt. Und als sie ihren Mann aufklopfte, der bei den Kindern daheim geblieben war, und dieser vorsichtshalber fragte, wer draußen sei, da wusste sie sich in ihrem freudigen Eifer nicht anders zu helfen, als dass sie rief: »Stillt Nacht, Heilige Nacht, Andreas, mach auf, ich bin es.« –

Spätnächtig, als der Kuckuck zwölfmal fistelnd aus dem Uhrtürlein sprang, ward der Sixtel, der im Stall auf dem Melkschemel eingenickt war, von zwei seltsamen Stimmen geweckt. Erstaunt sah er seine Tiere auf den Vorderbeinen knien und hörte, wie die Geiß mit feiner Kehle, die Kuh aber gröber und kräftiger sang.

> »Dort droben am Berge, da kühlet der Wind,
> Da sitzet Maria und wieget ihr Kind,
> Sie wiegt es mit ihrer schneeweißen Hand,
> Drum braucht sie zum Wiegen kein Wickelband.«

Das Lied schaukelte wie eine Wiege auf und nieder, und die beiden Stimmen vertrugen sich gut miteinander, als hätten sie von demselben Schulmeister singen gelernt.

Der Häuselmann saß offenen Mundes, und wenn er nicht gefühlt hätte, heut' in der Mettennacht müsse es so geschehen, so hätte er sich arg gewundert. Aber dass das Heppel so eine feinwinzige Weiberstimme annehmen konnte, das war merkwürdig.

Nun richteten sich die Tiere aus den Knien auf, und das Rind redete voll Bangmut: »O wie weh tut mir das Herz!«

»Du sollst dich nit so viel darum bekümmern«, meinte die Ziege leichthin.

»Mir ist es nit darum, Nachbarin, dass ich ein Ende nehmen muss. Aber was geschieht, wenn ich gestorben bin? Ist es ganz aus mit meiner Seele? Oder fliegt sie auch auf zur Himmelsalm wie dem Sixtel seine? Oder wird sie leiden müssen, wie ehedem ihr Leib gelitten hat?«

100

Qualvoll stöhnte sie, und ihre Qual rüttelte den Mann auf, dass der Raunachtszauber von ihm sank und er jäh neben seinem Vieh stand. Das stampfte, wie von Schmerz durchwühlt, mit den Beinen, legte sich auf die Streu und lag dort krampfig zuckend und sprang hastig wieder auf. Seine Augen quollen hervor, und der Sixtel spürte, wie das Herz des Rindes rasch und hart schlug.

»Träumt dir was, Mariandel? So wach auf und verzweifel nit! Ein Stern hängt heut' über der Welt, ein guter Stern. Für die ganze Welt ist unser Heiland geboren worden und gestorben, für alle Geschöpfe, nit nur für die Menschen.«

Halb im Traume tröstete er, doch das Tier klagte wieder auf, blickte sich nach seinem Rumpf um und peitschte ihn mit dem Schwanz, als wolle sie ihn für die Schmerzen züchtigen, die sie durch ihn litt.

»Was tut dir denn weh, mein trautes Kühlein? Hast du was Unrechtes gefressen? Soll ich dir die Ader lassen?«

Er bücke sich, den Schemel näher zu ziehen, da ward die Kuh auf einmal wie rasend, sie schlug aus und traf ihren Herrn schwer auf den Schädel. Vor seinen Augen stiegen träge Funken, dann zeichnete das Blut wirre Flimmerkreise und Wellen hinein, und ohnmächtig sank er zurück. –

Der Brillenmann hatte den Nachbarn in der Mette vermisst, und als er heimkehrend noch Licht in dessen Stall gewahrte, lugte er hinein und fand das Vieh ruhend und neben ihm den Halbtoten.

Mit zitternden Knien jagte er zum Pfarrhof hinab und trommelte den Geistlichen wach. Der stand rasch und ohne Murren auf, der weihevolle Gottesdienst und das liebe Lied hatten sein Gemüt erwärmt, nie war er seinen Kirchenleuten so herzlich nahe gewesen als in dieser Nacht.

Eilends schickte er einen Boten zum Arzt nach Wildapfelhaid. Er selbst rüstete sich rasch, dem Sixtel den letzten Trost zu geben, wenn es noch Zeit sei und er noch nicht auf stillem Steig in die

Ewigkeit wandere, und bald stapfte der Gottesmann hinter dem Bauern her.

Die Sternfeuer glommen, der Wind schnitt wie Gift. Oft sank der Pfarrer unter seinem Gewichte schwer im Schnee ein, und die Eile tat seinen alten Beinen nicht gut.

In Rührung dachte Wenzel Rebhahn an das nothafte Leben und an das kleine Spätglück des Sixtel. Viele halb lustige, bald traurige Geschichten waren von dem Häuselmann im Schwang, und aus allen guckte seine seltsame Freude am Getier heraus. Oft hatte es ihm blutige Schläge eingetragen, wenn er ein geplagtes Ross oder eine geneckte Katze verteidigte.

Einst hatte der Pfarrer in der Predigt den Heiland mit jenem Vogel verglichen, der seine Brut mit dem eigenen Blute nährt, und da ihm der Name des Pelikans nicht eingefallen war und er deshalb verlegen herumgeraten hatte, da hatte der Sixtel voll hellen Eifers damals sich vergessen und zur Kanzel hinaufgerufen: »Wenn der Vogel einen gelben Bauch hat, so ist er ein Gelbammer.«

Froh und weh ward dem Pfarrer in der Erinnerung.

»Wir müssen uns fleißen, Bauer, dass wir und uns nicht verspäten«, sagte er. –

Der Ambros war zum Himmelreicher um Essig gerannt, womit er den Sixtel zum Bewusstsein rufen wollte. So war der Pfarrer allein in der engwinzigen Kammer, deren Gebälk mit Bildlein fernländischer und heimischer Tiere beklebt war. Jetzt war aber nicht Zeit, die Wunderlichkeiten des Menschen, der da reglos auf dem Bette ruhte, zu übersinnen.

»Sixtel«, rief der Pfarrer sanft.

Der Kranke tat die Augen auf, groß und erstaunt, er schien sich zu erinnern.

»Sixtel, kennst du mich?«

Der Himmelreicher nickte schwach. »Klagt die Kuh noch?«, fragte er.

»Sie schläft. – Willst du nicht beichten?«

Da vernahm der Pfarrer die Kunde einer reinen, tiefreichen Armut. Und dann speiste er den Sterbenden mit Gottes Fronleichnam und bestrich ihm Sinneswerkzeuge, Hände und Füße mit dem heiligen Öl.

»Es gibt ein ewiges Leben«, sagte der Sixtel plötzlich fest und laut. »Mit meinem Leib werde ich vor dem Herrgott stehen.«

»Ja, du Mensch«, erwiderte der Priester, »Staub, Bein, Haut und Haar wird jenseits klar wie Sonne sein.«

Eine tiefe Bangnis schattete nun über Sixtels Gesicht. Sein Mund war kaum zu hören.

»Herr Pfarrer, was geschieht – mit den Tieren, wenn sie sterben? Sie haben ja auch Seelen. Wohin kommen die? Werden sie verstoßen?«

Dunkle Angst war in des Fragers Blick, sein Glaube an die Milde der Gerechtigkeit des Schöpfers und Abrufers brannte darin und doch auch wehe Ungewissheit.

Der Priester zögerte nicht. Er wusste, dass er dem Verblassenden den Himmel nicht veröden, nicht zertreten durfte. So blühte ein gütiges Lächeln ihm um den Mund, und seine Augen waren voll Tränen, als er stark und freudig erwiderte: »Heute ward das Heil geboren im Stall, Sixtel. Sei voll Zuversicht, deine Tiere kommen in den Himmel!«

Voll staunender Ruhe standen Sixtels Augen unter diesem Trost. Und er schloss sie und hörte auf zu atmen.

Wenzel Rebhahn tat das Zeichen des Kreuzes über ihn.

»Du lichter Mensch, du warst begnadet!«

Seufzend starrte der Pfarrer von Thomasöd in die eigene dunkle Brust.

Wie nun der Tag wieder um eines Hahnenrufes Länge gewachsen war, kam Jakob, der Erzählmann, ins Dorf. Er besaß in Grasfurt an der Moldau ein einschichtig Häusel, daran eine Tafel mit der Anschrift »beim Jakob Nothas, dem Volksdichter« hing. Selten aber hockte er daheim, meist trieb er sich in den Dörfern herum, wo er mit seiner Fabulierkunst den Einödern die lange Weile kürzte. Denn was im Böhmerwald aus dunklem Sagenbrunnen rieselte, was man dort an Legenden spann und verschmitzten Schwänken, das trug er mit sich in seinem urfrischen Gedächtnis.

So sammelte sich abends in des Himmelreichers Stube Jung und Alt, dem Erzähler zu lauschen, der hier Einstand hielt. Die Tür mit den Dreikönigskreuzlein drehte sich oft, schlehenblau traten die Menschen aus dem Schwerwinter herein, und jeder brachte ein Ei mit und senkte es behutsam in ein Körblein, das der Jakob bereit hielt. Auf Bank und Stuhl saßen sie, auf Ofensims und Brettlein, die quer über dem Melkkübel lagen, und ergötzten sich an den groben Bauernschwänken und kichernden Lügengespinsten oder an den Gruselmären, die der Jakob wirksam aufzutischen wusste. Dann und wann flocht er auch manches von dem Gange der Welt darein, den er sich und den anderen wunderlich genug auslegte. Und das Feuer purrte und knallte im Herd, dieweil draußen die Sterne zogen und der Frost knirschte.

Auch der Brillenbauer hatte sich eingefunden, mit den glänzenden Augengläsern und dem bartleeren Gesicht saß er wie ein Pfarrer da. Der Thomas kauerte, den Fuchsbart im Schoß, zwischen dem Kleo und dem Schuster, und neben seinem Sohn im Herrgottswinkel lehnte der alte Elexner.

Der Jakob hatte von uralten Zeiten berichtet, wo die Steine noch weich waren und die Gänse flogen wie heutzutage die Krähen, und vom Lazarus, der von dem Tode erstand und noch neun Jahre lebte, aber nimmermehr lachte.

Nun brachte er die Geschichte vom schlimmen Bauern vor, der so unbarmherzig mit seiner Erde war, der die Bäume mit dem Prügel schlug, wenn sie noch so viel trugen, und dem die reichste

Ernte das Herz nicht erfreuen konnte. Mit bösem Blick trollte er vorbei, wo ein anderer Gott gedankt hätte, seine schrecklichen Flüche schrie er über die Ähren. So trieb er es, bis sich der Boden gegen ihn verschwor. Und einst im Frühling schoss keine Saat aus der Scholle, obschon der Regen mild und lau sie feuchtete; kein Grashalm grünte aus dem Grund; die Knospen blieben in den Zweigen; winterkarg, laublos trotzten die Bäume. Alles Wachstum, Grün und Blühen verschloss die ergrimmte Erde schweigend in sich, öd lag der Grund, und der Bauer ging hin und wählte sich einen dürren Ast zum Galgen.

Alle schwiegen nachdenklich und hochbefriedigt über das gerechte Los des Bösen.

»Ich weiß auch einen, den jeder Baum ärgert«, sagte endlich der Jordan. Und der Thomas klagte, der Pfarrer holze seinen Wald immer mehr ab, so dass man bald keine Schwämme mehr finden werde. Hernach erzählte einer, dass die Behörde kürzlich dem Geistlichen das wilde Baumfällen verboten habe.

»Er kann keinen geraden Baum leiden«, brummte der Jordan, »nur für den elenden Birnling in seinem Garten hat er ein Herz, da steht er immer davor und redet mit sich selber und wartet, dass das dürre Holz Obst bringen soll.«

»He, warum tut er das?«, forscht der Jakob, neuen Erzählstoff witternd.

»Den wilden Birnbaum soll er gepflanzt haben, wie ihm die Köchin den Konrad geboren hat. Den Baum und den Buben hat er wachsen lassen, wie sie wollen habe. Keiner ist ihm geraten.«

»Einem neidigen Menschen glückt kein Baum«, sagte der Alte im Herrgottswinkel.

Jetzt rührte sich der Thomas. »Was hältst du von der Sündflut, Jakob? Wenn ich wüsste, dass sie kommt, lernte ich noch geschwind das Schwimmen.«

»Mir scheint, Schneider, du glaubst nit daran?«, sagte drohend neben ihm der Jordan.

»Ich glaub es nit, die Türken sind noch nit ausgerottet, die Juden noch nit bekehrt.« –

Eifernd packte der Schuster den Zweifler beim Kragen. »Glauben wirst du es!«

Da schlug sich der Hauswirt ins Mittel und beruhigte den Gewalttätigen.

Der Jakob berichtete nun von der Tierwallfahrt, die der Erzvater Paar und Paar in die Arche ließ und von dem schrecklichen Wasser, das die Menschen auf die Bergspitzen verfolgte, bis alle verzweifelnd den Tod gefunden hatten.

Atemlos saßen die Lauscher. Die unbestimmte Furcht, die das Dorf umflügelte, verdichtete sich zu einem dumpfen Druck, und allen war es, als lege sich ein Alp ihnen schwer und grausig auf die Brust, die Augen suchten sich verwirrt, bang schlugen die Herzen.

Nur der Thomas geriet in die Höhe. »Du lügst wie ein lateinischer Jäger, Jakob!«

Der Schuster grollte auf.

»Mit dir hab' ich nix zu schaffen, Jordan«, lenkte der Thomas ein, »du bist mir zu grob. Aber der Jakob soll es ausdeuten, woher das viele Wasser kommen ist, der Regen allein steigt ja unmöglich über die Berge.«

»Aus dem Grund der Erde ist die Flut gestürzt. Aber wenn auch nur ein einziger Tropfen auf der Welt gewesen wär', so hätte dennoch die Menschheit wie eine Mücke drin umkommen müssen, wenn es Gott hätte so haben wollen.«

»Recht hast du, Jakob, sag' es ihm nur in den roten Bart hinein«, rief der Schuster.

»Vielleicht ist die Sündflut worden, weil ein Stern an die Erde gestoßen ist«, grübelte der Himmelreicher, »so ein Komet, wie ihn der Sommer bringen wird.«

»Seltsam, seltsam, dass die Menschen wissen, wann die Sterne kommen und gehen«, sagte der Elexner, »und von sich selber kann es keiner ausrechnen, wann er stirbt!«

Jetzt griff wieder der Jakob ein. »Unser Herrgott und der Petrus sind übers Land gegangen und sind einem Mann begegnet, der hat um seinen Garten einen Zaun aus lauter Schmelchen (Grasart) gezogen. Lacht da der heilige Peter: ›Der Zaun hilft dir nit. Was machst du keinen hölzernen?‹ Sagt darauf der Mann: ›Für mich ist der Schmelchenzaun gut genug, ich hab' nur noch einen halben Tag zu leben.‹ – Die Rede hat den Herrgott hart verdrossen, und er hat gesagt: ›Von heut an sollen die Menschen ihre Todesstunde nit mehr wissen.‹«

»Wenn man seine Zeit wüsste, dann tät man nix mehr schaffen«, bestätigte der junge Elexner.

Der Thomas konnte das Sticheln nicht lassen. »Ihr rastet euch genug aus im Winter«, sagte er, »ich möchte es auch so gut haben, im Sommer ein Zigeuner sein und im Winter ein Bauer.«

»Du tust alle vier Jahrzeiten nix«, rief ein Bursch vom Ofenmäuerlein her, und alle lachten.

Der Rote überhörte diese Wahrheit und holte nun zum Hauptstoß gegen den Jakob aus.

»Wer viel erzählt, muss viel wissen oder viel lügen. Und so sag mir halt, lieber Volksdichter, wie hat denn der Erzvater das viele Vieh in der Arche gefüttert? Jedes braucht doch ein anderes Fressen.«

»O mein lieber Thomas«, schmunzelte der Jakob Nothas, »du machst mich nit zuschanden. Hast du noch nix gehört vom Bären und vom Dachs, die den Winter verschlafen? Schau, so hat der allmächtige Gott über das Vieh in dem Schiff einen ruhigen Schlaf geschickt. Und derweil einer schläft, frisst er nix. Oder glaubst du das auch nit?«

Alles lachte und kicherte, und während der Besiegte sich ärgerlich in den Bart biss, führte der Jakob die Geschichte von der Sündflut zum guten Ende, indem er von der Aussendung des Raben und der Taube erzählte, die den Ölzweig gebracht hatte, von der Landung der Arche und dem regenbogenüberwölbten Opfer der Geretteten.

»Der Herrgott hat eine riesige Macht, die Erde kann er zertreten wie eine Nuss«, sagte der Himmelreicher, trüb in die Zukunft blickend.

Da sprang der Weißhaarige im Winkel auf, und sein grauhaariger Sohn ehrfürchtig an ihm empor.

»Und ich hab' einen gekannt, der ist wie der Herrgott gewesen«, stieß der Elexner heraus, »der hat auch eine Sündflut über die Welt geschickt.« Er reckte sich auf. »Habt ihr schon einmal vom Napoleon gehört?«

Die Knechtlein und Dirnen zwinkerten sich zu, sie kannten des Alten Brauch, den Kaiser der Franzosen zu beschreiben.

»Gesehen hab' ich ihn bei Leipzig, auf dem Ross ist er gesessen – wie aus Eisen. Die Zähne hat er in die Lefzen gebissen, alles hat er dort verloren gehabt, den Krieg und die Krone, aber er hat nit geruckt und gezuckt. Ein Eiserner ist er gewesen, und Augen hat er gehabt wie ein Wetter. Gerad' eiskalt ist mir der Schauer über die Haut gefahren, wie er das Gebiss in die Lefzen gedrückt hat.« –

Und der Neunzigjährige presste die schartigen Oberzähne tief in die Lippen, dass sie weiß wurden, und ergriffen von der größten Erinnerung seines Lebens sank er in die Ecke zurück. –

Der Ambros Hois war den ganzen Abend wortlos dagesessen. Nun fragte ihn der Kleo, ob er denn nach dem Tod seines Nachbarn das Reden verlernt habe.

»Jetzt ist es mir noch stiller als früher«, erwiderte er leise. »Oft wird mir recht einsam, und wenn ich dann hinübergeh' ins Häusel und meine, ich muss den Sixtel finden, dann ist niemand drüben unterm Dach, nur der Kater.«

»Das ist wohl das Vieh, das die Sündflut überleben soll?«, fragte der Jakob.

»So hat es die verstorbene Agnes gemeldet. Die Katze ist jetzt ganz wild, wie ein Gespenst haust sie allein in der Hütte.«

»Loset auf, Männer und Weiber!«, gebot der Erzähler, und alle räkelten sich zum Horchen zurecht.

»Bei Grasfurt an der Wulda hat sich ein Knecht in einem Hof verdungen, wo ein schwarzer Kater gewesen ist. Wie der Knecht einmal im Mondschein mit dem Ross heimfährt, sieht er denselben Kater auf einem verschrienen Steig mit einer Hex' tanzen. Langmächtig hat er ihm zugeschaut und sein Geschrei gehört. – Am andern Tag liegt das Vieh in der warmen Ofenröhre und ranzt und reckt sich wie einer, der die ganze Nacht bei der Musik gewesen ist. Geht der Bursche zu ihm hin und schmunzelt und meint: ›Reck dich nur, Bruder, hast dich in der Nacht recht plagen müssen!‹ Da hat der Kater seine grünen Augen gezeigt, gerad' scheusam ist es gewesen. Und in der Früh haben sie den Knecht am Heuboden gefunden, ertötigt und voller Blut, die Gurgel hat er aufgerissen gehabt.«

Stille war es in der Stube, dass man hätte den Fall eines Haares hören können. Ein Grauen kribbelte eisig über die Nacken der Hörer. Eine junge Magd schrie plötzlich auf: »Jesus, da schaut einer zum Fenster herein!« Es war aber nur ihr eigenes Spiegelgesicht gewesen, und draußen starrte die Nacht schneeweiß und leer.

Nun bat die Himmelreicherin, der Jakob möge doch wieder etwas Lustiges zum Besten geben.

»Wollt ihr hören«, blinzelte der Erzähler pfiffig, »wie sie in Wildapfelhaid in der Feistraunacht den Teufel in den Brunnen geworfen haben und wie Tags danach dem Stigitzbauer der Geißbock abgegangen ist? Oder von der Geiß, der die Hörner zum Stallfenster hinausgewachsen sind? Weiber, das ist euch eine Geiß gewesen, der Bauer hat ihr eine Kette um das Euter legen müssen, sonst wär' es ihr zersprungen vor lauter Milch. Und Milch hat sie gegeben, er hat das Vieh in eine Grube melken müssen, und mit der Kornschaufel hat er den Rahm abgeschöpft. Schließlich hat die Mönchsreuter Gemeinde die Geiß gekauft für eine Feuerspritze.«

»Du Schwänkmacher«, rief der Schuster in Lärm und Lachen hinein, »in Mönchsreut hat du dieselbe Lüg' erzählt, aber von uns Thomasödern!«

Ungestüm sprang der alte Elexner auf.

»Ist das wahr, Jakob?«

»Ich will es nit leugnen«, schmunzelte der.

»Das hättest du nit tun sollen«, schrie der Greis, »das ist eine Schand' für uns Thomasöder.«

»Nur nit so gäh, Vater, es ist ja nur ein Spaß«, beruhigte ihn sein Sohn.

»Auf so einen Spaß pfeif' ich! Uns für dumme Leute hinstellen! So ein Maulreißer!«

»Elexner, das Wort nimmst du zurück«, kreischte der Jakob auf, »so lass ich mich nit schelten!«

»Kränk' dich nit«, lenkte der junge Elexner ein, »der Vater ist halt schon wunderlich.«

»Was«, begehrte wieder der Alte auf, »ich bin wunderlich?! Und das sagt mir mein Bub? Das Ei will gescheiter sein als die Henne? Ich hab' den Napoleon gesehen ...«

»Vater, Schlafenszeit ist«, mahnte der Sohn; sanft und fest schlang er den Arm um den Erzürnten und führte ihn zur Tür hinaus.

»Männer, jetzt steigen wir ins Nest«, gebot der Hauswirt. »Morgen ist auch ein Tag. Nix für ungut!«

Da brach alles gehorsam auf, verabschiedete sich von dem Erzähler und trat in plauschenden Gruppen den Heimgang an. –

Der Jakob Nothas aber kletterte auf den Stadelboden und wühlte sich tief ins Heu, denn die Kälte war grimmig. Er war mit dem Abend zufrieden und freute sich der weißen Eier, die man ihm heute gesteuert. Der Krämer wird sie ihm um ein erklecklich Sümmlein ablösen. Huldrioh!

Plötzlich raschelte es neben dem Träumer.

»Eine Katze!«, schoss es ihm durchs Hirn, und er fühlte schon den Biss in der Kehle.

»Ich bin es«, meldete sich eine glöckelhafte Stimme, »der Hütbub, der Naz.«

»So – so –! Hast mich schier erschreckt. Hast du auch unten zugelost?«

»Freilich, Jakob. Gerad' vor Euch bin ich die Leiter herauf!«

»So wollen wir halt in Gottes Namen die Augen zumachen. Hast du gebetet auch schon, Bübel?«

Der Naz hörte diese Frage nicht.

»Das könnet Ihr mir noch sagen, Mann, wie kennt man, dass die Zeit da ist, wo der Jüngste Tag kommt?«

Da sagte der Jakob Nothas: »Dir verrat' ich es, weil du noch ein unschuldig Blut bist. Am Regenbogen kennt man es. In dem Jahr, wo die Welt zugrund' geht, leuchtet kein Regenbogen mehr.«

Der Bub muckste sich nimmer, und so überwältigte den Mann der verdiente Schlaf. –

Voll Verdruss über seine Niederlage trottete der Thomas dahin. Er hielt sich abseits, um den Neckereien der anderen zu entgehen.

Schalkhaft äugelten die Sterne, irgendwo bellte ein Fuchs in den aufgehenden Mond. Der Harst (gefrorener Schnee) sang unter den Sohlen des Nachtgängers, und der Stecken stach pfeifend in den harschen Schnee.

In Stauden und Wipfel hatte sich die Nacht eingenistet, des Hochforstes Gestänge verschmolz zu einem drohenden, schwarzen Klumpen. Unheimlich ward das Fuchsgebelfer, und im Walde knatterte etwas Fremdes.

Der Thomas wandte sich verstört um: Ganz allein schritt er über die Bergheide.

Ein schwarzes Ducknis verstellte ihm von ferne den Weg. Finsternis verstrahlend, kauerte es wie ein Todfeind. Bald war es in seiner krummen Niedrigkeit wie einer, der aus der Erde taucht, bald glotzte es unbeweglich herüber und hatte nichts Menschliches an sich.

Dem Thomas verschnürte es die Kehle, sein Schopf bäumte sich. Ist es ein gräulicher Geist? Ein höllengesandter Teufelshund? Was lauert er da? Was verlangt er von einem harmlosen Heimgänger?

Lange stand der ungläubige Thomas grausengewürgt vor dem abenteuerlichen Wacholderstock und beschwor ihn mit Formel und Gebärde.

»Scheweh, scheweh! Alle guten und bösen Geister loben Gott den Herrn!«

Weiter starrte die Kälte, weiter grauten die rasenden Schauer übers Dorf, und die Schneehaut des Berges ward immer mächtiger.

Und trotzdem das Waldwirtshaus »Zur blauen Droschel« so schneeversunken war, dass man schier durch den Rauchfang hat hinabsteigen müssen, um sich an dem trüben Bier zu letzen, trotzdem ging dort der Fasching groß her, der Geiger kratzte seine uralten Ländler, mit launischen Schnörkeln schnurrte der Bass darein, der Klarinettschnabel ward nicht trocken, und tagelang durchwütete des Bläsers Atem den Irrbogen des Hornes. Bauernsohn und Holzknecht zerrten ihre Dirnen in die Stube und stampften den Spinnradeltanz, dass die Hängelampe schwankte und das Haus dröhnte. Es war wie ein unterirdisches Fest, denn der Schnee lag bis über die Dachtraufe hinaus.

Mancher Gulden, den sich einer mit Schweiß und Schwielen errackert, prallte klirrend auf den Tisch der Spielleute, manch wilder Wortstreit um das Vorrecht bei Tanz und Dirne ward ausgefochten. Doch wusste die Droschelwirtin, eine hexenhaft hässliche Wittib, mit geschwungenem Holzschuh selbst den wüstesten Raufhans zu verschüchtern.

Also rollte sich der Fasching leidlich friedvoll ab, und der Wildapfelhaider Bauer jammerte, dass es mit dem Geschäft übel bestellt sei: Keine Rippe werde mehr gebrochen, kein Auge ausgebarzt, kein Gedärm herausgelassen; es gebe keine Haut mehr zu flicken, keine Knochen einzurenken. Es sein überhaupt kein rechtes Zusammenhalten mehr in den Dörfern.

Auch der Pfarrer bekam seinen Ärger ab: Die Burschen holten ihm heimlich die Geiß aus dem Stell, führten sie mit Gejohl in die »Blaue Droschel« und drehten dort mit ihr einen Ehrentanz, so dass sie tags darauf ganz hirnwirr und bedauerlich in ihrem Verschlage stand.

Darob rügte am Aschermittwoch vor der Messe der Pfarrer die Burschen, und als diese dabei das Lachen nicht halten konnten, so schalt er im aufsprendelnden Zorn das Wirtshaus eine Satansklause, den Faschingsstreich eine rote Sünde, die mutwilligen Buben aber Sodomiter. Dieser Schimpf deuchte viele zu arg, und Wenzel Rebhahn musste hernach in der Kirche Asche auf manche verfinsterte Stirn streichen. –

Lahm und langsam krochen die Fastentage vorüber.

Am Blasiustag ließ sich der Gregor einen Segen über seinen Kropf sprechen. Als ihm sein Übelstand auch fernerhin verblieb und sogar noch umfangreicher ward, hatte der Achaz Ursache, dem und jenem ins Ohr zu zischeln, des Pfarrers Segen habe keine

Kraft, und es sein an der Zeit, dass einmal ein besserer Seelsorger ins Dorf käme.

Jener aber, der nach des Rabenbauern Dafürhalten der rechte Mann für Thomasöd gewesen wäre, traf nun in der Wolfsrucksiedlung ein, um beim Beichthören auszuhelfen.

Der Pater Norbert Rab war ein schmächtiger, mädchenrosiger Mensch mit lebensfrohen Augen und vollen Lippen, und der Eindruck, den er bei flüchtiger Begegnung hinterließ, war menschlich lieb. Als er aber am Sonntag auf der Thomasöder Kanzel predigte, da erschraken alle vor ihm.

Wie hatte er sich gewandelt, der winzige Lateinschütz, der in überwallendem Heimweh so oft von Krummau ausgerissen war und tagelang aus Angst vor dem Vater im Stroh des Stadels sich verborgen hatte, der dann aufschoss, schmalschultrig und biegsam, und dessen Augen wie ein Weiher blauten und immerdar spähten, ob sie nirgends ein Mägdlein spiegeln könnten. Aber des Vaters steinerner Wille hat den Lebfrohen in die Priesterschule getrieben, und als der junge Rab den frommen Beruf erlernt hatte und eine Zeit in Rom geweilt war, war aus ihm ein anderer geworden.

So bestieg er nun den Predigtstuhl der Heimat.

Die Thomasöder waren herbe Kost gewöhnt, mit rauem Besen striegelte der Pfarrer ihr Sündentum. Des jungen Rab Predigt aber war Flammenschwert und Geißel.

Vorerst dankte er öffentlich seinem Vater, dass er ihn mit Züchtigung und Aushungern des Leibes gezwungen, sich von der Welt zu wenden. Er pries ihn, dass er sein Kind vor die Egge gespannt und mit der Peitsche geschlagen wie ein geiles, stütziges Ross.

Bleich und hochgehobenen Kinnes, die knochigen Finger ineinander verflochten, empfand der Achaz diese Stunde als die Krönung seines harten Lebens.

Nun begann der Priester das letzte Gericht auszulegen. In sein weiherblaues Auge kam ein finsteres Funkeln; ihre Finger leugnend, verhallte sich die weiche Hand; des Armes Gebärde ward zur Drohung. Und wenn er veratmend einhielt, die Höllengrube zu schildern, wo die Verdammten in brennende Ketten geschlossen sind, da war die rastende Lippe blass und fremd, so dass den Mädchen unten in der Betbank graute vor diesem eishaften Mund, der sie einst betört hatte und dem nun Liebe und Sünde eins waren.

Pater Norbert malte die Hölle in so lebendigen Farben, als sei er selbst schon dort gewesen oder habe Kunde erhalten von einem, der ihr entsprungen. All ihre Flammen schien er gezählt, all ihre Schreie vernommen zu haben. Er schilderte sie körperlich als schwelenden Schwefelpfuhl, als Lodergeblend und peinigendes Dunkel zugleich, er schien die Maße ihres Raumes, den Grad ihrer Glut zu kennen. Selten sprach er den tröstlichen Namen Gottes aus, desto mehr verkundete er den leiblichen Teufel, der wie ein eiserner Geier über der Menschheit hänge.

Finsterer glutete das Ewige Licht, als sei es ein Flämmchen, abgesprengt von dem Brand der Verfluchungsstätte. Zerknirscht und wirr taumelten die Leute zum Kirchtor hinaus.

Im Beichtstuhl lehnte der Pater wie ein Schläfer hinter dem Gitter, die Augen geschlossen, atemlos, all sein Leben aber zum Ohre gedrängt, solange der Sünder das Bekenntnis stammelte. Dann begann er zu fragen, bohrend wühlte er sich in die Seele des Beichters. Er sog aus dem Ehweib die verhüllten Geheimnisse der Nacht, er zerrte aus dem Greise altes, halbvergessenes Vergehen und beleuchtete es, dass es jung und neu ward, die Unschuld der Kinder verwirrte er, tränend und hilflos gab ihm manche Dirne ihr wildestes und süßestes Erlebnis preis. Und er warnte und beschwor, er verweigerte die Lossprechung, er wies hinüber in die flammende Ewigkeit und knickte den Stolz der Bauern wie einen dürren Halm.

Am tollsten scheuchte er die Seele der Schattenhauserin auf. Als sie ihm beichtete, öffnete er ihr die Augen, dass in jedem Leben sich die Sünden aneinanderreihen wie die Atemzüge und bestärkte sie mit einer gewissen Wollust in ihrem Glauben an eine bald und grausig hereinbrechende Gottesrache. –

Das Elternhaus besuchte er nur einmal.

Seine Mutter schüttelte es wie ein Frost, da sie den Sohn durch den Schnee kommen sah, gesenkten Hauptes, der Welt nicht achtend, im dunklen Kleid. Der Achaz aber jagte die hochschwangere Tochter in ihre Kammer und verriegelte sie.

Groß war des Bauern Kunst, sein Wissen vom werdenden Antichrist zu verbergen. Nimmer hatte er darüber seit jener Nacht gesprochen, doch seine Augen verrieten dem Weib und der Tochter, dass sein wahnwitziger Glaube nicht erloschen war. Und so nüchtern er auch sein eintönig Bauernleben führte, in einem Winkel seines Hirnes kauerte der entsetzliche Gedanke und lauerte wie eine Spinne, die gewillt ist, hervorstürzen und alles zu erdrosseln, was an ihrem Netz haftet.

Als der Norbert nun über die Schwelle schritt, küsste ihm der Vater die Hand. Die Bäuerin blieb wie gefroren am Fenster und wagte nicht, ihn anzusprechen, den sie einst in Qualen keuchend geboren.

Ach, dass diese blauen Augen ihres Kindes nur mehr Sünde und Verworfenheit sehen, dass dieser rote Mund nur von Verfluchung und Hölle spricht!

Er war kühl und wortkarg, der geweihte Sohn. Er forschte nicht nach Ernte und Viehstand und kaum nach der Schwester Schicksal und der Eltern Gesundheit. Den alten Hausrat betrachtete er nicht, nicht die Stube, darin seine helle Bubenfreude einst gejauchzt, er begehrte nicht nach der Scheuer, wo seine Verstecke einst gewesen und seine Spiele, wo er noch als Student gelegen manche träumige Stunde.

Und als er still und kühl wieder aus dem Haus gegangen war, da schluchzte das Weib in grausamem Weh auf, und schluchzend streckte sie ihm die Hände nach, dem ferner und ferner Schreitenden, der ihr zum Fremden worden war durch Gott. –

Am selben Tag noch verließ er das Dorf. Der Pfarrer gab ihm das Geleite durch den Wald.

Wo sich der Forst auftat, sah man schon die braunen und aperen Gebreite des Tieflandes liegen. Dort unten flickten die Bauern ihre Dächer und rüsteten den Pflug, indes das Wolfsruckdorf noch vom Winter umkrustet war.

Wenzel Rebhahn dankte jetzt dem Scheidenden, dass er ihm in der Seelsorge geholfen habe, und bot ihm die Hand.

Pater Norbert aber besann sich und redete dann glatt und fließend, als habe er sich seine Worte lange überlegt und dann auswendig gelernt.

»Verzeihen Sie, Herr Pfarrer, dass ich als der weitaus Jüngere und als Ihr ehemaliges Beichtkind Ihnen gewisse Vorwürfe nicht ersparen kann. Sie wissen selbst, es ist ortsbekannt, dass der Sohn Ihrer Wirtschafterin, Herr Konrad, auch Ihr Kind ist. Abgesehen davon, dass es Ärgernis erregen muss, wenn ein katholischer Priester so öffentlich seinen Sohn zu sich nimmt, so ist noch zu erwägen, dass dieser ein Gottesleugner ist und mit seinem verseuchten Hirn den Glauben hier untergräbt und dass seine frevlen Ansichten die Seelen verwirren und Zweifel säen. Ich habe von seinem Treiben viel im Beichtstuhl erfahren.«

Auf des Pfarrers Stirn spielten die tiefen Furchen, flüchtiger denn ein Wetterleuchten zuckte es um seinen Mund.

»Und war raten Sie mir in Ihrer abgründigen Weisheit? Was soll ich mit meinem Neffen tun? Ich kann ihn doch nicht einmauern lassen.«

Das Wort ›Neffe‹ hatte er drohend und heftig betont.

»Schicken Sie Ihren – Konrad in eine Stadt, dort schließt er sich voraussichtlich Seinesgleichen an und verdirbt nichts.«

»Fort also von mir? Wieder fort?«, nickte der Pfarrer wie verloren.

»Er entweiht das fromme Pfarrhaus. Jede Nacht polterte er berauscht heim, jede Nacht klopfte er mich wach und hänselte mich in bübischer Art. ›Du mächtiges Heerhorn der Hölle!‹ hieß er mich und fragte, ob der Satan im Hornung auch sein Geweih abwetzt, wann der Hufbeschlag an den Jungteufeln vorgenommen werde, ob ich mit den Ohren schnüffeln könne, und anderen Unfug mehr.«

»Zürnen Sie ihm nicht!«, bat der Pfarrer demütig. »Er ist so unbesonnen. Und mir tut sein ganzes Leben weh.«

»Es ist wie eine Strafe des Herrn«, erwiderte der andere scharf. »Ein katholischer Priester darf sich nicht vergessen.«

Wenzel Rebhahn brauste auf wie ein Baum, daran der Sturm flößt.

»Was geschehen ist, darüber haben Sie nicht zu rechten. Ich bin kein Mönch, ich habe nur Ehelosigkeit gelobt, nicht aber Keuschheit.« Und in den öden Schnee starrend, murmelte er: »Ich fühle selbst die tiefste Reue über meine Verirrung. Den Konrad lasse ich aber nicht mehr von mir, ich kann es nicht tun.«

»Versuchen Sie es!«

Der Alte schüttelte den grauen Kopf. »Ich allein bin schuld an seinem verlorenen Leben. Ich habe seine Erziehung vernachlässigt, habe ihn in der Fremde fremden Leuten überlassen, weil ich mich fürchtete, es könnte ans Licht kommen, dass ich – ein Kind habe. Erst jetzt – spät erst – hat mich das Verlangen nach ihm nimmer ruhen lassen, jetzt hab' ich ihn zu mir genommen, und bei mir bleibt er, so Gott will, bis zu meinem Tod.«

»Ein Priester soll nicht so sehr auf die Stimme des Blutes hören«, eiferte der Pater. »Ich habe allen Banden abgesagt. Was sind mir die leiblichen Eltern? Die Kirche ist mir Vater und Mutter, Braut und Kind.«

»Sie sind anders geartet als ich. In Ihnen ist die finstere Frömmigkeit Ihrer bäuerlichen Ahnen, der Höllenglaube verschollener Urwaldköhler stark geworden. Sie sind kein Mensch mehr, Sie könnten ein Scheiterhaufenprediger werden!«

Norbert Rab war durch jahrelange Übung gewohnt sich zu beherrschen. Dennoch erwidert er mit blassem Lächeln: »Sie dürfen das Wort Mensch auch nicht so brünstig für sich beanspruchen. Sie sind ja im ganzen Kirchsprengel wegen Ihrer unmenschlichen Habsucht verschrien, Sie machen zu offen Geschäfte im Namen der Kirche. Gott ist Ihnen zum Gewerb geworden. Sie erniedrigen ihn zu Ihrem Zugtier.« –

»Himmelsakerment!«, schrie der Pfarrer, dass der weiße Wald hallte. »Ich brauche doch das Geld, das ich verdiene, nicht für mich. Ich lebe bedürfnislos.« –

»Erregen Sie sich nicht«, unterbrach der Pater, »es könnte uns ein Laie belauschen. Übrigens mahne ich Sie nochmals, der Blutsverwandtschaft nicht so zu achten. Nehmen Sie sich an mir ein Beispiel!«

»Fahren Sie nur fort!«, sagte Wenzel Rebhahn bitter. »Berichten Sie der höheren Behörde, was Sie in Thomasöd erschnüffelt haben, junger Mann! Und werden Sie bald Bischof!«

Damit wandte sich der Pfarrer und trottete schnurstracks in das schneeverhangene Dickicht hinein.

Der Pater vergaß seine Selbstbeherrschung und schrie dem Alten, hinter dem schon die Fichtenjugend wieder zusammenrückte, entrüstet nach: »Hören Sie, ich bin kein Angeber!«

Wenzel Rebhahn aber zwängte sich wütend durch das störrische Geäst. Nur rasch weg von diesem Eiferer, der schattengleich ihm sein Haus verfinstert, der wie eine Trud blutvöllerisch an dem Dorf gezecht.

Der dürfe ihm nimmer in den Beichtstuhl, dachte der Flüchtende. Die Leute hat er ihm verrückt gemacht, wochenlang wird es dauern, bis sie sich wieder beruhigen.

Der Pfarrer verstand es ja noch, mitunter seine Schäflein den Teufel recht schwarz zu malen, das gehörte zum Handwerk, und ein Glaube, dahinter nicht der Satan, Gottes hämischer Nachrichter, drohend bleckt, hätte die Thomasöder nicht gezähmt. Aber diese unbändige Glut, womit der Pater die Hölle empor gebannt hatte, verstörte die Seelen und machte sie friedlos und verzweifelt. Es ist nicht gut, die Menschen so in die Betrachtung der letzten fürchterlichen Schrecken hineinzuhetzen.

Unter solchen Gedanken erreichte der Pfarre eines der Weglein, die von Kirchgängern und Schulkindern in den Schnee gestampft waren. Auf dem schmalen Pfad, der kaum breit genug war für das derbe Zwillingspaar der Schuhe, die Hochwürden trug, traf er des Wulschen kleines Annerl.

»Gelobt sei Jesus Christus«, stammelte sie, und danach blieben ihr Lippen und Zähnchen offen, und sie staunte zu ihm auf, vor dem sie als dem Statthalter Gottes in Thomasöd die höchste Ehrfurcht fühlte.

»Wie kommst du in den verschneiten Wald, Annerl?«

Ihre Lippen vereinten sich wieder, sie wagte es nicht, den Mann anzureden, den sie dem lieben Himmelsvater ebenbürtig dachte.

Wie lieb sie aussah, trotz der müden Blässe ihres Gesichtleins!

»Bist du denn krank, Kindel?«, fragte der Pfarrer.

Sie schüttelte zögernd den Kopf und erschrak wohl über den Mut ihres Verneinens, denn das Wasser schoss ihr in die Augen.

Wie liebenswert dies Kind in seiner Hilflosigkeit und Schwäche dastand! Welche Wunder müsste man erleben in den Fragen und Meinungen einer solch winzigen Schöpfung!

Wie Sehnsucht nach einem versagten Land kam es über den Priester. Oh, um wie viel hatte er sich betrogen! Ein Seufzer machte seine Brust weit und wieder eng. Und er beugte sich nieder mit einer Zärtlichkeit, die der harten Bildung seines Kinnes widersprach, und versuchte, mit dem Dirnlein zu spielen.

Er tupfte ihr auf die Stirn: »Da ist der Altar.« Dann auf die Augen: »Das sind die zwei Lichter.« Dann auf die Wangen: »Und das sind die zwei Polsterlein.« Hernach auf den Mund, der wieder verwundert aufgetan war: »Und da kommt der Pfarrer heraus.« Und nun packte er sie zart bei der Nase, zog sie daran hin und her und schrillte wie ein neckisches Messbubenglöckel: »Gingerlinging!«

Aber die Augen des Annerl füllten sich immer mehr mit Bangnis, und so zog er seine Hände von ihr und schritt langsam weiter.

Nun trat er in sein eigenes Gehölz. Er wuchs schütter und licht, denn er hatte viel darin plentern lassen. »Die Bäume brauchen nicht älter zu werden als der Mensch«, sagte er oft.

Seine Augen glitten abschätzend über den Rumpf der Bildbuche. Eine Urahne, währte sie in dem jüngeren Gestänge des Mischwaldes, unverwüstlich, todstrotzend in ihrem Hohn gegen die Zeit einem Fels verwandt. Und in den Ästen hockten die Heiligen wie die Buntvögel, und vielleicht hätte sie auch ihre Göschlein aufgesperrt und geschirpt und geruckst, wenn nicht am Stamm der Heiland gehangen wäre, der ihnen den Frohsinn verbot.

Wie dürr dieses Gottes Leib war, wie hässlich der Gram seines Gesichtes!

»Hie hängst du und leidest«, redete der Priester ihn an, »und leidest schwer mit Leib und Seele. Du warst ein Mensch, doch hast du nie gekostet von der höchsten Süße des Menschentums, kein Kind hat seinen Kopf an deine Brust gedrückt und gesagt: ›Mein Vater!‹ – Hast du das nie vermisst?«

Den Pfarrer durchschauerte es, und ein großer Hass gegen die Welt verwirrte sein Herz, als sei er selbst einer, den die Menschen an den Schmerzensgalgen genagelt hätten.

So kam ihm die Zenzi in die Quere, des Holzhackers Ehrenfried Mutter, ein buckliges, altes Weib. Eine Reisigwelle auf dem Rücken, wankte sie daher. Als ihr blödes Auge den Pfarrer erkannte, jammerte sie: »O ich bin alt, o ich bin müd! Wenn ich nur sterben tät ...«

»So stirb, wenn es dich danach lüstet«, knurrte Wenzel Rebhahn.

»Jetzt kommt wieder das Frühjahr, und ich hab' nit geglaubt, dass ich den grünen Boden noch einmal sehen werde. Das Blut steht mir ab, der Buckel tut mir weh, die Knochen spür' ich in mir, als ob es Steine wären«, sagte sie und bückte sich um ein dünnes Zweiglein.

Da schoss es dem Pfarrer feuerrot in den Kopf.

»Wer hat dir erlaubt, Holz zu klauben in meinem Wald?«

Ihr zahnloser Mund lachte ein banges Lachen. »Herr Pfarrer, kleinwunzige Hölzlein sind es nur, wie sie die Zaritzer (Drosseln) vom Ast treten. Ich kann ja nit mehr viel tragen. Wie ich jung gewesen bin, mit Leichtigkeit hab ich einen Sack Korn gehoben, hat mir es nit bald ein Knecht nachgetan. Mein Gott, bin ich ein Leut gewesen!«

Er aber riss sie aus ihrem Staunen über vergangene Kraft, er fauchte sie an: »Kein Sprisslein darfst du dir mehr holen, nicht einmal einen Eiszapfen darfst du auf meinem Grund und Boden brocken, wenn ich nicht will!«

Sie hub, ihn zu begütigen, ihr altes Lied an: »Müd bin ich, müd wie ein alter Baum.«

Sein Herz aber war hart. Er riss ihr das Bündel von den Schultern und zerstreute es. Dann stieß er die Buckelige aus dem Gehölz. »Hinaus, du alte Sichel!«

Sie wehrte sich nicht. Was hätte sie, die ausgemergelt von Arbeit und Alter war, auch gegen den starken Herrn vermocht!

Eine landstreifende Krähe kreischte hässlich, und die Alte stand draußen am Waldrand und sah blöd und verwundert drein.

»Verstreut hat er mir es, der hochwürdige Mann, – und so oft hab' ich mich drum bücken müssen, – und so grimmig ist der Winter.« –

In dem Flur des Pfarrhauses, vom roten Ewiglicht angeblutet, hing das Bild des verlorenen Sohnes.

Auf der Schwelle des Vaterhauses kniet der Heimkehrende, den Stab hat er fallen lassen, dass er die mageren Arme heben, die Hände bittend verflechten könne. Mit nacktem Oberleib, im zerfetzten Kittel, wildhaarig, das Antlitz verwüstet und doch voll schreiender Reue, ist er gekommen. Und über ihn beugt sich in heißer Bewegung der Vater.

Der Fremde, der das dunkle Bild lange betrachtet hatte, wandte sich, von der in den Angeln greinenden Tür gestört, und sah den Pfarrer unschlüssig vor sich stehen.

»Sie erinnern sich wohl meiner kaum, Herr Pfarrer. Ich bin der Maler Wolfgang Bannholzer.«

Etwas linkisch begrüßte nun Wenzel Rabhahn den Fremdling, den er zu Weihnachten flüchtig kennenlernen hatte, und erst nach längerem, verlegenem Schweigen besann er sich und nötigte den Gast in seine Stube, wo er ihm den geblümten Sorgenstuhl förmlich in die Kniekehlen rannte. Dann staubte er hastig mit seinem blauen Sacktuch ein paar Bröslein vom Tisch.

»Ich glaubte den Frühling hier oben schon weiter vorgeschritten«, sagte der Künstler, »darum kam ich, um bald die Fresken zu beginnen.«

»Meine Pfarre gehört fast ins Gebiet des ewigen Schnees«, lächelte der Pfarrer, »im Land unten ist sie verrufen wegen Sturmes und Schnees, und das Volk spöttelt, in Thomasöd wären neun Monate Winter und drei Monate Kälte.«

»Das ist wohl arg übertrieben?«

»Nicht allzu viel, Herr. Das Dorf ist eines der höchstgelegenen Kirchspiele des Böhmerwaldes, und mein Amt greift tief in den

Wolfsruck hinein und bis zu den letzten Hütten der Fuchswiese hinauf.«

Er deutete durch das Fenster auf einen Berg, der waldprächtig im Westen empordunkelte.

»So ein Krankenbesuch im Schnee mag überaus beschwerlich sein, Herr Pfarrer. Haben Sie denn keine Hilfskraft?«

»Ach, dieses Dorf hier hinter der Welt ist eine Hungerpfarre, und ich wäre schlimm daran, wenn ich die schmale Pfründe noch mit einem Kaplan teilen müsste.« Und mit einem unschönen Lächeln unterbrach er sich plötzlich. »Sie verdienen ein hübsches Geld an dieser armen Kirche, Herr Bannholzer.«

Dieser errötete.

»Verzeihen Sie«, sagte er höflich, »mir ist es nicht um den Erwerb zu tun, denn ich bin von Haus aus reich. Es ist vielmehr eine Laune, mich einmal der Stadt zu entziehen und in irgendeiner Hocheinsamkeit zu schaffen. Auch reizte mich die schöne Innengestaltung Ihres Kirchleins.«

»Der Bau ist schlicht und rein«, stimmte der Pfarrer zu, »immer freue ich mich darüber, wenn ich mich am Altar wende. Vorzeiten war an selber Stelle eine hölzerne Kapelle, Sankt Thomas in der Öd genannt, da verrichteten Köhler, Holzer oder Roder ihre Andacht, bis endlich ein Vorfahr unseres Fürsten dies Gotteshaus in den Fels des Wolfsruckhanges baute. Und jetzt« – Wenzel Rabhahn sah den jungen Mann ehrfürchtig an – »jetzt ist ein Fürst der Farben uns erstanden, der wird aus diesem schlichten Hochkirchlein eine erhabene Weihestätte schaffen«, – er schloss leise – »wie es die Menschen hier gar nicht verdienen.«

Der Maler verneigte sich stumm.

»Zu Weihnachten belauschte ich Ihre Gemeinde«, sagte er dann, »sie schien mir gottesfreudig und voll hellen Glaubens.«

»Ihr Glaube hat meistens ein Zerrgesicht des Aberglaubens«, klagte der Pfarrer. »Es ist schauerlich, welcher Unsinn in diesen harten Köpfen nistet. So bilden sie sich ein, ein Komet heuer müsse eine Sündflut nach sich ziehen. Und je mehr man gegen den albernen Trug wettert, desto ärger frisst er sich in sie ein.«

»Sie sind wegen Ihres Berufes zu beneiden, Herr Pfarrer, Ihnen ist viel Gelegenheit geboten, in die Seelen anderer zu schauen.«

»Oh, ich kenne die Sünden meiner Bauern wie ein durchwurmter Beichtstuhl. Und wie in rußige Rauchfänge schaue ich in ihre Herzen hinab. Ob das ein Genuss ist, ist fraglich.«

Und nun erzählte er von Leben, Lieb und Lust der Menschen in Sankt Thomas in der Öd, von absonderlichen Käuzen des Dorfes, von finsteren und lichten Gestalten, und schließlich von dem seltsamen Heimgang Sixtels, des Häuselmannes.

Wolfgang Bannholzer lauschte, und sein Blick glitt behaglich über die frommen Bilder an den Wänden, über Kreuz, Betschemel, Schreibgerüst und Bücherschrank. Mit zurückgeschlagenem Vorhang harrte ein altmodisches Himmelbett, und nur die Flinte, die beim Fenster hing, passte nicht zu dem Frieden, der diese Stube durchheimelte.

Eine flinke Uhr tickte. Sie ruhte auf Alabastersäulen, und links und rechts reckten sich vergoldete Löwen, deren Schwänze sich abenteuerlich verästelten und wie Baumkronen die Tiere überrankten, die sich fast verblüfft danach umblickten.

Plötzlich klöpfelte es eifrig an der Tür, der Mesner trippelte herein, ehrbaren Ganges, wie er es von der Kirche her gewohnt war.

»Ich bringe das Falschgeld«, sagte er.

»Gib es in die Sammlung, Pius«, befahl der Pfarrer, und erklärend kehrte er sich zu seinem Gast. »Es ist eine Schrulle von mir. Am Sonntag werfen meine Gläubigen nicht nur landesübliche Münz in den Klingelbeutel, sondern auch manch erklecklichen Batzen Falschgeld und manch entbehrlichen Knopf.«

Und er wies ein Trühlein vor, darin grünspanbezogene Altgroschen, die längst nimmer gang und gäbe waren, bayerische Kleinmünz, Bleistücklein und Knöpfe von Blech, Hirschhorn und Glas kunterbunt sich häuften.

Der Mesner legte einen hölzernen Knopf dazu. Den habe der Schneiderthomas geopfert, meinte er. –

Nun begaben sie sich in die Kirche. Der Pius hopste mit einem zackenbärtigen Schlüssel daher, und bald standen sie im Schiff und sahen die bunten Scheiben in der Sonne blühen.

Wolfgang Bannholzer wünschte, auf den Turm zu steigen.

»Ich kann Sie dahin nicht begleiten«, entschuldigte sich der Geistliche, »ich bin zu schwer, die schwachen Holztreppen könnten unter mir zerbrechen, wie ich jüngst bei einem Spaziergang einen Steg über die Olsch eingetreten habe.«

Also stieg der Maler, vom Kirchdiener geführt, staffelaufwärts zur Orgel und weiter die schwanken Stiegen.

Unterwegs wandte sich der Pius um. »Wissen Sie es schon, dass mein Vater, der Altmesner, auch ein Künstler gewesen ist?«

»Ihr Vater? Was hat er denn gemalt?«

»Alle Kapellen und Bildstöcke weit und breit hat er ausgefärbelt, alle Heiligen geschnitzt, und wo er einen Herrgott am Weg oder in den Wiesen gewusst hat, den hat er vergoldet, dass er heute noch davon glost.«

Der Maler, der auf seiner Wanderung in viele Kapellen geguckt hatte, erinnerte sich jetzt einer hanebüchernen Kunst, die bedenkenlos grelles Rot neben derbes Gelb, Grün neben Blau, hart und unvermittelt, stellte und ihre Gestalten mit eckigen und verrenkten Bewegungen ausstattete. Überaus auffallend war eine Schmerzensmutter, die ihre Schwertlein in der Brust lächelnd trug, als wären es Lilien. Auch ein grassrotes Fegfeuer hatte Bannholzer erspäht und einen Baum, mit wunderlei Schnitzwerk gespickt: Da waren Hubertus und sein Hirschlein daran, der Himmelstorwart mit dem

Schlüssel, der heilige Florian, der aus seinem Schaff Holz in hölzerne Flammenzungen goss, Sankt Nepomuk mit dem Sternkreis ums Barett und mit einem Nagel, der ihm gerade durch den Nabel ging, an den Ast gespießt, schließlich auch ein Teuflein als Kinderschreck, mit Fratze, langer Nase und Ringelschwanz; am Baumstamme war mit überlangen Armen und hässlichen Rippen ein Gekreuzigte gehaftet.

»Ich glaube, ich kenne bereits einiges aus Ihres Vaters Werkstatt«, lächelte der Maler. »Schnitzen Sie vielleicht auch?«

»Ich habe lieber ein Handwerk gelernt, weil man sich als Künstler das Leben zu schwer macht. So hat mein Vater kein Stück Holz verbrennen lassen, aus jedem Span hat er etwas schnitzen wollen, und sein Weib und seine Kinder, wir haben uns Kälte genug ausstehen müssen. Um jeden Splitter hat er mit uns gerauft. Drum hab' ich neben der Mesnerei lieber das Uhrmachen gelernt.«

Auf halbdunklen Treppen tasteten sie sich empor, an dem Schnarrwerk vorbei, das spinnwebverschleiert der Karwoche harrte, und erreichten der Glockenkammer wuchtiges Gebälk. Von dort streckte sich noch eine Leiter in eine finstere Tür aufwärts und schien in den Turmknopf zu münden. Durch die Schlitze der Brettelfenster sah nun der Maler Wolken und Wälder, blauschimmernde Berge und helle Dorfnester, und der Mesner wies ihm das Armenseelglöckel, ein geringes Ding, das wie eine gesenkte Blüte hing, und eine größere, den Namen Mariä tragende Glocke.

Eine dritte hing schier trutzig im Gestühl, ihr fehlte der Strang, womit man sie rühren könne.

»Das ist die gesprungene Schauerglocke«, sagte der Pius, »der hochwürdige Herr will sie nit läuten lassen. Unser zweispänniges Geläut ist eine Schand', überall spotten sie uns deswegen aus. Aber ich hoffe, der Herr Pfarrer wird sie umgießen lassen. Denn warum tät er sonst gar so wild sparen?«

Der wuchtige Schwengel bebte leise, als sehne er sich nach einem Schlag an das Dach, das ihn erzern überwölbte. Am Glockenrand war zu lesen: »Anno 1712 goss man mich, wieder die Schauer schreie ich.« Ein Sprung aderte den Mantel, und vom Henkel der Glockenkrone grinsten staubige Fratzen.

»Sooft ich diese grauslichen Gesichte anschaue«, meinte der Pius, »juckt es mich, ich soll den Schwengel schlagen lassen. Gar so leicht soll sich die Glocke geschwungen haben vorzeiten, wie sie die Wetter zurückgetrieben hat bis zur Wulda.«

»Wann ist sie denn gesprungen?«

»Die einen erzählen, dass ein boshafter Mensch einen Nagel darein geschlagen hat, der Jakob Nothas aber meint, dass die Schauerglocke einmal, wie sie in der Osterzeit von Rom wieder heimgeflogen ist, in die Nacht geraten ist und nit gleich zum Fenster in die Kammer hineingefunden und sich am Turm den Sprung gestoßen hat.«

Mit leisem Grauen betrachtete der Maler die wunde Wetterbannerin, die zum Schweigen gezwungen war, und er glaubte, er brauche das Ohr nur an ihr Erz zu legen, und ferne Gewitter brauen zu hören.

Am Nachmittag ging Wolfgang Bannholzer ins Schulhaus. Er fürchtete, in dem Lehrer einen verzopften und verknöcherten Schwinger des Haselsteckens zu finden, und nur der Gedanke, dass ihn seine Beschäftigung in der Kirche oft mit dem dörfischen Orgelmeister zusammenführen musste, bewog ihn, diesem seinen Besuch zu machen.

Im Vorhaus, wo die Holzschühlein zu zwei und zwei der kleinen Füße harrten, lauschte der Maler ein wenig den hellen Stimmen, die in der Schulstube ein Mailied sangen. Als es ihm dann war, als summe in dem Wohnzimmer jemand heimlich mit, trat er dort

128

ein und war ganz überrascht von der schlanken Lieblichkeit, die ihn drinnen erwartete.

Es war eine Erscheinung, die gerade der Schwanenfahrt eines Wölkleins entstiegen schien, um die Erde köstlich zu bereichern. Sie grüßte leise mit dem feinen Rotmund und mit den Augen, goldbraun und tief wie klare Wasser, die im Moore sich versäumen. Vor des Fremdlings Staunen errötete das schöne Geschöpf, und sie bat ihn, ein Weilchen sich zu gedulden, der Unterricht müsse bald enden. Und während die liebe Jugend drüben das Lied »Es liegt ein Weiler fern im Grund« sang und die Fiedel dazu tönte, saßen die beiden in der kleinen Stube voll Bücher und Geigen still einander gegenüber.

Eine linde Wehmut hatte ihn erfasst, und er wusste nicht warum. Wie wunderbar, dies junge Weib mit dem Gottesbrief der Schönheit auf der Stirn, hier abseits des Lebens, hinter Wald und Welt, verbollwerkt in verwehten Forsten sich selbst nur blühend – und seines Adels wohl kaum bewusst!

Und draußen jenseits der Fenster die weiße Eintönigkeit, die Zaunstecken des Schulgärtleins, die schindelgepanzerte Wetterseite der beiden Gebäude, darin Gott und der Herr Pfarrer gutnachbarlich siedelten, dann die schneegekrönte Friedhofsmauer, das Dorfwirtshaus, ein Bergrücken – und Wipfel, tausend Tannenwipfel … Der Schulmeister hier wohnt einsam.

Wolfgang Bannholzer lenkte sein Auge von dem verschneiten Wald, der grau und leidvoll in die Stube hereinstarrte und so traurig machte.

»Sie führen hier ein stilles Leben, Fräulein. Wird Ihnen nicht bang vor diesem Wald, vor diesem Schnee?«, fragte er.

Sie schüttelte ihr Haupt und flüsterte: »Nein!« Es war, sie habe lange geschwiegen und wage nicht, plötzlich ganz laut zu sprechen. Nun saßen sie wieder verstummt, und diese Stille hatte nichts

Peinliches an sich, sondern war vielmehr von reicher, rätselhafter Fülle.

»Ich habe Sie wohl gestört?«, sagte er endlich und wies auf einen Band, der geöffnet auf dem Tische lag. »Wie heißt dieses Buch?«

»Der Hochwald«, erwiderte sie.

Sie sprach zum ersten Mal laut, und ihre Stimme erschuf dem Worte glockenmilden Wohllaut und füllte den Begriff mit Geheimnissen und Märchenlichtern, wie sie sich durch schwere Tannenkronen stehlen, um die Dämmerung lächelnd zu beglücken. In dieser Stimme vermählten sich Rauschen und Drosselruf und des Moosbrunnens Singen, dass es war, als hätte der einsame Hochwald selber seinen Namen genannt, und dem fremden Maler schien seine Reise nur eine Wallfahrt zu diesem Ton gewesen zu sein.

Hochwald. Verlorener Bergsee. Grüner Dämmer. Geheimer Orgelton windbefangener Wipfel. Und der Mensch weltlos hingegeben der frommen Einsamkeit.

»Es ist das schönste Werk, das der Dichter unseres Gebirges reifen ließ«, tönte die Glocke weiter, »über diesem Buch ist der Hauch versöhnten Entsagens, wie er über unsere Berge, unsere Wiesen schleiert.«

»Ich habe dies Buch gelesen«, sagte der Maler, »doch leider im Land des Lärmes und der lauten Geselligkeit. Vielleicht sollte es dort verboten sein und nur dem erlaubt, der sich ihm hingibt, auf einem Granitblock sitzend, und dem tagelange Einsamkeit das weltlaute Herz in Schweigen gesungen hat.«

»Sie sollten des Dichters Heimat kennen, die Auen der Moldau, die dunklen Hänge des Plöckensteines und des Hochfichtes, das liebe, bedächtige Städtlein«, redete sie. »Dies Land spricht voll geheim verhaltener Schwermut mich an, und ich weiß nicht, ob der Dichter die Schwermut seiner Schöpfungen von der Landschaft ererbt oder ob erst seine Kunst diese wehe und süße Stimmung der Heimat stark und für ewig aufgeprägt hat.«

Sie endete, denn junge Lust tollte an den Fenstern vorüber. Die Buben und Dirnlein waren auf dem Heimweg. Grüne Schneehauben umrahmten die Gesichter, gegen deren frische Röte das Blau der Augen trutzhaft absprang. Emsig stapfte das Jungvolk durch die Schneegewaden, um mählich nach allen Richtungen hin zu zerstieben, gegen die Hüttenkette längs der Straße, in die Einschichten des Tales, in die Wälder empor.

Drüben jenseits des Flures begann die Geige gedämpft und hold ihr Einsamsein zu feiern, in ihrer Schönheit glich sie einem fernen Nachklang dieser Mädchenstimme hier.

»Der Vater vergeigt sich wieder«, lächelte sie, »ich will ihn holen.«

Bannholzer war nun allein in dem Raum, dessen Verschwiegenheit nichts störte als das leise Zurückgehen eines Geigenwirbels, und sah die Bücher sich reihen, die stummen Gefährten eines weltfernen Lebens, und hörte die ferne Weise nach prachtvollem Aufschwung welk und weh niederflattern und mit traurig-schalkhaftem Schnörkel abbrechen, so wie ein Leben nach leidenschaftlichem Auftrieb sich wehmütig lächelnd bescheidet.

Gleich darauf kam der Geiger in das Zimmer. Sein gescheites, unbärtiges Gesicht errötete noch heftiger als vor Kurzem die Stirn seiner Tochter, und grüßend bot er dem Gaste die Linke, denn in der Rechten hielt er einen Zettel. Er knitterte ihn verlegen und wusste nicht gleich, wovon er reden sollte.

»Sie sind heute gekommen?«, fragte er endlich. »Ist Ihnen die Weile noch nicht lang geworfen?«

»So bald doch nicht! Es gefällt mir sehr gut da heroben, wo Berg dem Berge gegenübersteht. Und diese durchsichtige, wunderbare Luft!«

»An dieser wunderbaren Luft ist meine Frau gestorben«, sagte der Lehrer und fügte, als ob er eine vorschnelle Rede bereue und verwischen wolle, geschwind hinzu: »Herb ist die Luft, nicht jeder verträgt sie.«

»Sie wirken wohl schon lange hier am Wolfsruck?«

»Fast seit der Erschaffung der Welt«, erwiderte der Alte, ohne Bitterkeit lächelnd. »Für meine Armut war die Schulmeisterei die rascheste Versorgung. Doch wurde es mir in diesem entlegenen Erdwinkel mit der Zeit zu einsam, und als meine Frau erkrankte, bat ich um meine Versetzung. Aber man hörte mich nicht. Mein Weib starb. Mir aber wurde dieser Anhauch der Verlassenheit vertraut, die stille Öde des Bergdorfes tat nimmer weh, und heute bin ich zufrieden mit dem Los, den Kindern der Holzhauer und Kleinbauern ein Lehrer zu sein.«

»Es muss dennoch ein schwerer Weg sein, der in ein solch beruhigtes Leben mündet.«

»Früher freilich, als meine Frau noch nicht lange tot war und ich meine Tochter, die Hertha, in die Stadt schicken musste, kam es oft mit gellender Leere über mich, besonders nach dem Unterricht, wenn ich der einzige Mensch im Schulhause war, und an grauen Wintertagen. An den Wirtstisch wollte ich mich nicht flüchten, wo die Bauern ihre Händel führen. So saß ich oft verlassen und trostlos in einer Schulbank ...«

»Auch Sie wird die Einsamkeit heroben unruhig machen, Herr Bannholzer«, sagte Hertha.

»Ich fürchte sie nicht, ich verlange nach ihr, denn ich will schaffen, und dazu gehört Einsamkeit.«

Der Schulmeister hatte jetzt den zerknüllten Zettel sauber geglättet, und sonnenhaft zuckte es um seinen Mund.

»Was Lustiges hast du, Vater?«, fragte Hertha.

»Eine Urkunde der Unschuld. Diesen Zettel hat irgendein kleiner Sünderling benutzt, sich auf die Osterbeichte vorzubereiten. Ich fand das Blatt eben, als ich herüberging.«

Und er las, wozu in schülerhaft steifen Zügen eine Seele sich bußfertig bekannte! »Ein Zaritzernest hab' ich ausgenommen. Ich habe der heiligen Katharina einen Schnurrbart gemalt. Ich habe aus dem Pfarrerfeld eine Rübe gestohlen. Ich habe mit dem Finger nach einem Stern gedeutet. Ich habe einen Igel erschlagen wollen.«

»Ein kleines Rinnsal in der Sündflut«, lachte der Maler.

»Sie haben auch schon das närrische Gerücht gehört?«, fragte der Lehrer.

Bannholzer nickte. »Die Leute dauern mich, sie müssen sich furchtbar ängstigen.«

»Man kann selbst die Klügsten unter ihnen von dieser Meinung nicht befreien. Will man sie aufklären, so verschließen sie sich umso misstrauischer. Sie müssen mit sich selber fertig werden.« –

Als der Winternachmittag spät ward, ließ sich der Maler noch in die Schulstube führen. Dort hingen die Bilder österreichischer Herrscher und Kriegshelden an den niederen Wänden einträchtig neben veralteten, geflickten Landkarten und Abbildungen von Waldtieren. Die Schultafel war mit einem Frühlingslied beschrieben, und von einem Kasten glotzte goldäugig eine ausgestopfte Schleiereule herab. Der Duft schwarzen Bauernbrotes lag in der Luft, zuweilen knispelte eine der groben, zerschnitzten Bänke heimlich auf.

»Wie ich diese Luft, die nach Armut riecht, einst gehasst habe!«, sagte der Lehrer. »Ich dürstete fast nach dem Kohlenrauch der Städte, während mich heute diese gewohnte Enge, diese Stille mit dem Gefühl des Geborgenseins erfüllt.« –

Nachdenklich verließ Wolfgang Bannholzer das Haus der stillen Menschen. Ein Pfad drängte sich heran und lockte ihn bergan durch die plumpe Ungeheuerlichkeit verschütteten Jungwaldes, aus dessen Blendschnee des Gimpels blutrote Brust leuchtete.

In der Purpurruhe des fallenden Tages grünelte der Mond, als überkruste ihn Edelrost. In hoher Zierlichkeit hastete ein Eichhorn quer über den Steig und rief in dem Wanderer das Gedenken an

Hertha auf, und ein junger Frohsinn durchwallte ihn, er hätte sich schwingen mögen bis über den grünen Mond empor, und weil er dies nicht konnte, stieß er einen Jubelschrei aus, der die versunkene Einsamkeit hallend erweckte.

Ein Bauernweib, das vor dem Maler den Weg zog, wandte sich bösen Auges nach ihm um.

Er aber folgte der steileren Wallfahrt des Steiges. Waldatem klirrte in den Zweigen des Hochtannes, der ihn dämmernd umfing. Eine Lichtung schloss sich auf.

Da lag die Erde unten. Wallende Wolkenwogen rauchten rosig in die Ferne hinaus, nur das Dorf, das höchste Dorf des Gebirges war sichtbar: Traulich, dem Spielkram eines Kindes vergleichbar, duckte es in den Schnee.

Weit im Süden aber bauten sich unirdisch blaue Firnen auf, die Alpen tauchten, eine Märchenlände, über den Nebelsee, und die goldtrunkenen Schneeflächen des Watzmanns und des Dachsteins vertieften sich in der Abendbesonnung zu reinem Feuer. –

Als der Erdschatten in gewaltigem, graublauem Bogen dem Osten entstieg und die Farben verschüchterte, als das Dämmer die Glocken des Gebirges weckte, wandelte der Maler wieder in die Tiefe hinab.

Ein milder Hauch hob sich träumerisch und schauerte seinen Körper an. Lenz, bist du es?

Das finstere Feuer, das der Pater Norbert in seiner Muhme, der Schattenhauserin, angeschürt hatte, ward immer flackernder und drohte, ihr über dem Hirn zusammenzuschlagen. Ihre Hände waren im steten Gebet ineinander verwachsen, kaum dass sie sich trennten, wenn die Arbeit rief. Aus der Kirche war sie fast nicht hinauszuschaffen, der Mesner hatte manch hitziges Wortgefecht mit ihr auszutragen, wenn er das Gotteshaus verschließen musste. Stundenlang kniete sie auf den eiskalten Fliesen oder im Schnee vor den Flurkreuzen.

Dann ging sie beichten. Der Pfarrer hörte ihr geduldig zu, dass sie vergessen habe, der Agnes die Totenlichter zu entzünden, hörte ruhig, wie sie ihre harmlosen Gedanken und Taten zu Todsünden aufbauschte. Aber als sie als himmelschreiende Schuld bekannte, dass sie sich ihrem Ehemann hingegeben, da brauste der Priester auf und drohte, sie aus dem Beichtstuhl zu schmeißen.

Am nächsten Tag wiederholte sich dasselbe Spiel. Am dritten Tag kam sie wieder, aber da wurde der Pfarrer grob.

»Glauben Sie, ich werde mir so mir nichts dir nichts Schwielen im Beichtstuhl sitzen?«, rief er und rannte davon.

Sie wollte ihm ins Haus nach, aber die Tür war verriegelt. Da bekannte sie dem goldenen Heiland vor dem Pfarrhof laut ihre seltsamen Sünden, und der Pius musste die Messbuben davonjagen, weil sie die Ohren spitzten. –

Als Wenzel Rebhahn sonntags vom Hochamt in die Sakristei schritt, stellte sie sich ihm entgegen.

»Hochwürden, ich muss beichten, die Sünden erdrücken mich!«

»Versperren Sie mir nicht den Weg, Sibill! Sie haben mir zweimal nacheinander Dinge bekannt, die nicht sündhaft sind. Ich habe Sie losgesprochen, Sie haben also keine Sünden mehr. Lassen Sie mir jetzt meine Ruhe!«

In ihren Augen flimmerte es verworren, als spiegle sich der funkelnde Kronleuchter darin, und sie reckte die Hand aus, den Priester beim Prachtmantel zu packen.

»Ich spüre es aber, Gott hat mir nicht verziehen.«

Da schwoll ihm die Blutader auf der Stirn. »Aus dem Weg!«, schnaubte er.

Sie aber schleuderte ihm ihr kupferbeschlagenes Betbuch vor die Füße und schrillte: »Was rollen Sie mich so an? Soll ich Sie vielleicht für die Beichte zahlen? Sie sind ja wie der Vogel Greif aufs Geld.«

Wenzel Rebhahn drückte seine Wut in sich und ging an ihr vorbei. »Verrückt ist sie worden«, äußerte er sich zum Kirchendiener, »der Norbert hat sie am Gewissen, der hat sie so zerrüttet.«

Als er dann noch ganz aufgeregt beim Frühstück saß, meldete sich der Schattenhauser.

»Ein bisschen sollten Sie Ihr Weib schon zurückhalten«, empfing ihn der Pfarrer, »sie artet schrecklich aus.«

»Allweil betet sie«, sagte der Bauer, »allweil zischelt sie den Rosenkranz und hebt die Hände zum Herrgott auf. Es muss ihm schon zuwider sein, er hätte ja sonst nix zu tun, als dem Weib zuzuhören. Die halbe Nacht kniet sie, ich hab' sie schon auf den Knien eingeschlafen gefunden.«

In dem Geistlichen regte sich das Mitleid mit dem Mann, dessen Stirn von Sorgen zerrissen war.

»Seid nicht so kleinverzagt, Bauer! Es wird sich schon wieder bessern.«

»Herr, ich bin der Schattenhauser. Den ganzen Winter kommt die Sonne nit zu meinem Hof, im Schatten liegt er, finster und traurig –.«

Eine plumpe Träne rollte ihm über die Wange.

»Was ist denn los, Mann?«, drängte der Pfarrer in ihn. »Das Herz stößt es mir ab, aber sagen kann ich es Ihnen nit, ich schäme mich zu viel.«

Da packte ihn der Priester bei der Hand. »Wahrhaftig ist es nicht Neugier, dass ich Sie frage. Vielleicht kann ich raten oder helfen.«

Stockend und zur Mauer gekehrt erzählte nun der Bauer: »Ich und mein Weib leben jetzt wie Geschwister. Mir fällt das schwer. Und keinen Erben hab' ich für mein Gütel. – Wenn ich in der Nacht hinübergreife nach ihr, da – da schreit sie: ›Lass mich aus, mein Leib ist heilig!‹«

»Hier kann kein Mensch helfen, da sitzt es tief im Hirn«, brummte der Wenzel Rebhahn, mit langen Schritten das Zimmer durchmessend. »Ein Zorn kommt mich an bei dem ganzen Jammer. Wissen Sie meinen Rat, Sie geplagter Mann? Nehmen Sie einen Knüttel und treiben Sie ihr den Teufel aus!« –

Der Bauer war davon getrottet, müd und langsam, wie einer, der von schwerer Arbeit geht.

Verdrossen grübelte der Pfarrer in sich hinein. Wie sollte er das lästige Weib, das in den Narrenkotter gehörte, von sich abwehren? Vergeblich suchte er einen Ausweg.

Die Saat des Eiferers Norbert ging bald auf. Er hatte diesem einfältigen Weibe die wilden Vorstellungen von Gottes Rache, von Hölle und Verdammnis in das Hirn gehämmert, dass diese mit ihrer glühenden Grelle Leib und Seele zerstören müssen.

Von der Sibill ist das Gerücht von der Sündflut ausgegangen. Viele glauben schon daran, wenn sie es auch noch leugnen. Und kein Kämpfen, keine Klugheit, kein Spott hilft dagegen, denn der Aberglaube ist das Stärkste in Thomasöd. Gott gebe, dass die Enkel anders werden!

Aber was für Zeiten stehen ihm, dem Pfarrer, noch bevor, bis mit jenem peinlichen Kometentag, wo die Gemeinde das Ende erwartet, die Erregung vorüber sein wird! Was werden diese Tage noch Schlimmes ausbrüten, wenn die Angst ins Ungemessene steigt und Verzweiflung die Gemüter verwildert? Unwillkürlich blickte Wenzel Rebhahn nach seinem Gewehr hinüber.

Da – ein Klirren, als schlüge eine Faust an die Scheibe. Der Pfarrer sprang zum Fenster hin. Unten stand die Sibill, sie hatte einen Stein geworfen.

»Hüten Sie sich!«, drohte er hinab. »Ich vertrage solchen Unfug nicht.«

Sie kümmerte sich nicht um seinen Zorn. »Der fremde Maler darf die Kirche nit ausmalen«, kreischte sie, »er ist ein Jud'.«

»Was fällt Ihnen denn ein?«, erwiderte der Pfarrer überrascht. »Der Herr ist ein Christ, gerade so wie ich und Sie.«

»Ein Jud' ist er«, beharrte sie, »gejuchzt hat er im Wald, ich hab' ihn selber gehört. Gejuchzt hat er in der Fastenzeit, wo der Mensch zerknirscht sein soll und an das bittere Leiden Christi denken muss.«

»Er mag ein Jud' sein oder nicht«, entgegnete Rebhahn ärgerlich, »wenn er nur gut malen kann!«

»Der wilde Mensch soll die Kirche schänden? Das darf nit sein! Wenn die Agnes das gewusst hätte, sie hätte mit dem Geld lieber dem Teufel einen Altar bauen lassen. Und beim Gericht verklag ich ihn, weil er gejuchzt hat in der Fastenzeit.«

»Halt dein Maul, du widerwärtige Fuchtel!«, zischte der Geistliche, das Fenster zuschlagend.

Ihr Gellen aber bohrte sich durchs Gemäuer.

»Du Pfarrer von Thomasöd, du hoffährtiger Mann! Schimpf nur über ein armes Weib! Du kommst dem hohen Wasser nit aus! Du nit! Und dein Bub auch nit, mit dem dich der Herrgott heut' schon straft!«

Wütend stopfte sich Wenzel Rebhahn die Finger in die Ohren und rannte aus der Stube.

Am Karfreitag erfüllte sich die Zeit der Liesel.

Nur die Mutter war daheim, Vater und Gesinde waren in der Kirche, als es plötzlich über die Schwangere kam. Die tollen Schmerzen begannen und schauerten sie wie der Tod an.

Mit verzerrtem Gesicht lag sie auf der Eltern Ehebett.

»O was hab' ich getan«, schrie sie immerfort, »was hab' ich getan! O das Wehtun! Zehnmal lieber möcht' ich sterben!«

»Sei still«, tröstete die Mutter, »das sind Wehen, die man bald vergisst! Sei still, die Leute hören es!«

»Und wenn der Kaiser draußen vor der Tür steht, so schrei ich auch. O mein Weh!«

Sie wimmerte wie ein Tier.

»Liesel, unser Herrgott hat am Kreuz noch mehr leiden müssen
als du.«

»So viel nit wie ich!«, sprühte sie auf.

Und während sie nun ächzend von den herben Qualen durch-
glüht lag, betete die Rabenbäuerin lange und inkräftig zu Gott, das
Kind möge um ihres Mannes Seelenheil willen ein Mägdlein sein.
Dann beugte sie sich zu der Fiebernden hin: »Liesel, jetzt sagst du
mir, mit wem du das Kind hast.«

Das Mädchen ward plötzlich ruhig in ihrer Pein. Ihr schien die
Sonne draußen über der Erde als des Wulschen Auge, die Luft
ringsum als dieses Mannes lauerndes Ohr. Der Marx war schrecklich, vor ihm gab es kein Entrinnen, ein Bilmes war er in Menschen-
gestalt.

Und sie zischelte der Mutter ins Ohr: »Der Teufel ist der Vater,
der Bauer hat es ja gesagt.«

Mit hochster Gewalt setzte die Qual wieder ein. Der Hals schwoll
der Stöhnenden; an die Bettpfosten gekrampft, in Schweiß und
Blut, mit einem langen, furchtbaren Schrei gebar sie ein schwarz-
haariges, hässliches Kind.

»Ein Bub ist es«, rief die Bäuerin weinend.

»Versteckt ihn ins Heu! Der Vater darf ihn nit sehen, er erwürgt
ihn.« Die Wöchnerin ängstigte sich wie eine Katze um ihre Brut.

Die Alte aber herzte und busste das Kind und bettete es in die
alte Wiege, darin alle Rabensprösslinge geschlummert hatten, seit
der Hof stand. Es war ein großes und fürsorglich für zwei Säuglinge
berechnetes Wackelbettlein, das stundenlang schaukelte, wenn man
es nur einmal in Gang gebracht hatte. An seinem Fußende war das
Zeichen des Trudenfußes eingekerbt. –

Gegen Mittag kam der Achaz heim.

»So bin ich wirklich dem Antichrist sein Großvater worden«,
war sein heißerer Gruß.

»Du Teufelsbraut!«, schrie er die Tochter an. Weiß war er im Gesicht wie der Schnee am Dach. In der Wiege lag der Unhold; das Trudenmal, das bösen Spuk bannte, versagte gegen ihn.

»So schaut er also aus, der Antichrist!« Der Bauer schielte bösen Auges hin. »Wär' es nit das Beste, ich stäche ihm den Dreizahn durch den Ranzen?«

Darüber ergrimmte sein Weib. »Wenn du noch einmal so gottesverfluch lästerst über das unschuldige Bübel, dann tu ich dir die Schand' und geh aus deinem Haus.«

Feig luchste der Achaz zu ihr hinüber, und wie er so stumm und arm stand, die Arme schlaff, die Knie geknickt, erbarmte er sich ihr in seinem Elend.

»Aber so überleg' dir es doch, Bauer, wie kann denn das winzige Kind der Antichrist sein, wenn heuer im Sommer schon das letzte Ende wird?!«

»O Weib«, stöhnte er, »der Antichrist wächst nit langsam wie ein Baum oder ein Mensch. In einem Tag, in einer Stunde schießt er in die Höhe.«

Felshart war sein Glaube in seiner Seele beschlossen. –

Die Nacht war voll der Grauen. Offenen Auges wälzte sich der Achaz auf dem Stroh, kein Schlaf begnadete ihn. Wie hätte er auch ruhen können, Wand an Wand mit dem Verfluchten!

Immer und immer wieder schrie in der Kammer das Kind. Diese gräuliche Stimme! So weinen Kinder nicht, so kann nur der Bankert des fleischhaften Gottseibeiuns plärren. Wenn diese Stimme nur schwiege, wenn sie nur stumm würde über Nacht! Nur stumm, nicht tot!

»Tot?«, kicherte ein böser Geist.

»Tot!!!«, gellte des Bauern Seele.

Er riss den Rosenkranz vom Weihbrunn, der zu Häupten des Bettes hing, und betete wild darauf los, betete das Vaterunser von vorn nach hinten und von hinten wieder zum Anfang zurück, betete den englischen Gruß, das Glaubensbekenntnis, die zehn Gebote, die Beichtformel und alles, was ihm in der Hast einfiel, nur um den Entschluss zu übertäuben, der in ihm mit beängstigender Deutlichkeit wuchs, den Entschluss, den Wurm drinnen in der Kammer an die Wand zu schlagen, dass sein Hirn verspritze.

Einmal hatte sich der Achaz schon aufgerafft, die Tat zu vollenden, aber gelähmt sank er wieder zurück und verwühlte sich unter die Tuchent.

»Falle Gott nit in den Arm!«, riet sein Gewissen. »Meng dich nit in seinen Willen! Er wird den Jüngsten Tag schon selber glorreich ausfechten, wird ohne dein Zutun siegreich auf des Satans Gewalt treten.«

»Warum aber hat der Herr es gefügt, dass gerade in der schuldlosen Bauernhütte, unter meinem Dach das Unheil geboren wird? Warum legt er seine Hand so stark auf mich?«, bäumte sich die Frage auf.

Draußen um das Haus fielen eilend und regelmäßig die Tropfen von den Eiszapfen. Oft murrte es geheimnisdumpf auf. Und die Angst vor sich selbst und vor dem, der hinter der Wand ohne Aufhör schrie, bedrängte den Achaz, und seine Zähne klirrten gegeneinander.

Wenn doch der Sohn, der Norbert, hier wäre, der könnte raten, trösten, helfen! Ein Geweihter vermag viel.

Nur der Pfarrer Rebhahn richtet nichts aus. Wie stark donnert er allsonntäglich sein Gebet zum Himmel, das sich des Rabenbauers sehnlichster Wunsch verwirkliche. Aber das Gebet hilft nichts, den dieses Priesters Mund wird oben nicht gehört. Nicht nur seine Weihe, auch sein Gebet hat keine Kraft.

Und der Bauer krallte im Dunkeln die Finger aus, als wollte er seines Pfarrers graue Haare fassen und raufen.

Erst trieben die Lüfte spielerisch über die Schneehalden und pflückten die Glasstänglein von den Dächern, und der weiße Wald triefte und ward scheckig. Dann schwoll der Wind und brachte die Lerchen. Jäh sank nun der Schnee, die schwarze Erde lugte wieder hervor, und die Ringwälle, die der Winter um die Gehöfte angeblasen hatte, wurden niedrig. Lenzwitternd fuhr der Dachs aus dem Bau.

Endlich aber prallte der Sturmlenz selber, erobernd und vollendend, psalmend und jauchzend, gegen den Wolfsruck. Durchs Hochdorf pfiff er, rumorend verrannte er sich in die Rauchfänge, die Scheuntore schlug er zu. Er schlenderte den Raben aus dem Flugpfad, sprang die Menschen wie ein Tollhund an und stieß eisengrimm gegen den Pfarrerwald.

Dem Pfarrherrn war es untersagt worden, seinen ausgebeuteten Forst noch weiter niederzulegen. Da hatte er noch rasch den Windmantel fällen lassen, der sein Gehölz gegen die Stürme geschützt hatte.

Und als jetzt die entfesselte Luft gegen den schirmberaubten Wald brandete, hauste sie wie ein schrecklicher Schrat darinnen und warf ihn schließlich über den Haufen.

Nun war ein Krüppel in Thomasöd, der konnte nicht aufrecht gehen; mit Brettlein an Händen und Füßen kroch er knapp über den Boden hin, die Beine voran, Knie, Bauch, Brust und Gesicht gegen den Himmel gewendet. Er war ein elender Mensch.

Der schleppte sich in jener rasenden Stunde durch den Pfarrerwald, da der Sturm prasselnd durch die Stämme teufelte. Sein emporgehobenes Antlitz sah die Fichten schlottern und die Äste splittern, sah die hohen Säulen sinken und brausend durch die Kronen ihrer Nachbarn schlagen. Langsam, langsam kroch der Schemler mitten durch die niederdröhnenden Riesen, und wie durch ein Wunder ward er gerettet.

Diese Begebenheit machte böses Blut im Dorfe. Wenn es den kümmerlichen Mann erschlagen hätte, sein Tod wäre auf den Pfarrer gekommen. Und die Gefahr hätte auch gesunde und wertvolle Menschen treffen können!

Am schmerzlichsten berührte der Windwurf den Mesner. Als er in die wüste Wildnis des gestürzten Waldes drang, fand er den Heiligenbaum gebrochen. Ein Gewaltiger noch im Tode, lag die Pflanze über die anderen Gefallenen hingestreckt. Kahl und kalt starrte der Himmel nieder, noch jagte das Gewölk.

Der Pius schlüpfte durch das hingestreute Gestänge zu dem toten Baume. Zunächst zog er den Gekreuzigten hervor, dem es die Glieder zerschmettert hatte wie einen unvorsichtigen Holzknecht. Dann suchte er das Heiligenvolk, das sein Vater einst geschnitzt hatte und das nun verstümmelt in der Zerstreuung war.

Dem Hubertushirsche fehlte das feine Hörnergezack, den Petersschlüssel hielt ein Geköpfter, Sankt Georg war mit seinem Eidechslein völlig zermalmt worden, und das neckische Teuflein hatte der Sturm verblasen, wer weiß wohin.

Ehrfürchtig klaubte der Pius die Reste in ein Körblein und suchte damit den Pfarrer auf. Er traf ihn scherzend und schachernd mit einem Holzhändler, der ins Dorf gekommen war gleich einem Geier, der das Aas auf Meilen hin wittert.

»Herr Pfarrer, wir müssen einen neuen Bildbaum haben«, rief der Mesner ganz außer Atem.

Wenzel Rebhahn hatte nicht viel Zeit. »Stör' uns nicht, Pius! Den Plunder gib deinen Kindeskindern, sie sollen sich ein Kasperlspiel daraus machen.«

Mit einem trüben Blick auf den, der seines Vaters Kunst so gering schätzte, zog der Pius an. –

In seiner Stube war es lebendig. Ein gutes Schock Uhren war da der Zeit hart an den Fersen: Es tickte und pochte mit flinken und trägen Pendeln, es schlug die Stunde mit zornigem Schlag oder mit behäbigem Summen, und Kuckucke und Wachteln schnellten aus ihrem Gehäus, die Stunden auszurufen.

Den Mesner kränkte es hart.

Mit Missachtung vergilt ihm der Pfarrer den schweren Dienst. Denn es ist arg, im Dämmer über die Gräber zu steigen und in der leeren, finsteren Kirche das Betglöckel zu läuten. Im Wind klappern die blechernen Kreuze, allerhand spukhaft Nachtgeflatter huscht umher, im Beinhaus schnarchen die Totenschädel. Und gar der dürre Hügel, darunter die Jungfer Bibiana begraben ist! Die ist einmal als wunderschöne Dirn am Friedhof vorbeigegangen und hat gemeint, es wär' doch schad', wenn ihr junger, weißer Leib da verfaulen müsste. Und jetzt kann ihre Leiche nicht verwesen und rückt aus den Tiefen immer wieder in die Höhe … Ach, schauerlich ist das Amt des Mesners!

Und der Pius stellte die verstümmelten Heiligen auf den Schrank, betrübt bis in den Grund seiner Seele.

Als Sonne und Sturm den Schnee weggeäst hatten, kam eine milde Ruhe über den Berg. In den Lüften hing der Geruch der verjüngten Erde, lerchenlockend blaute der Himmel, und die Felder furchten sich unter der Pflugschar wie die Bauernstirnen, dahinter die Sorgen wieder begannen.

Diese Tage verbirschte Bannholzer in den Wäldern, dem machtvollen Erwachen des Lenzes lauschend.

Die Dämmerungen aber wurden ihm qualvoll. Er war die geistfunkelnde lachende Geselligkeit der Stadt zu sehr gewöhnt, und dieses Dorf war so lautlos, so bedrückend tonlos beim Einbruch der Nacht.

In das Schulhaus hatte er sich seit seinem ersten Besuche nimmer gewagt. Er fürchtete für sich. Und ein Spiel mit dem schönen Geschöpf zu treiben, dazu war sein Wesen zu schwer und zu tief.

Also verlebte er die Abende einsam wie ein Büßer in der Felsenluft, alle Sinne und Gedanken einzig seinem Werke entgegensendend und sich tröstend, dass jedes Künstlers Leben von steter Entsagung begleitet sein müsse.

Einstmals aber, als wieder die Sehnsucht nach den Menschen bang in ihm einkehrte, flüchtete er vor sich selbst hinab in die Stube seines Wirtes Rochus. –

Von der rauchgebeizten Decke hing die Lampe herab und langweilte mit ihrem matten Licht den Raum.

Bannholzer und der Wirt saßen am Tisch einander gegenüber. Der Bär duzte den Maler, wie er auch den Fürsten geduzt hätte, wenn er bei ihm eingekehrt wäre. Wenn man mit dem Herrgott auf du und du ist, was sollte man die Menschen weniger grob angreifen?

Und Rochus erzählte, wie er einst jenhalb der Fuchswiese im Jokuswald den letzten Bären des Böhmerwaldes erschossen habe. Es war eine ausführliche Geschichte, die ihm niemand glaubte, wie oft er sie auch schon preisgegeben hatte.

Wild und wüst sah er aus, als habe er selber zeitlebens in einer Bärenhöhle gehaust. Sein halbnackter Arm griff braunknorrig wie eine Wurzel über den Tisch, tierhaft war das Gesicht mit der rückspringenden Stirn. Ein rauer Bart überwucherte ihm die Lippen, so dass es schien, er habe keinen Mund, und man jedes Mal erstaunte, wenn ihm dennoch beim Reden die Lippen zu klaffen begannen. Und in diesem Munde standen dann die Zähne kreuz und quer, gelb und schwarz, und eine gruftdunkle Stimme stieg heraus und verhallte merkwürdig in der Stube.

Als der Rochus an den Hochpunkt seiner Erzählung geriet, wie sich das gestellte Tier gegen das erhobene Gewehr gewendet habe, ließ er sich auf alle Vier nieder und brüllte mit seiner dunklen Steinzeitstimme und fletschte sein tolles Gebiss und fauchte, dass es seltsam zu schauen war und den Maler ein Lächeln anflog.

Doch da schnellte der Wirt aus seiner Tierheit blitzschnell in die gereizteste Menscheneitelkeit empor.

»He, du lachst? Du glaubst es nit?«

Mit seinen wurzeligen Fingern riss er sich das Hemd auf der Brust auseinander: In die Haut war das grässliche Bild eines Bärenkopfes geätzt.

Hernach humpelte die Wirtin in die Stube. Sie sah schwächlich und herabgekommen aus. Ihr Leib war einst fruchtbar gewesen, vierzehn junge Bären hatte sie geworfen und gesäugt und großgezogen, bis es einen nach dem andern übers Meer trieb. Mit ihrer Stimme, die sich bei der Erziehung der unbändigen Brut schrill gekeift hatte, begann sie unaufhaltsam schnell dem Fremdling den Dorfschwatz vorzusprudeln.

Zuerst zog sie über den Pfarrer los: Der sei in jüngeren Jahren ein weidlicher Zecher gewesen, habe gelebt und leben lassen, und das Geld habe sich bei ihm nicht gehalten. Auf einmal, fast über Nacht, habe er sich geändert, und jetzt drücke und seufze er, wenn er einen notigen Kreuzer hergeben solle, und halte das Geld härter als einer, der die hinfallende Krankheit habe. Er wäre ja sonst flink und rührig bei der Messe, aber den Wirtshausbuschen meide er wie ein Sumpflicht.

Dem Maler fielen die Hände des Pfarrers ein, die gar nicht dürr und gelb wie die eines Habgierigen waren, sondern weich, rosig und von vornehmer Schmalheit.

»So viel Geiz ist in ihm«, berichtete die Wirtin gedämpft, »dass er die Krähenfedern im Wald einsteckt. In der Nacht soll er sie selber schleißen. Er hat schon eine ganze Tuchent damit gefüllt.«

»Niemand weiß, warum er so geizt«, löste Rochus sein Weib ab, »er braucht nit viel, isst nur Bauernkost und trägt Sommer und Winter denselben Rock und denselben Hut.«

»Aber erst seine Köchin«, züngelte die Alte weiter, »die ist gichtig, heben und legen muss er sie. Einen Schnurrbart hat sie wie ein Husar. Sie kann sich gar nit rühren, der Pfarrer muss ihr eine Dirn halten. Und wenn sie aus dem Bett will, muss er sie auf dem Buckel tragen.«

»Warum entlässt er sie nicht?«, fragte der Maler. »Sie ist doch sein Dienstbote.«

Bär und Bärin blinzelten sich verschmitzt an. Endlich brummte er: »Ja, weißt du, Maler, da hat der Pfarrer einmal – es ist schon lange her – im Rausch gesagt: ›Hab ich das Fleisch gefressen, muss ich mir die Knochen auch behalten.‹«

»Man soll niemand Schlechtes nachreden«, hub sie wieder an, »aber das schickt sich nit, dass ein Geistlicher sein Kind zu sich in den Pfarrhof nimmt. Er gibt den Konrad für seinen Neffen aus, aber wir wissen, dass es sein eignes Fleisch und Blut ist. Er hat den Sohn von der Hochschule heimnehmen müssen, der Konrad hat dort nur gesoffen und nit gelernt.«

»Der kann dir Räusche liefern«, – des Bären Worte entbehrten nicht einer gewissen Hochachtung – »was der Alte an Durst sich antut, der Konrad bringt es ein.«

»Der Schnaps ist ihm schon zu fad«, tuschelte sie, »und in den Rum schüttet er sich Pfeffer, sonst greift es ihn nit mehr an. Und die Pfarrerdirn hat erzählt, dass der Weingeist in ihm Feuer gefangen hat, die Gurgel ist ihm ausgebrannt, mit Jauche haben sie den blauen Brand löschen müssen.«

Den Maler widerte dieses Weib an, und er betrachtete es wie eine Erlösung, dass ein Gast in die Stube kam und das Geschwätz verstummen machte. Bannholzer ahnte sofort in dem Ankömmling den Studenten, denn dieser glich an Stirnwölbung, Schwung der Brauen und Mund dem Pfarrer, nur war alles an ihm weicher und weibischer.

Er stellte sich vor: »Ich bin Konrad der Neffe.« Dann setzte er sich an den Tisch und trank mit mörderischem Schluck das Glas leer, das ihm der Bär hingeschoben hatte.

»Sie waren an der Hochschule?«, frage der Maler nach längerem Schweigen.

»Ich dachte es mir, dass man Ihnen schon von mir berichtet hat«, erwiderte Konrad spitz, fuhr aber dann gleichgültig fort: »Ich habe in Prag so ziemlich alles beschnüffelt, Rechtsgelehrsamkeit, Arzneikunst, Naturwissenschaften, und habe alles satt bekommen, zum Speien satt, wie der Doktor Faust.«

»Das ist der Hexenmeister, den der Satan bei lebendigem Leib geholt hat«, belehrte der Bär sein Weib, das, die Hände über den Bauch gefaltet, den Männern zuhorchte.

»Werden Sie weiterstudieren?«, fragte Bannholzer wieder.

»Nein, mir fehlt das Vertrauen zu mir«, sagte Konrad einfach und wandte sich, als wolle er diesem Gespräche entgehen, dem Wirte zu, der sich bäuchlings auf eine Bank gelegt hatte. »Was wirst denn du anheben, Rochus, wenn die Flut kommt? Wirst du auch auf den Wolfsruck hinaufsteigen?«

»Scher dich um deine Haut!«, brummte der Wirt.

»Wie ist es nur möglich, dass das Gerücht vom Weltuntergang hier so starken Glauben findet?«, warf der Maler ein.

»Diese Gegend ist ganz weltabgeschieden«, entgegnete Konrad, »die Thomasöder ahnen nichts von dem tausendspältigen Leben der Städte, sie kommen wenig in die Fremde, lesen keine Zeitungen und lassen sich nicht von Gebildeten belehren, weil sie ihnen misstrauen. Unser Lehrer ist ein Eigengänger, der sich hartnäckig abschließt und nur den Schulkindern erreichbar ist, der Pfarrer ist derzeit beim Volke in Ungnade gefallen. Dies sind ungefähr die Ursachen, dass unser Dorf solche Blüten treibt.«

»Aber wie geraten die Menschen dieses geierhoch gelegenen Nestes gerade auf den Gedanken einer Flut? Es gibt doch fast gar kein Wasser hier heroben. Ein Weltbrand läge doch näher.«

»Vom Muspilli, von der im Feuer verglosenen Welt weiß der Bauer nichts. Desto mehr aber von der Bibel, deren Sagen meist das einzige sind, was er von Schrifttum und Dichtung kennt. Er hört sie aus seines Priesters Mund, in seinem Legendenbuch sind sie abgebildet, auf der Dorfbühne werden sie ihm schlecht und recht vorgemimt. Drum ist ihm auch die Sündflut als allgemeines Totentänzel vertraut. Der nahe Komet bestärkt ihn in seinem Aberglauben, und mir«, so schloss Konrad spöttisch, »mir ist prophezeit worden, ich soll als erster dem Wasser zum Opfer fallen.«

»Dieser Aberglaube müsste sich aber doch ausrotten lassen«, meinte Bannholzer.

»Versuchen Sie es! Sie würden bald gewahren, dass Sie die Schulter gegen einen Berg stemmen. Mir, dem verdorbenen Studenten, glauben die Leute überhaupt nichts. Ganz verbissen sind sie in ihren Wahn, und jeder Tag gebiert neue Glaubende. Einer der köstlichsten Eiferer ist der Schuster Jordan. Rastet jüngst bei ihm ein reisernder Handwerksbursch, dem erzählt er von der Sündflut. Und wie der Gesell meint, das sei ihm unwahrscheinlich, erwischt der Jordan den Dreifuß und bedrängt seinen Gast derartig, dass dieser nur mit Not entkommen ist.«

»Mir ist es recht, dass das letzte Ende bald da ist«, sagte der Bär, »wenn alle mit mir hin werden, sterb' ich leichter.«

»Glauben Sie denn auch daran?«, fragte Bannholzer.

»Warum denn nit, Malermeister? Einmal muss doch die Welt aufhören.«

Des Künstlers Augen glommen träumerisch.

Alles mündet, alles endet. Auch die Erde ist nur ein vergängliches, farbiges Bläschen im Wellenschaum der Ewigkeit.

Naht aber wirklich schon die Zeit, wo der Ewige, des bunten Spieles überdrüssig, seine Schöpfung zurücknimmt, sie zurückschiebt in die blinde Urverwirrung? Wo Gott in das Gebälk des Weltgerüstes greift und Sturm und Feuer und Flut aufruft, dass sie gegeneinander rasen und sich zur letzten Vernichtung umschlingen?

Bildhaft deutlich rollte sich vor des Künstlers Geist das Sündmeer auf: flutverloren das Bergdorf; zwischen den ertrunkenen Tannen hässliches Tiefseegezücht irrend, fremde Fischaugen glotzend; über den Bergen Wasserkämme und Flutenschluchten im dröhnenden Wechsel, Meer gegen Meer gestemmt; des letzten Aares Schwinge sinkend wider den auflechzenden, weißgrünen Geifer.

Der Student trank hastig, und die Bärin hatte zu tun, um seinem Durste Labung zu bringen.

»Dass wir gerade im Wasser hinwerden sollen, dem feigsten Erdgebilde!«, begann er wieder. »Alles hasse ich an ihm, das schlangentückische Schleichen, den Trieb nach der bequemen Tiefe, die Hingabe dem leisesten Hauch! Und jeder Form beugt es sich, so dass es kein eigenes Antlitz hat! Ich hasse es. Drum sauf ich es nicht.«

»Das Wasser«, entgegnete der Maler, »ist das erhabenste Ding der Erde. Sie haben wohl das Meer noch nicht gesehen und noch nie geschaut, wie sich die Brandung an den Fels erhebt? Sie denken nicht an die Wolken, die so schön sind, dass Gott der Herr sie den Menschen entzogen hat und sie hoch oben in seiner Nähe sich sonnen lässt.«

»Sie scheinen noch heftig zu glauben?«, spottete Konrad.

»Ein Glas Rum!«, forderte er. Gähnend erhob sich die Wirtin, deren Gespons sich schon dem breitesten Schnarchen widmete.

»Was wissen Sie von Gott?«, fuhr Konrad fort. »Sie setzen sich ihn zusammen aus dem Harzruch des Waldes, aus dem Raunen der Bäume, dem Ruf des Vogels und den Farben des Tages. Das ist Ihre Gottheit, bunt wie eine Pfaufeder, ein lächerliches Flickwerk.«

»Das fühle ich nicht«, gestand Bannholzer, »dass das Tiefste sich gegen irdische Fassung wehrt. Wir Erdenmenschen können es aber nun einmal nur in der Erde Bilder und Gleichnisse drängen. Doch auch das kann groß sein.«

»Unseren Bauern ist ihr Glaube zu verzeihen, denen ist Gott eine Krücke, sie brauchen das bärtige Himmelväterlein und dessen zottigen Leibnarren, den Teufel. Nach der rauen Arbeit müssen sie ihr Spielzeug haben, auf dem Umweg über den Herrn Pfarrer kommen sie zu ihm. Sie fürchten ihn wie ein rachsüchtiges Gespenst und suchen ihn, den Wettermacher, durch Gebet und Opferstockgeld in guter Laune zu erhalten. Dass aber Sie, Herr Bannholzer, dem Gotteswahn die Schleppe nachtragen, das nimmt mich wunder.«

Des Malers Stirne ward heiß.

»Der Lichtkreis, den unsre Erkenntnis wirft, ist eng«, sagte er, »und draußen gebieten die gewaltigen Geheimnisse. Diese bestehen, das können Sie nicht leugnen, diese bestehen, wenn auch verschlossen.«

»Sprengen Sie doch das Tor dieser Dunkelheit, Sie Weltweiser!«

»Wer könnte das tun? Dichtung? Wahnsinn? Tod?«, erwiderte der Künstler leise. »Unerreichbar schweben diese Rätsel selbst über dem funkelnden Gipfel der Seele, der Fantasie.«

»Alles ist nur Trug. Auch Gott. Er ist nur leerer Nebel, der dem Hirn entquillt. Und mein Hirn ist der Wirbel, darum alle Götter tänzeln müssen.«

Trunken hob Konrad das Glas roten Rumes.

»Herrgott«, brüllte er, »ich will es, und du funkelst. Du verlischst, wenn ich dich verneine.«

Er hatte das Glas hinuntergestürzt, und nun saß der Flackernde, Unstete plötzlich blöd und stieren Auges.

Der Bär war ob des Geschreies aus dem Schlaf gefahren, schlotternd eilte sein Weib herein. Und der Trunkene deutete sich auf die Stirn und lallte: »Eine Kugel – da hinein!«

In Grauen, Ekel und Mitleid verließ Bannholzer die Schenkstube.

Springt auf und flammt, ihr roten Blumen, ihr goldenen, ihr weißen! Frohlocket, ihr Quellen!

Also psalmte der Frühling, und seine Donner riegelten den Boden: Da spross das Gras, da dufteten die Veilchen, da verwilderte die Welt der Blumen.

Aber aus all dem Überschwang zupfte der Tod, der schwarze Jäger, das liebholdeste Blümlein. –

Wie fallendes Wasser sauste der Wald. Das Astwerk schwoll und schwankte, leise Knospenfäustlein ballten sich am Gezweig, in großer und geheimnisvoller Frühlingswallfahrt stieg das Erdblut auf zu lichtumschauerten Wipfeln.

Wunderbar wehte es in diesen Tagen Mensch, Getier und Pflanze an, die ganze, weite Erde wob und gärte voll seliger Tollheit.

Nur die Gnadenmutter in dem verglasten Gehäus der Marienkapelle saß mit ihrem eintönigen Lächeln unberührt von der süßen, machtvollen Bewegung der Natur. Hinter blanker Glastür glitzerte die Wundertätige, das gelbhaarumrollte, gekrönelte Haupt zur Rechten neigend, wo ihr das Traukind auf dem Schoße ruhte. Flitter und vergoldete Brämung schmückten ihren blauen Mantel.

Eintönig war das Lächeln, das die Gelbhaarige in das versorgte Gesicht der Beterin sandte, deren Herz gespalten war in Angst und Zuversicht.

Das Annerl kränkelte daheim. Auf einmal war es über sie gekommen. Ihr Herz ward immer schwächer, und der Arzt konnte ihr nicht helfen.

Die Totenansagerin, die Durl, hatte schon erzählt, es hätte bei ihr angeweiht: In der Nacht hätte eine Hand, weiß und klein wie von einem toten Kind, an ihr Fenster geklöpfelt.

Aber die Gnadenvolle hinter dem Glas, die wird helfen, denn sie ist auch eine Mutter, sie hat ein Kind auf den Knien. O wie rot des Jesuleins Wangen sind! O wie weiß ist des armen Annerls Gesicht!

152

Maria, du Brunnfrau aller Gnaden, welche Bitte in der Welt gibt es, die du nicht erhörst?!

Flehentlich hob die Wulschin ihre groben Hände zur Himmelsmutter auf. –

Der Frühling schwoll, dämmrig wurden die Kronen vor Laub.

In dem großen Bett lag das Annerl, wächsern und mager, und atmete schwach, und wenn man sie fragte, wie es ihr gehe, flüsterte sie immer: »Mir tut nix weh.«

Die Mutter schaffte im Stall, und der Wulsch war im Viehhandel. Nur der Volksdichter Jakob Nothas hütete die Kranke.

Beim Holzspalten hatte die Axt ihn in den Fuß getroffen. Die Wunde war zwar zugeheilt, aber der Jakob spürte im Fuß alleweil eine böse Kälte, weswegen er sich ihn mit Tüchern und Band umwickelte, dass ein unförmlicher Klumpen daraus ward. Nun konnte der Mann nicht arbeiten und wandern und musste müßig die Stube hüten. Also war er herzlich froh, dass ihn die Wulschin mit dem Wagen aus Grasfurt, wo er daheim war, abgeholt hatte. Mit seinen schönen Märchen und Schwänken sollte er das Annerl entzücken und auf sie achten, wenn die Bäuerin bei der Wirtschaft sein musste.

Nun saß er beim Ofen, den Klumpfuß in die Bratröhre haltend, und suchte die Gedanken der Kleinen von ihrem stillen Elend wegzulocken in das absonderliche Reich seiner Erfahrungen und Meinungen.

»Dein Herz wird schon wieder gesunden«, tröstete er. »Leid ist mir, dass ich gegen dein Siechtum nix weiß. Wenn dir aber einmal ein Zahn wehtut, da kenn' ich Mittel, das hat noch alleweil geholfen. Schau, den wehen Zahn reißt du aus, legst ihn in eine Mauslacke und sagst: ›Maus, da nimm den beinernen Zahn, und gib mir dafür einen eisernen!‹«

»Jakob, tu einmal dein Maul recht auf!«, schmeichelte das spinnwebdünne Stimmchen.

Er gehorchte willig. Wie die Ofenröhre neben ihm gähnte sein Mund, den die Zeit schon reichlich entzahnt hatte.

»Wo sind also deine eisernen Zähne, Jakob?«

Der klappte aber den Mund hastig wieder zu, als fürchte er, die Schwalbe, die eben zum offenen Fenster hereingehuscht war, könne ihm in den Leib fliegen.

Zwitschernd irrte der Vogel umher, stieß an den Senkel der schläfrigen Uhr und hob dann in prachtvollem Bogen wieder in den blauen Tag hinaus.

O draußen war es schön! Der Herrgott war heute so leutselig. Seine Sonne ging oben lind und leidenschaftslos wie eine Genesende im Lenz.

Das Kind aber träumte der Schwalbe nach. »Das Haus möcht' ich wissen, wo sie im Winter ihr Nest hat.«

»Schau, Annerl, dasselbe hat einmal mein Ähnel gewünscht, drum hat er der Schwalbe, die unter seiner Dachrinne genistet hat, einen Zettel umgebunden mit der Schrift: ›Vöglein, wo wohnst du im Winter?‹ Und wie sie im andern Frühjahr wieder gekommen ist, hat sie auf einem Blatt die Antwort mitgebracht: ›In Indien, bei einem Schneiderlein.‹«

»Wo ist das Dorf Indien?«

»Ganz genau kann ich es nit beschreiben. Aber das weiß ich, dass dort die Erdäpfel so groß wie die Krautköpfe werden, und das Korn hat dort Ähren vom Erdboden bis zur Spitze.«

Von seiner Schilderung hingerissen, hatte der Jakob den Fuß aus der Röhre geholt und sich erhoben und deutete nun mit hoch über den Scheitel gehaltener Hand die Länge eines solchen Wunders an.

»Ui, ui«, staunte das Mägdlein.

»Im Böhmerwald ist es vor Zeiten auch so gewesen. Heutigentags gibt es bei uns nur dreierlei Leute: arme Leute, Bettelarme und solche, die gar nix haben. Aber früher ist alles im Überfluss gestanden, der Weizen ist auf den höchsten Bergen gewachsen und hat Körner getragen bis hinunter zur Wurzel. Und der Zustand hat gedauert, bis die Bauern in Hochfahrt das liebe Brot mit den Füßen getreten haben. Da ist der Herrgott wild worden. ›Von heut' an darf mir kein Brot mehr wachsen!‹, hat er geschrien, hat nach einem Halm gegriffen und die Ähre von unten bis oben abstreifen wollen. Kein einziges Körnlein hätte daran bleiben dürfen, wenn es nach seinem jähen Willen gegangen wär. Wie er aber mit der Faust schier bis zum oberen Ende kommt, da steht die gebenedeite Muttergottes da, lacht ihn an und tut schnell ihre schneeweiße Hand um das letzte Stückel Ähre.« –

Der Erzähler hielt inne, denn die Bäuerin war draußen lauschend ans Fenster getreten.

»Red' nur weiter, Nothas!«

Die Augen zudrückend, wie er es gern tat, wenn er Wichtiges betonen wollte, endete der Alte: »So hat also die Himmelmutter die Hand um die letzten Körner getan und sie bewahrt vor dem Herrgott seinem Jähzorn. Und er hat nachgeben müssen und hat uns die Ähre gelassen, aber freilich nur so breit wie der lieben Frau ihre Hand.«

Der Jakob schwieg. Die Wulschin aber sah ihr Kind, das bloß, unirdisch blass im Bette lag und dessen Lippen schier zu schwach schienen, das müde Lächeln darauf zu tragen. Ein schreckliches Weh ergriff da die Mutter, ihr war, als nehme jemand ihr Herz in die Faust und drücke es. Sie raffte sich auf und jagte über die Raine waldhin.

In der Kapelle stürzte sie in die Knie und rief die Heilige an, die lächelnd das Gottesbüblein trug.

»Du bist dem Herrgott in den Arm gefallen! Wenn du ihn anlachst, muss er nachgeben in seinem Zorn. Denn du hast seinen Sohn geboren. Ich bitt' dich, gib deine Hände um mein krankes Kind, wie du sie um den Halm gehalten hast!«

Heimlich sang draußen vor der Kapelle die Buche ihr Raunelied, und ein Vöglein klagte süßbetrüblich, die Weise immer zögernder wiederholend.

»Traute Frau, es ist die höchste Zeit. Wenn du nit bald hilfst, ist es mit dem Annerl aus. Geh, stell' dich vor Gott und gib nit nach! Wallfahren will ich zu deinen Altären, auf den Knien will ich rutschen bis zu deiner Kirche in Maria-Schnee. Einen neuen Mantel stifte ich dir und gemalte Fenster. Gib mir nur ein Zeichen, dass du mich hörst!«

Irgendwo pickte ein Specht am Baum, es war, als klopfe ein Arzt einen Lungensiechen ab. Unbeweglich saß die Heilige in ihrem flitternden Staatskleid.

Aus dem Abgrund ihrer wachsenden Angst rief die Bäuerin auf: »Was bist denn du gar so still? Greift dich mein Reden gar nit an? Du bist doch selber eine Mutter, sieben Schwerter hast du in der Brust gespürt wegen deinem Kind! Wär' dir nit auch leid um den Buben auf deinem Schoß?«

Das Bildnis aber wusste nichts zu verschenken als sein hölzernes Lächeln, das immer öder ward, je länger des klagenden Weibes Blick darauf weilte.

»Lach' nit alleweil so! Hörst mich nit? Rühr' dich doch!«

Verzweiflung erfasste die Bäuerin. Aufsprang sie, flackernden Auges riss sie die Glastür auf, riss die bunte Christusdocke aus dem Schoß der Gegenedeiten.

»Und du musst mir das Annerl lassen, sonst kriegst du dein Kind nimmer zurück!« –

Matt drehte das Dirnlein den Kopf nach der Mutter, als diese mit dem geraubten Gotteskind kann.

»Was bringst du mir Schönes, Mutter?«

»Ach nix«, erwiderte diese, die Docke in den Gläserkasten stellend.

Das Kind aber bettelte: »Geh, leg es zu mir ins Bett! Es glänzt so licht.«

Da reichte ihr das Weib die Puppe, und dankend verträumte sich das Annerl einen Augenwink lang in dem Anblick der Mutter.

»Mutter«, sagte sie, »›Mutter‹ ist ein gutes Wörtel.«

Nun streifte sie dem kleinen Christ den Flitterkittel zurecht, liebkoste sein überkröntes Haar, wiegt ihn und sagte, ihn sanft an die Brust drückend, wieder: »Du, werde ich auch einmal eine Mutter?«

»Mein Kind!«, schluchzte die Bäuerin auf, zog sich das Fürtuch vor die Augen und wankte zur Tür hinaus. –

Der alte Jakob lümmelte schlafend auf der Bank, träg schnarrte die Uhr die Stunde ab.

Aus dem Pfaidlein (Hemdlein) des Jesusbuben kroch ein rundwinziger schwarzgetupfter Käfer. Er klomm behutsam auf die Hand des Dirnleins und pilgerte die feine, weiße Straße, bis er eine Fingerspitze, die sich kaum merklich hob, erstiegen hatte. Dort öffnete er die Flügeldecken, das magere Fingerlein zu entlasten. Aber er besann sich und faltete die roten Decken eilig wieder, so dass die weichen, silbrigen Unterflüglein hinten noch herauslugten, ähnlich dem Hemdzipfel eines kleinen Buben.

Warum dies Wesen vier Flügel hat? Die zwei harten braucht es wohl für den Erdenflug, die zarten, silbrigen aber, die sind wohl für die Erde ein bisschen zu fein ...

Wohin sollte sie den Käfer schicken? Zu dem schlafenden Jakob hinüber? Der Mutter nach, die immer so traurig ist? Und der Kranken Lippen hauchten ein altes Kindersprüchlein: »Marienkühlein, flieg' in den goldnen Brunn!«

Der Käfer hob den roten Flügelrock und flog empor und zum Fenster hinaus. Zu gleicher Weile schlüpfte des Annerls Seele über die Lippen und flatterte dem Tierlein nach. Ins Himmelsland.

Den Wulsch ergriff es hart. Wie ein verwundeter Wolf suchte er Verborgenheit.

Im Wald lag er, das Gesicht in die Erde gepresst. Eine Fichtenwurzel hielt er und rüttelte mit rasender Kraft daran. Dann lag er still.

Verirrte Ameisen überrieselten seine Hände. Er regt sich nicht. –

Es fiel ein Tau auf einen dürren Stein, er brachte ihn nicht zum Blühen.

Lange schon harrte der kleine Sarg im Friedhof, und als der Pfarrer noch immer säumte, riss dem Wulsch die Geduld, er besprengte die Truhe mit Weihwasser, ließ sie mit eigenen Händen in die Grube hinab und schrie ein raues Vaterunser nach.

Aber da fasste ihn der Totengräber bei der Joppe und raunte ihm zu, der Geistliche werde beim Gericht klagen, wenn der Sarg nicht sofort wieder aus der Erde genommen würde.

Der Wulsch ward ganz gelb im Gesicht. Doch kletterte er in das Loch hinunter und hob die Truhe hinaus. Jetzt erst nahte der Priester, den Leichnam zu segnen.

So ist das kleine Annerl zweimal an einem Tag begraben worden.

Am Abend war es nach dem Begräbnis.

Die rosige Gegendämmerung lohte durch die Tannen wie durch schmale Domfenster. Spukhaft stieg aus dem nachtenden Wald des Spechtes Trommeln.

Die Bäuerin hatte die Glastür in der Kapelle geöffnet und setzte die Docke wieder auf den Schoß der lächelnden Mutter.

»Da nimm deinen Buben wieder!«

Und mit versteinertem Gesicht kehrte sie zum Hof zurück, der in finstre Öde gesunken war.

Die Stunde kam, wo der Brillenbauer das Buch zuschlug und langsam vor sich hinredete: »Jetzt hält es mich aber nimmer aus.«

Heute hatte ihm der Postbote einen Brief zugesteckt, darin es kurz und bündig hieß, dass man ihm das Haus verganten werde.

Der Ambros Hois seufzte tief. Nichts bleibt ihm mehr, nicht einmal die dürre Asche im Herd. In seinen alten Tagen wird er bettelnd am Steig sitzen müssen oder von Hof zu Hof streichen, vor den Türen Gebete zu murmeln, und heimatlos sein wie der graue Kater, der seit Sixtels Tod verwildert in Feld und Furche birscht.

Ärmer wird der Ambros sein als alle anderen Fechtbrüder. Denn mit dem Gitarrfranzl geht seine Zupfgeige, sein leichtes Blut und sein lustiger Schnabel, der Werkelmann hat seine Drehorgel, der Leidenchristimann sein Weib, das ihm betteln hilft. Selbst der Törrische ist besser daran, er muss nicht das Gedächtnis besserer Tage mit seinem Bettelsack schleppen.

Fremde werden das Haus erwerben, das Dach bessern und den Zaun aufrichten, der Garten wird wieder rot und blau und gelb blühen, und im Stall werden wieder Rosse tümmeln und fette Kühe milchen.

Der Bauer schüttelte den Kopf. Mag der Hof trümmern und stürzen, mag er neu erstehen und glänzen wie ein Schloss – was kümmert das ihn? Er hat ja keinen Erben, der Bub liegt wohl längst schon von den Hindianern erschlagen in dem kalten, herzlosen Land Amerika. Und schließlich fegt ja im Sommer der Komet das Meer über die Erde …

Wenn aber die Welt nicht zugrunde geht? Wenn der Wolfsruck bleibt und seine Wälder und Weiden? Am Ende ist es doch nicht gar so gefährlich?

Der Brillenmann schlug sich mit der Faust vor die Stirn.

Wie wird er denn lesen können, wenn er betteln muss? Und wer leiht einem Fechtbruder ein Buch? Und die Brille werden sie ihm von der Nase pfänden.

Bücher musste er haben. Das Lesen betäubte ihn, es ließ ihn sein bekümmertes Selbst an fremde Schicksale verlieren und den vergessen, der jenseits der See des Vaters vergessen hatte. Den Hof muss er halten, wenn er lesen will. Wenigstens auf kurze Zeit. Aber wie? Geld leiht ihm keiner, die Gläubiger drängen.

Da dachte der Ambros, wie er es schon oft getan, ob es nicht angezeigt wäre, das Schatzgraben zu versuchen. Wenn er einen Topf Geld fände, wie ihn die Bauern in Kriegszeiten verscharrt haben! Am Dreiweg war so eine verrufene Stelle, wo mancher schon geschürft hatte.

Doch dürfe man nicht mit Höllenzwang und Satansbund zu Werke gehen, sondern sich an den Schutzheiligen alle Hortheber wenden, den himmlischen Schatzmeister und Nothelfer Christophorus. Und ein Sonntagskind müsste man sein.

Dunkel schwante es dem Ambros, seine Mutter habe ihm einmal erzählt, er sei ein einer Sonntagsnacht geboren worden. Da lüstete es ihn, sich davon zu überzeugen, und er kletterte die Stiege hinauf auf den Boden.

Unter dem Dach, wo vormals das braune Korn aufgeschüttet gewesen, war es leer, nur eine Kiste stand einsam dort. Der Bauer öffnete sie. Drinnen lagen noch von des Ähnels Zeiten her in lückenloser Folge die Kalender aufgeschlichtet. Mit schlagendem Herzen langte er nach dem Buch seines Geburtsjahres.

Ein Sonnenfinger griff durchs zerlöcherte Dach, strich in des Suchers Grauhaar und tupfte scharf auf seine Brille. Altes Gerümpel tauchte jetzt aus dämmerigen Winkeln, ein Rocken, der unter den grauen Spinnweben ergreist war, ein derber Kasten mit spärlich geöffnetem Flügel, daraus morsches Gewand hervorlugte.

»Huldrioh!«, frohlockte auf einmal der Ambros. Sein Geburtstag grüßte rot aus dem Kalender. Und daneben rundete sich prall und pfiffig ein rotes Vollmöndlein.

Die Augen verschwammen dem Alten, und eine Zähre verdunkelte ihm die feurigen Lettern. Nein, er musste ihn noch einmal sehen, den Bürgen seines Glückes, den brennenden Sonntag!

Er nahm die Gläser von der Nase und wischte mit dem Ärmel über die nassen Augen. Da entfiel die Brille der ungeschickten Hand und lag zerbrochen auf dem Fußboden, und die Sonne machte es sich in den Splittern wohnlich.

Jetzt hockte das Sonntagskind sich bestürzt und hilflos nieder zu den kläglich zerscherbten Fensterlein, durch die so viele Schicksale in seine Seele geguckt hatten, und der Nasenrücken tat ihm fast weh, weil der gewohnte Reiter darauf fehlte.

Ein bisschen traurig tappte er sich wieder in die Stube hinab, um das Christopherusgebet zu beginnen. Eine langwierige Arbeit war es, die dreihundert Vaterunser, bei denen man immer das Amen verschweigen musste, herzusagen, und als sie vollendet war, war die Dämmerung da.

Nun stieg er bergan zum Nachbarn und lieh sich dort Schaufel, Haue und Sackuhr aus.

»Ambros, wie schaust denn du aus?«, begrüßte ihn der Himmelreicher. »Du bist es und bist es wieder nit. Was hat dich so verändert?«

»Die Brillen sind hin«, klagte der Hois, »die Nase ist zu nix mehr.«

Der Himmelreicher war höchlich erstaunt, dass der erdvergessene Nachbar sich wieder um Uhr und Stunde kümmerte. Geht ein Rädel zu schnell in seinem Kopf? Verwirrt ihn auch schon der Kometentag? –

Knapp vor Mitternacht brannte die Laterne des Brillenmannes auf der Stelle, wo die drei Straßen zusammenstießen.

Er war barhaupt, denn mit dem geschwächten Blick hatte er seine Zipfelhaube nicht finden können. Er zeichnete auf dem Dreiweg einen Kreis und darein einen kleineren, zog durch diese

Kreise einen Strich von Nord nach Süd und einen von West nach Ost und beschrieb die Viertel mit den Namen der Erzengel Rafael, Michael, Gabriel und Uriel. Dann stellte er sich in den mittleren Kreis, wo er sich gefeit glaubte gegen den Überfall des Bösen. Nun hieß es noch harren bis zur Geisterstunde und hernach graben und schweigen.

Es war eine richtige Diebsnacht, undurchdringlich, stockfinster; im Grab konnte es nicht schwärzer sein. Heute konnte sich der Schatz nicht im Mondschein wärmen.

Stoßwind bedrohte die Laterne, Stoßwind hob des Beschwörers Haar. Verborgene Bäume sausten. Ein großer Vogel schwang sich durch den Lichtschein. Weit und breit kein Haus ...

Dem Schatzgräber ward es gar nicht geheuer, am liebsten wäre er davongerannt. Aber unter seinen Füßen reifte vielleicht schon der Schatz, jeden Augenblick konnte er an die Oberfläche rücken und brennen. Und jäh schien es ihm, als würde es unter seinen Sohlen warm. Steigt der goldene Topf schon empor? Heiliger Christopher, jetzt hilf! Freudig ergriff der Alte die Haue.

Da stockte ihm plötzlich das Herz vor Schreck: Eine Stimme rief aus der Finsternis. Der Wind flog ihr entgegen und wollte sie mitreißen, aber sie war voll Kraft und überwand ihn.

»Hallo, wo bin ich?«

Dieses Nachtgeschrei! So beginnt des Satans Anfechtung. Bald wird der glühende Höllenhund den Kreis umschnuppern!

Wieder schrie es, wieder fragte es.

Will der unheimliche Ruf zur Antwort verführen, zur Rede, dass der Schatz wieder versinke, tausend Meilen tief? Der Brillenmann beschloss, die Zähne zu verbeißen, zu graben und zu schweigen. Also hob er die Haue und schlug sie in die Erde.

Jetzt scholl die Frage viel näher, und ein harter Tritt klopfte schauerlich an die Straße.

»He, bin ich in Thomasöd?«

Ein fremder Klang war in diesen Worten, es war deutsch, aber so redete man im Böhmerwald nicht. Weiß Gott, wo der sein Deutsch gelernt hat! Und wie mag der jetzt im Finstern glotzen, dem diese fremdländische Stimme gehört!

Dem Alten brach der Schweiß aus der Haut. Aber er presste die Lippen tapfer wider einander und hieb auf den Boden los, dass es krachte. Dennoch fühlte er, dass der Grauenhafte nahe war, und er musste aufschauen.

Finster und groß, mit flatterndem Mantel, stand ein Schatten vor dem Kreis.

Dem Ambros versagten die Knie, er konnte nicht mehr graben. Reden wollte er aber nicht, um keinen Preis nicht! Der Gespenstische würde wieder versinken, wenn ihm niemand erwiderte.

»Wer gräbt da mitten auf der Straße?«

Die Stimme war hohl und schwarz wie die mitternächtige Luft.

»Gebt Antwort! Meldet Euch!«

Heiliger Gott! Der Alte hatte vergessen, das Licht zu sich in den Kreis zu nehmen, und jetzt griff der Schwarze nach der Laterne. Wie sich das Flämmlein bog und duckte! Jetzt wird er es ausblasen, jetzt wird es arg!

Das Gespenst aber hob das Licht, der Wind hielt den Atem an, da leuchtete es fromm und ruhevoll und warf seinen Schein über den versorgten, tiefgeängstigten Greisenkopf des Brillenbauern.

»Vater!«

Ein erschütternder Schrei ...

Dem Alten entsank die Haue, höchste Angst befiel ihn. Mit solcher Blendnis wollte ihn die Hölle locken und vernichten! Nun durfte er nicht länger schweigen, nun galt es vielleicht die ewige Seligkeit.

»Weiche, Satan!«, gebot er mit aller Kraft.

»Vater, Vater«, rief der Fremde, »Ihr redet irr. Was ist mit Euch geschehen?«

»Fahr hin! Meine Seele kriegst du nit.«

»Aber so schaut mich an, ich bin es, Euer Bub, der Sepp!«

Ach, er war es, trotz des Bartes und der breiten Schultern, der Sohn, der ausgezogen war.

»Lug und Trug ist es«, murmelte der Greis, »du kannst es nit sein. Der Sepp ist in Amerika bei den Hindianern.«

»Von Krummau komm' ich, in der Nacht bin ich von dort weg, so sehr hat mich nach Euch verlangt. Ich bin kommen übers Meer.«

»Du bist kommen übers Meer«, stotterte der Alte. Und dann packte eine jähe Gewissheit ihn bei den Wurzeln seiner Seele, er schritt aus dem Kreis hinaus und sank wie ein Schwindeliger in seines Kindes Arme.

»Mein Bub!«

Ein anderes Wort gab ihm sein Glück nicht ein.

»Aber wie kommt Ihr daher – spätnächtig – mit Schaufel und Haue?«

»Einen Schatz hab' ich heben wollen! Aushalten tut es mich nimmer!« Und die Schwere des Verlustes von Haus und Vaterland erkennend, schluchzte er auf: »Um unser Heimatel werden wir halt kommen.«

Der Sohn begann ihn zu begreifen.

»Vater, wir werden den Hof halten«, sagte er, »meine Arme sind stark worden drüben in der Neuen Welt, und ich freu' mich auf die Arbeit wie ein Narr. Aber jetzt gehen wir! Der Wind ist scharf, und der Schatz ist schon dahin.«

Die Arme umeinander geschlungen, zogen sie der Heimstätte zu. Flüchtig berichtete der Sepp, wie er sich habe schinden und rackern müssen im Fremdland, wie man mit Betrug seine Kräfte gelohnt, wie er es schließlich in den Betrieben der Städte nimmer ausgehalten habe und Feldarbeiter worden sein in einer Pflanzung am Meer.

»Das Heimweh hat mich hart gehalten«, sagte er, »oft hab' ich gemeint, das Herz muss mir verschmachten. Und am Feierabend bin ich oft zum Meer gegangen, hab' hinüber geschaut über das große Wasser, wo die Sonne herkommt. Dort drüben, hab' ich gedacht, dort ist der schöne, grüne Böhmerwald. Und wenn ich gewusst hab', dass mir kein Mensch zuschaut, hab' ich die Hände gereckt übers Meer – nach dem Böhmerwald – und nach Euch, Vater ...«

Heute abends sei er mit dem Stellwagen in Krummau angelangt und habe sich gleich auf den Weg gemacht, quer über feuchte Wiesen sei er gerannt, durch Bäche und stockschwarzen Wald. Den Weg habe er nicht verloren, die Heimat habe ihn gezogen wie ein Magnetberg.

Dem Brillenmann aber war, als müsse er dreihundert Mal das Amen jodeln, das er bei den Vaterunsern heute versäumt. Das war ein wundersamer Schluss, der heilige Schatzwalter im Himmel hatte geholfen.

Aber bang und schwer schlich sich wieder der Gedanke an das letzte Ende in sein lichtes Herz und verdüsterte es. Die Freude wird nicht lange währen, das Sturmwasser der Sündflut wird sie beide, Vater und Sohn, wegspülen von der guten Erde. –

Mit ragendem First geisterte der Hof aus der Dunkelheit. Der Brunnen klang, und der Wiedergekehrte schlürfte in tiefstem Trunk die Quelle seiner Heimat.

Auf dem Gerüst, das in der Kirche zum ungläubigen Thomas aufgeschlagen war, adelte der Maler die Wände mit seinem herben Bildwerk. Wie ein Träumer gestaltete er, und wenn er den Pinsel weglegte und erwachte, dann erschrak er vor der Einsamkeit, die ihn umringte.

Einst verließ er die schwanken Bretter, um vom Berghang aus den Nebel zu betrachten, der blendend über den Tälern hing. Da geselle sich der Student zu ihm.

Milchweiß füllte das brodelnde Gekröse die Tiefen, und in die Fernen dehnte es sich erstarrt wie eine Polarlandschaft. Anfangs behauptete sich klippeneinsam noch des Schöningers Gipfel, doch die Nebel leckten beharrlich an ihm empor und tranken ihn endlich ein. Nichts mehr blieb als die gewaltige, schlohweiße Verhüllung. Der Wolfsruck ward der Sonne zur letzten Zuflucht.

Versunken wandelten die beiden Männer längs der Fichtenstarrnis dahin, die den Nebel erwartete. Weltschmerzlich klagte irgendwo ein Vogel.

Der unstete Konrad versuchte nun wieder in sprunghaftem Gespräch den andern auszuforschen und auszuschlürfen und zu verwirren. Er sprach über Geist und Stoff, über Wille und Bestimmung: Er zweifelte, dass Bannholzers Fresken bei den Bauern, Webern, Kochlöffelschnitzern und Schindelkliebern des Dorfes Verständnis finden würden; er rollte die alte Frage auf, wie die Kunst das göttliche Wesen darstellen könne, und behauptete, jeder Künstler müsse an dieser Aufgabe schmählich zerschellen. Wenn der Maler aber diese Gedanken in die Tiefe zwingen wollte, da wusste Konrad mit einer glänzenden Wendung sich hastig in ein anderes Gebiet zu schnellen, so dass er nicht zu fassen war.

Die Luft begann mählich zu gleißen, wipfelentlang schon wob der Nebel, bald schleiernd, bald enthüllend. Selten noch ein Sieg der Sonne.

Düster verengte sich die Heide und verlief ins Graue. Der schleichende Farbenmord entkörperte die Waldwand zum Schatten, und auf einmal hatte das weiße Dämmer auch die beiden Wanderer überrumpelt.

»Wie liebe ich den Nebel!«, grübelte Konrad. »Er ist barmherzig, er verbirgt mir die Erde.«

»Sie scheinen sich nicht glücklich zu fühlen«, erwiderte der Maler. »Diese Bergöde taugt nicht für Sie. Gehen Sie doch in eine Stadt, arbeiten Sie!«

»Ich kann nicht mehr«, murmelte der Student.

»Sie müssen nur wollen. Sie haben noch nichts ernsthaft versucht.«

Das graue Nichts waberte und umdüsterte die Männer. Die Sonne war überwunden, ausgetilgt, tot. Das tiefe, stille, in sich glückliche Grün des Tannenwaldes bestand nimmer, es war, als habe es nie geschimmert und geglüht. Die Formen der Bäume wurden zweifelhaft. Alles deutete in das Ungefähr fremder, gespenstischer Abenteuer. Welches Ungeheuer wird den Wanderern zuerst aus der bösen Verschleierung entgegenspringen?

»O dennoch habe ich die Wonne des Schaffens gekostet«, erwiderte Konrad in schmerzlichem Spott. »Da prüfen Sie mein Werk!«

Er reichte seinem Begleiter ein Blatt, darauf in fahrigen Zügen ein Gedicht geschrieben war.

Der Mönch

Irrgang der Zweifler lag allein
Auf seiner Zelle rauem Stein. –
»In meiner Seele heiß und dumpf
Ein Untier reget seinen Rumpf.
Umsonst in toller Geißlerlust
Zerfleisch' ich die zerknirschte Brust.
Einst bebt ich vor des Zweifels Weh
Wie vor der Werwolfs Spur im Schnee.
Weh, dass mein guter Glaube riss!
Weh, dass mich sehrt der Sünder Biss!
O Gott, hohl steht nun meine Stirn,
Du schlichest dich aus meinem Hirn.«

Irrgang hebt elend Blick und Hand
Zum Holz, wo Gott die Arme spannt.
»Das Holz hier ist nur hohle Haut,
Dein Geist ist fort, o Herr, mir graut.
Du ließest mich hier siech und wund,
Verlassen bin ich wie ein Hund.« –
Irrgang der Mönch springt fiebernd auf
Und ächzt zum Gottesgalgen auf.
»Verlassen wie ein Hund!« – Er bellt,
Dass schauerlich die Zelle gellt.

»Woher nehmen Sie diese trostlose Zerrissenheit?«, fragte der Maler. »Sie sind doch noch jung.«

»Sie wissen wohl, dass die Stellung einer Pfarrerköchin verachtet und verrufen ist«, begann Konrad fast mit sachlicher Kühle. »Des Pfaffen Hauserin musst in vergangener Zeit gelbe Bänder tragen wie die gelüstigen Nönnlein vom Venusorden. Ihrem Sohn weigerte man das Recht der Waffen. Ehrlos, voll Schande war das Pfaffenkind. Und ich – man hat es Ihnen gewiss schon hämisch zugezischt – ich bin der Bankert des Pfarrers von Thomasöd.«

»Wir leben nicht mehr im Mittelalter«, sagte der Künstler, erregt von der ausbrechenden Jähheit des anderen.

»Nein, heute noch ist diese Anschauung nicht vergessen, das habe ich oft mit Trauer und Wut gefühlt. – Doch hören Sie weiter! Mein Vater verheimlichte mich, wie fast jeder Priester seine Kinder vor der Welt verleugnet. Er gab mich zu Fremden, wo ich eine bittere Kindheit lebte. Von der Mutter wusste ich, als ich schon in der Lateinschule war, nicht viel mehr als den Namen, und damals schon sah ich mich von der heimlichen Verachtung jener verfolgt, die über meine Abkunft mehr wussten als ich. Bis endlich ein Mann im schwarzen Rock zu mir kam und mir sagte, er, der Pfarrer Wenzel Rebhahn, sei mein Vater. Er wollte mich umfangen, ich stieß seine Zärtlichkeit zurück, ich tobte und warf mich zur Erde. – von nun an verstand ich das Zischeln der Mitschüler und ihr zweideutiges Sticheln. Und das hat mich vergiftet.«

»Sie sind überreizt, Sie sind krank«, suchte der Maler ihn zu beschwichtigen. »Sie sehen alle viel zu grell. Sie deuten harmlos gemeinte Worte in gehässige Nachrede um und wittern überall böse Absicht. Kein Mensch darf Ihre Abkunft als Schande oder Unheil betrachten.«

»Tag für Tag litt ich offene und versteckte Kränkung. Ich ward scheu wie das Wild im Felde. Und dann – niemand, der sich meiner annahm, der mit mir lieb war. Der Vater, besorgt um seinen Priesterruf, blieb im Hintergrund und wusste meiner liebeheischenden, verschreckten Jugend nichts zu geben als Geld. Auf der Hochschule verlotterte und verluderte ich.« –

»Mensch, Sie dürfen sich nicht so auf Gnade und Ungnade dem Vergangenen ergeben«, sagte Bannholzer. »Suchen Sie sich eine Aufgabe, eine Arbeit, die Ihren Fähigkeiten und Neigungen entspricht! Sie werden schaffen und dabei alles Peinliche der Vergangenheit vergessen und ein fester, froher Mann werden!«

»O ich war oft ein froher Überschäumer. Aber wenn ich dann so plötzlich des Vaters dachte, dann fiel mir eine Wanze in den Wein.«

»Seien Sie nicht so erbittert gegen ihn, er liebt Sie ja, er ist ein guter; gerader Mensch.«

»Des Vaters Name ist ein hohes Erbe, Herr Bannholzer, mein Vater hinterlässt mir ihn nicht. Jetzt blüht ihm eine greisenhafte Liebe, jetzt nimmt er mich zu sich in sein Nebelkuckuckheim, jetzt, wo von mir zu ihm der Hass wie eine Schlucht klafft, die das Blutsverhältnis nicht überbrücken kann.«

Der Student redete laut. Die Nebelluft trug weit, und man hörte eine ferne Glocke schlagen.

»Reden Sie leiser«, mahnte Bannholzer.

Konrad kehrte sich kaum daran. »In den Gossen Prags hätte er mich verkommen lassen sollen! Der Tod wäre gut für mich. Selber Hand an mich zu legen, wage ich leider nicht, denn wenn ich mir das Sterben in seiner Schrecklichkeit vorstelle, so werde ich feig wie ein Hund, der seine Notdurft verrichtet.«

»Sie können Ihrem Vater nicht alle Schuld beimessen«, sagte der Maler. »Die Verhältnisse waren hier stärker als der Mensch. Der Pfarrer leidet wohl selber schwer darunter.«

»Ich mache ihn ja nicht verantwortlich, ich hasse ihn ja nur. Die Verantwortung trägt Gott.«

»Den leugnen Sie doch!«

»Heute glaube ich an ihn, heute bin ich überzeugt, dass wir willenlos seinem launischen Fingerzeig folgen müssen. Drum gibt es auf Erden keine Verantwortung, drum gibt es keine Schuld, jede Tat wird hinter uns zum Nebel, und alles ist Dunst und Schemen. Nur eines besteht, der böse Wille einer unsichtbaren Allmacht, der wie Weltenstaub allen Raum füllt und in das Schicksal fernster Sterne stößt.«

Er verstummte, denn aus der verwahrlosten Hütte, die aus dem Nebel den beiden entgegen graute, drang eintönig ein viehisches Geplärr. Als der Maler durch das winzige Fenster spähte, sah er zwei Kinder an die Beine eines schweren Tisches gebunden. Sie heulten und lallten schwerzungig und schlugen die plumpen Köpfe gegen den Tisch.

»Was soll das?«, rief Bannholzer bestürzt.

Der Student lachte hart. »Die Eltern sind im Torfstich. Die Kinder müssen zu Hause bleiben, und dass sie das Haus nicht anzünden oder keinen anderen Unfug stiften, bindet sie die Mutter an. Da sitzen sie oft den halben Tag, plärrend und im eignen Kot. Und wenn Sie, Glaubender an Schönheit und Wohlklang, sich das Tischbein dort genau betrachten, so finden Sie, dass Kinderzähne sich wütend in das Holz eingebissen haben.«

»Binden wir sie los!«, stammelte der Maler. Der Student aber ging schweigend in den wilden, trauernden, trostlosen Nebel hinein.

Wie aber Bannholzer auch seine Kraft gegen die verriegelte Tür warf, sie gab nicht nach, und die Kinder drinnen wurden ängstlich und schrien wie besessen. Da ließ der Maler ab.

Und die Erde war grau, als büße sie in Asche das Verbrechen an den Kindern. –

Einer hatte dem Gespräch der beiden gelauscht. Der Wulsch. Im bergenden Nebel war er still gestanden und hatte des Studenten weittragende Stimme vernommen.

»Es gibt keine Verantwortung, es gibt keine Schuld, jede Tat wird hinter uns zum Nebel.«

Mit seinem Verstande kam der Bauer diesen Worten nicht bei, aber er fühlte dumpf, wie sie zu deuten seien.

Es war gleich zu merken, dass jüngere Arme sich des Brillenhofes annahmen: Das Dach war neu geflickt, steil und blank erstand wieder, Stecken an Stecken, der Zaun. Und auf den Äckern arbeitete einer von Tagesgrauen an, bis sich die Sonne legte.

Der Sepp hatte sich drüberhalb der See ein Stück Geld erworben, genug, um den Stall wieder zu beleben und die ärgsten Gläubiger zu beruhigen. Des Sixtels Hütte kaufte er billig von dem Erben zurück, der sich gescheut hatte, in die Räume einzuziehen, wo der Sündflutkater gespensterte.

Oft sah man das herrenlose Tier in den Feldern jagen, und der Förster schimpfte und drohte, es niederzuknallen.

Dem Ambros erbarmte die Katze. Er meinte, wenn ihr die Ohren gestutzt würden, fiele ihr der Regen ins Gehörloch, und sie könne dann nimmer so landstreichen und müsse hübsch zahm wieder unterm Dach bleiben. Als aber der Amerikaner sie im Häusel fangen wollte, wehrte sie sich wie toll und zerfleischte ihm die Hände.

Seitdem hatte sie Ruhe, und die Thomasöder bekreuzten sich, wenn nachts das Tier miauend an die Flut mahnte. –

Wuchtiger schon alpte die Furcht über dem Dorfe.

Wohl währte es noch geraume Zeit bis zu jenem grimmen Tag. Aber schon gingen viele schlaffen Armes auf die Flur. Wozu denn sich plagen, wenn man die Frucht nicht mehr nützen soll? Und wenn die Gewohnheit nicht einen eisernen Kopf hätte, es wären wenig Samen ausgeworfen worden und wenig Pflüge zu Felde gezogen.

Viele wieder waren voll irren Übermutes, die drückten am helllichten Werktag die Bänke in den Wirtshäusern und soffen. Und manch einöd Bäuerlein ward in seiner armen Not zum grüblerischen Grillenkitzler. Wenige nur hatten sich die gleichmütige Sorge um Saat und Vieh bewahrt. –

Am sonderlichsten verwandelte sich die Sibill. Immer mehr in sich selbst hinein fliehend, schien sie Gatten und Freunde nimmer zu kennen; sie mied die Kirche, verschmähte die Speisen und lebte nur mehr ihrem Willen, die Heilandin von Thomasöd zu werden.

Keiner weiß, ob Christi Todesangst auch für so späte Folgezeiten gelte, ob sein Leben sich nicht schon verteilt habe auf die Sünden der vielen hundert Jahre, so dass kein Tröpflein seines Blutes den Thomasödern zugutekomme. Drum wollte die Schattenhauserin als Opfer dieses Dorfes Fehle tilgen.

Weil sie nun trotz der Verwirrung ihres Herzens wusste, dass sich niemand fände, der ihre Hände und Füße an ein Tor oder einen Baum nagelte, so beschloss sie, selber an sich das Heilwerk zu vollziehen. –

An einem Freitag um drei Uhr nachmittags ist es gewesen.

Die Holzhackerzenzi suchte am Wolfsruck Reisig, wie ein wandelndes, steinaltes Krummholzbäumlein schlich sie daher.

»O ich bin müd«, summte sie, »o der Buckel tut mir weh!«

Ihr Leben war ein stetes Bücken unter Bürden gewesen, ein Bücken nach der Armseligkeit, die auf der Erde lag, nach Dürrholz und Beeren. Nun konnte sie den Rücken nimmer gerad biegen, nimmer die Sterne sehen, nur mehr hinaufschielen mit den matten Augen. Erkrummt war sie vom Tragen der Körbe, deren Inhalt andere beglückte, damals, als sie noch die Botengänge getan in den Marktflecken des Tales, den jähen Berg hinab, den harten Berg wieder zurück. Ach, als sie den Ehrenfried zur Welt gebracht hat, ist sie ein lachendes, aufrechtes Weib gewesen. Doch jetzt längst nimmer.

Sie hielt bei einem winzigen Waldbrunn an.

»O du Brünnel«, klagte sie, »du wirst auch rinnen müssen am Jüngsten Tag und das wilde Wasser speisen. O ich will nit sterben, ich will nit sterben!«

Mitten in ihrem Jammer schnupperte sie empor, irgendwo brandelte es, die Luft trug einen groben Geruch, als stünden Kleider in Flammen.

Ihre Nase witterte scharf, ihre große, krumme Nase, die gegen das spitz empor gebogene Kinn hinab deutete. Früher hatten die Leute gespottet, wenn ihre Nase einmal mit dem Kinn zusammenwachse, sei das Jüngste Gericht da. Jetzt spotteten sie nimmer.

Die Alte liebte ihre hässliche Nase, denn diese blieb ihr treu, während Auge und Ohr schon längst säumig im Dienste waren.

Und sie humpelte dem Geruche nach, und als die rotgeränderten, blöden Augen sich vom Boden hoben, sahen sie ein loderndes Scheiterhäuflein und mitten drin hilflos und winselnd die Schattenhauserin. Da hub die Zenzi ein verzweifeltes Geschrill an.

Der Michel, der beinerne Totenwart, blieb unten am Waldsteig wie festgerammt stehen.

»Heiliger Florian«, schrie er, »da hat einer gezündelt.« Mit rasselndem Atem rannte er waldauf. Oben zog er das Weib aus den feurigen Scheitern.

»Greif mich nit an«, stöhnte sie, »mein Leib ist heilig.« Aber er riss ihr die Kleider herab, die sie ins Fleisch hinein brannten, und bettete sie ins Moos. –

Die Sibill wäre wohl auch ohne ihre wüsten Wunden bald gestorben, an sich selber hätte sie zugrunde gehen müssen, wie jede Lohe sich selber auffrisst.

Sie endete auf dem Wagen, darauf ihr Mann sie in das Krankenhaus nach Krummau fahren wollte. Sie sandte verwirrte Klagen zur Sonne auf und starb unter deren Glanz.

Der Herrgott hat einen seltsamen Tiergarten.

In dem waldigen Graben zwischen Wolfsruck und Steinwand begann der Kleo, eine Arche zu bauen.

Ihm, der ein Zwittergewerbe zwischen Tischlerei und Zimmermannshandwerk trieb, fiel es nicht schwer, die schmalen Birkenstangen zum Floße zu fügen und darüber ein Obdach zu errichten gegen den langen Regen.

Er war der einzige im Dorf, der sich der künftigen Sündflut freute. Denn in ihm lebte untilgbar das Verlangen nach dem Meer. Diese Sehnsucht zielte wohl unbewusst auf die frohe, junge Soldatenzeit zurück, die er auf den Kriegsschiffen der Adria verbracht hatte, und die mit ihrer bewegten Buntheit vorteilhaft gegen seines Handwerks hölzernes Einerlei absprang.

Er konnte das Meer nicht schildern, so oft er sich auch mühte, den Dörflern davon einen Begriff zu machen. Er empfand selbst nichts mehr davon als ein namenlos seliges, gegen den Himmel gedehntes Blau. Doch das Heimweh nach diesem Blau war nicht zu dämpfen. Es befiel ihn in der Nacht, wenn draußen die Olsch zog, wenn es gurgelte und klatschte, als plätscherten elbische Waschgeisterlein darin.

Wie der Bach draußen in die Irre sucht und durch Knechtung und Absturz muss, – und doch kann er das Meer nicht verfehlen!

Wäre der Tischler nur eine der braunen Wellen, ein schäumend toller Bruder Nimmerruh wollte er all den andern voreilen.

Oft zu Feierzeiten war er der Olsch nachgegangen und hatte gesehen, wie sie Mühle an Mühle knüpfte, wie sie Quell nach Quell in sich gesellte, auf braunem Grund die Wellenschatten kringeln ließ und sich in den Langenbrucker Teich wie in ein Himmelbett warf. Er neidete der Olsch das unbekümmerte Rinnen. Wenn er nur nicht ein so zaghafter Traumichnit wäre, wie wollte er sich durchbetteln durch Länder und Städte, das Gestade zu gewinnen!

Aber rückte jetzt nicht die Erfüllung seines köstlichen Wunsches auf? Sollte nicht das Meer selber zu ihm kommen? Ja, es wird ihn heimsuchen, mit brandender Kraft an seine Tür pochen, seine Arche erfassen und über den Wolfsruck hinaustragen, und er wird unter den Wogen und der blauen Ruhe sein wie einst in jungen Tagen.

Rüstig schwang er seine Axt und klopfte mit dem Vogel Specht um die Wette, der hoch im Baum sein Schreinerwerk übte, und dachte gar nicht, was der Sündflut folgen müsse, dass er auf welteinsamem Floß Hunger und Kälte und zuletzt noch den Tod finden würde. Sein Plan trug ihn nur bis zum Anblick der See, bis zum sanften Fließen auf sonnverklärter Öde. –

Die Spötter stellten sich bald ein.

Besonders der Thomas quälte ihn oft. Scheinheiligen Mundes riet er dem Kleo, nach Art des Altvaters Noah mancherhand paariges Geziefer mit in die Arche zu nehmen, auch brachte er ihm einen Spitznamen auf, und bald hieß der Tischler überall der Archenkleo.

Zu all der Neckerei nickte der Schiffbauer gutmütig mit dem großen Kopf und ließ die Säge weiter schnarchen und den Hobel schaben. –

Einmal ritt der Thomas ganz tiefsinnig und ernsthaft auf einem Balken.

»Kleo«, sagte er, »die graue Katze und du werdet bleiben, wenn die Flut verrinnt. Du bist dann der einzige Mensch. Drum bist du verpflichtet, deinen Samen fortzupflanzen, dass deine Nachkommen zahlreich werden wie die Kiesel im Bach. Menschen muss es geben. Wer tät denn sonst den Herrgott ehren?«

»Such dir einen andern Narren«, raunzte der Tischler.

»Es hilft dir nix, Kleo, du musst der Samenstängel sein, der die Menschheit wieder aufzüchtet. Such dir ein Weib und nimm es in die Arche mit! Sei nit selbstsüchtig, heirate und vermehre dich!«

Betrübt und nachdenklich stand der Kleo, im schief hangenden Mund die erloschene Pfeife, und starrte einer Wolke nach, die archeneinsam über den Himmel schwamm.

Bannholzers Werk reckte sich, und mit ihm wuchs die Einsamkeit über den jungen Meister hinaus.

Verloren stand er auf dem Gerüst in der stillen Kirche, der Straße denkend, die über das Gebirge kroch, das Dorf zu suchen, und wieder in die Tiefe sank zur Stadt zurück, die sie aussandte wie ein Herz seine Ader.

O du große Stadt voll schillernden Wechsels, voll drängender Anregungen, voll der Worte und Werke seiner weltfrohen Menschen!

Dieses bange Alleinsein, dieses Schweigen, das immer heftiger wurde, bis es gellte! Oft schien es ihm, er könne nimmer sprechen, die Stimme sei ihm erstickt hinter den verschlossenen Lippen.

Und jetzt drängte es ihn wieder unheimlich, einen Laut auszustoßen, etwas zu flüstern, zu schreien, nur um sich zu beweisen, dass er nicht erstummt sei.

»Hertha!«

Diesen Namen rief er. Ja, er konnte noch sprechen, noch hallte das Gewölb von seiner Stimme.

Eine Schwalbe, die sich in die Kirche verirrt hatte, war lange oben am Gewölbe flügelnd gekreist, jetzt prallte sie an die Wand und fiel betäubt zwischen die Farbtöpfe und Entwürfe Bannholzers.

Mit sanften Händen hob er sie zu sich. Süß-zerbrechlich, ganz angstschlagendes Herz, lag ihr Schicksal in seinen Fingern, und sie schloss die Augen, als fühlte sie sich so der Kraft des Riesen entrückt.

»Meine Seele bangt noch tiefer im Ungewissen als du, Vogel«, sprach er und warf die Schwalbe hinab in die Tiefe. Könnte er seine Verwirrung so von sich schleudern wie dieses Geschöpf, das mit seinem Vogeljauchzen nun das Tor gewann! Könnte er seinen Zweifeln entrinnen, die gleich finstern Grotten um ihn aufwölbten!

Wenn dieser gärende, unklare Pfarrersohn recht behielte, dass Bannholzers Kunst versagen müsse an der Aufgabe, Gott in neuer großer Weise zu versinnbildlichen? Würde es gelingen, zu verkörpern, was keinen Körper kennt, zu gestalten, was gestaltlos alle Formen in sich fasst?

Dem jungen Meister war es, er müsse seine Kunst erproben an der Aufgabe, Gottes erhabenes Antlitz zu bilden. Pralle sie ohnmächtig ab von solchem Werke, dann sei sie nicht mehr als ein enges, elendes Handwerk. –

In diesen Tagen des Zwiespaltes schuf er ein düsteres Gemälde. In der kleinen Kammer über des Rochus Schankstätte lehnte es an der Staffelei.

Wüste Wolken wie Gespensterschiffe, ein letztes Riff des versinkenden Ararats, sonst alles begraben unter dem schweren Meer. Und in Scharlach und Schellen, verzweifelt geklammert an die Klippe, der letzte Mensch, der letzte Narr.

Die Gemeinde aber stand den werdenden Kirchengemälden verständnislos gegenüber. Allzu sehr wichen sie in Farbe und Umriss von landläufiger Darstellungsweise ab, und gar die sinnbildlichen Tiergestalten, die des klärenden Wortes bedurften, schienen manch sinnierendem Bauernkopf kirchenschänderisch und gottlos.

So lungerten sie abends in der »blauen Droschel«, mürrisch krittelnd, und der Wulsch wusste das Missfallen über die Malerei immer greller aufzuschüren. Es sei himmelschreiend, mit solchem Viehzeug die Kirche zu verpinseln, nicht einmal seinen Stall dürfte ihm einer derart ausmalen, meinte er. Und als der Jordan einwarf, es sei halt heiliges Getier, da kicherte ein pechhaariger, verrufener Wilderer, die Bilder des Hasen und des saufendes Hirsches im Gotteshaus habe er bestellt. Hernach sakermentierte der Wulsch gar schauerlich, dass es sein Geld sei, womit die Kirche so verschändet und mit Lug und Trug gefüllt würde, denn so ein Vieh, halb Büffel, halb Ross, und mit einem gedrehten Horn auf der Stirn gäbe es in der ganzen Welt nicht, und der Pfarrer solle gezwungen werden, die Bilder mit seinen eigenen Nägeln wegzukratzen, denn er sei schuld an allem.

Der Achaz Rab, der finster in seinen Krug hinein stierte, horchte hoch auf, als der Marx schrie, man solle doch dieser Kutte, die lauter Gesindel ins Dorf bringe, einmal das Handwerk legen.

»Du richtest nix gegen ihn aus«, sagte der Schuster.

»Zum Teufel, haben wir denn kein Maul unter der Nase?«, flammte der Marx auf. »Zum Bischof müssen wir bittfahren, einen besseren Pfarrer soll er uns hersetzen, sonst stürmen wir den Pfarrhof und zünden die Kirche an.«

»Deine Rede kann dich ins Kriminal bringen«, mahnte der Thomas.

»Du halt das Maul!«, knirschte der Wulf.

Wütend pafften die Männer ihren Tobak, und auch die Droschelwirtin zündete sich eine Pfeife an, denn das Rauchen sei heilsam gegen die hinfallende Krankheit.

»Die größte Schandtat aber ist, dass der Maler dem heiligen Thomas das Gesicht und den Bart von dem nixnutzigen Flickschuster da gegeben hat«, grollte der Marx wieder.

»Der Heilige schaut dem Schneider schier gleich«, sagte der Jordan, »dennoch ist er ein anderer. Sein Gesicht lacht nit so verschmitzt, und die Augen hat er fremd und groß und heilig.«

Der Thomas kämmte sich wohlgefällig durch den Bart. »Oho! Der Heilige hat jedes Haar mit mir gleich. Ihr verneidet mir es nur, dass mein Gesicht hundert Jahre und noch länger von der Mauer herunterschauen wird auf euch und eure Kindeskinder.«

Der Marx zielte mit seinen bösen Augen auf den Thomas, er begann ihn zu hassen, wie er alles hasste, was mit der Kirche irgendwie zusammenhing. Er musste Streit haben mit dem dort drüben.

»Du Lausdreck, du Geiß!«, zischte er den Schneider an. »Reiß dein Maul nit so auf, wenn du neben einem Bauern im Wirtshaus sitzt!«

»Du hast mir nix zu schaffen!«, trumpfte der Thomas zurück. »Meinst du, ich bin deine Dirn, die sich alles gefallen lassen muss von dir? Auf deinen Hof bist du stolz, aber auf die Welt bist du gerad kreuzmutternackert kommen wie ich. Und dein Großvater ist vor dem Fürsten aufs Knie gefallen, wie er durchs Dorf gefahren ist, und hat gebettelt, er soll ihm ein Ross schenken. Mein Ähnel hat so was nie getan.«

Der Wulsch ward braun vor Wut. »He, willst du fremde Hände haben in deinem Bart?«

»Schau mich nur an wie der Teufel, Marx! Ich fürcht' dich nit, und wenn dich auch alle scheuen wie einen stummen Hund.«

Der Bauer gab den Wortkampf auf, er spuckte giftig an die Wand und goss sein Glas in die Gurgel. Die Wirtin aber warf ein schmeriges Pack Karten auf den Tisch, und der Wilderer fuhr mit seinen harten Fingern drüber her und mischte sie. So kehrte wieder der Friede in das Droschelhaus ein.

Behaglich dehnte der Thomas die Beine, er gedachte seines Ebenbildes in der Kirche und beschloss, sich sein hartgläubig Gemüt besser zu wahren als der heilige Namensvetter. Und er gähnte, sein Kinn sank nieder, und auf einmal lagerte sein Bart breitmächtig auf dem Tisch: Der Schneider war eingeschlafen.

Jetzt warf der Wulsch die Karten weg.

»Männer«, flüsterte er, »es ist eine Sünde, dass unser Ortsheiliger so gemalt worden ist wie der Spottbruder dort. Wir müssen etwas dagegen tun, die Kirchenwand darf nit dem Thomas sein Spiegel sein. Den Heiligen können wir nit herunterreißen, aber den Schneider können wir um einen Bart kürzer machen.«

Da keifte die blaue Droschel, sie erlaube das nicht, ihr Häusel sei ohnedies nicht gut angeschrieben beim Gericht. Der Bauer aber bestand darauf, der Bart müsse von der Schwarte ledig gerissen werden, und seine trunkerhitzten Freunde stimmten ihm zu, denn es sei ja ein verdienstvoll christlich Werk.

»Gute Nacht«, rief Jordan, »ich will keine Zeugenschaft abgeben.« Er warf das Zechgeld hin, und als er in der Tür stand, rief er laut: »Thomas, um deinen Bart geht es!«

Der aber rührte sich nicht.

Jetzt brachte die Wirtin einen Hafen gelbes Baumpech und hinkte dann in ihre Kammer, wo sie sich verriegelte. »Ich weiß von nix, ich schlafe«, rief sie.

Auf dem Ofen ward das Pech flüssig gemacht, und nun goss es der Marx vorsichtig auf den Bart, ihn solcher Weise an den Tisch heftend. Der Schneider schlief wie ein Dachs; ein Schabernack mochte ihm träumen, denn die Spöttelfalte an seinem Munde zuckte hin und wider.

Als das Pech erkaltet war und glasig über den Haaren lag, öffneten sie die Haustür, einer blies das Licht aus, und jetzt brüllten der Wulsch und seine Spießgesellen gäh und schauerlich, dass sich der Schläfer aufbäumte. Sein Schmerzschrei überkreischte alles andere, und die Trunkenen rannten in alle vier Winde.

180

Der Thomas aber wankte im Dunkel und erkannte nicht, was ihn so entsetzlich peinigte. Anfänglich wähnte er sich in die äußerste Finsternis verstoßen, schrie Mord über Mord, und erst langsam klärte es sich ihm, dass sein Wehtum im Kinne wühle. War vielleicht sein Bart zur roten Flamme geworden? Biss ihm ein Feuer das Gesicht an?

Mit ausgereckten Fingern tastete er um sich, denn es war finster wie im Mutterleib. Er stieß an harte Dinge, die dann dumpf niederpolterten, klirrende Geheimnisse fielen zur Erde. Endlich fasste er die Türschnalle und war im Freien.

Des Streitgottes Stern gloste am Himmel wie rote Glut.

Und Thomas griff an sein Kinn und wusste, dass ihm einer den Bart geschändet hatte, den stolzen Apostelbart, davon er jetzt nur kärgliches Gestümpf verspürte.

»O ihr elenden Schwänkmacher!«, zeterte er und rannte querfeldein. –

Im Wirtshaus aber schwelte unheimlich eine Ölfunzel, und die Droschelhexe krümmte sich grinsend über den Tisch, darauf in Blut und Pech der Bart des ungläubigen Thomas klebte.

Singend trugen sie die geblähten Fahnen die Wiesen und Feldvierungen entlang, denn die Saat schoss auf, und es war an der Zeit, Gott zu mahnen, dass er seine Hand schirmend darüber dache. Die bekränzten Flurkreuze funkelten, und Wenzel Rebhahn sprach manch inkräftiges Gebet, Dürre und Wetterschlag zu bannen.

»Es ist umsonst, wir schneiden das Korn nimmer«, brummte der alte Elexner.

Segnend hob der Pfarrer die Hand über Keimen und Wachstum.

»Sein Segen hat keine Kraft«, dachte der Achaz.

Und als der Priester vor den eigenen Wiesen stand, da schien es dem argwöhnischen Bauern, als sprengte er das Weihwasser reichlicher und eifriger und bete viel inbrünstiger, als er es vor den Fluren der anderen getan. –

Nach der Wettermesse stand der Thomas wehmütig unter den Leuten. Der geistliche Herr habe das Schwämmesuchen und Beerenpflücken auf pfarrherrlichem Grunde verboten. Man wisse nimmer, wie man sein täglich Brot verdienen könne.

Allen erbarmte der Schneider, zumal er so elendig zugestutzt war. Sein Rauschbart war dahin, und er trug ein Tuch um den Kopf geschlungen, als schmerze ihn ein Zahn. Unter diesem Tüchlein war das blutrünstige Kinn versteckt, das vom Bartschaber der letzten Haarreste hatte entkleidet werden müssen. Den Spott, der sich in seine Lippen eingefressen hatte, hatten die Missetäter nicht mit dem Barte herunterzureißen vermocht, nackt trat er nun zutage, und der klägliche Notmensch deckte schamvoll die Hand darüber.

Während nun die Thomasöder weidlich über ihren Seelsorger schimpften, der die waldfreien und seit Ewigkeit herrenlosen Früchte verbot, bog der Himmelreicher den Zeigefinger zum Häkchen und winkte dem Schneider.

»Wenn dir ums tägliche Brot zu tun ist, so mach die Finger krumm und greif zu! Die Arbeit wird dir jetzt leichter fallen, der Bart steht dir nimmer im Weg.«

Da kehrte sich der Thomas säuerlich lächelnd ab. –

Als Wenzel Rebhahn sich zu den Leuten gesellen wollte, die noch am Kirchplatz plauderten, stoben sie auseinander. Er merkte es und bog unwirsch in das Gehölz ein. Einen morschen Strunk, der ihm gerade in den Weg kam, überfiel er mit seinem Stock und zerstocherte ihn zu Splitter und Mulm, bis ein rollender Wagen sein Zornwerk störte. Ein Bräunlein war vorgespannt, es war ehmals lange in des Pfarrers Stall gestanden, und nur ungern und des beträchtlichen Gewinnes wegen hatte er es verkauft. Der Fuhrmann aber war einer von denen, die im Fasching mit der Geiß getanzt hatten. Er tat, als sähe er den Priester nicht, und schlug auf einmal ursachlos mit der Faust gegen des Rosses Rippen. »Hü, Pfarrer!«, schrie er, und in dieser Stimme zuckte ein solcher Hass, dass Wenzel Rebhahn betreten sich hinter einem Baum verbarg.

Zum letzten Mal hatte man den Gregor beim Krämer gesehen, wo er einen erklecklichen Zipfel Wurst erstanden hatte. Dann blieb er tagelang verschwunden. Die Sage kündet, dass er kerzengerad über Tal und Berg dem fernen, weißen Schloss zugerannt sei, das draußen am Himmelsrand schimmerte.

Müd' und mit urweltlichem Hunger ausgerüstet, aber mit glücklichen Augen kehrte er zurück.

Ob er in dem Schloss den Fußfall vor der Fürstin gewagt habe, ob der Fürst ihn mit einer Rede begnadet und seine Hoffnung genährt habe, selbes lockte freilich keine List aus dem Gregor hervor, auch die Meute nicht, die ihn ins Wirtshaus zerrte und ihm zäh zusetzte, seine Abenteuer preiszugeben, und ihm auch sonst manch Schalksstück antat.

Am übermütigsten trieb es der Student. Er brachte eine Papierrolle mit rotem Siegel herfür und heischte Ruhe, er wolle einen Brief vorlesen.

»Gregor, knie nieder«, sagte er, »der Fürst hat dir geschrieben.«

Der gläubige Riese beugte überlegungslos seine Knie, des Fürsten Name hatte wie ein Blitz seine dumpfe Seele entzündet, und vertrauend hob er die großen, wirren Augen.

Und Konrad las: »Indem Wir, von Gottes Gnaden Fürst Schwarzenberg, Herzog von Krummau und Kaiser des Böhmerwaldes Unserem allzeit getreuen und gläubigen Knecht Gregorius Haberkorn Unseren durchlauchtigsten Gruß entbieten, tun Wir gedach demselben allergnädigst und großgünstigst kund und zu wissen, dass Wir ihn zum Hüter und Heger bestellen über Dachsenschlaf und Hasenhupf, über Hahnpfalz und Hundsheulen, über

Rabenhusten und Fuchsenlosung, kurz über alljeglich und jedwed Wesen, was da fleucht und kreucht und reucht, was Wedel hat und Federn im Wolfsruckwald. Gegeben am Sonntag Jubilate in Glitzergloria und Gnaden. Der Fürst.«

Dem Gregor brauste dieses Schwallwirrwarr durchs säumig Gehirn.

»Geht das mich an, ihr guten Leute?«, fragte er.

»Ja freilich, dich und keinen andern nit!«

»Ich bitt' euch, deutschet mir sie aus, die Schrift. Ich versteh' sie nit.«

Unverwandt starrte er auf das Siegel, das wie ein roter Nabel auf dem Brief sich rundete.

»Förster bist du worden«, lachte ein Bursch.

»Ich? Förster?«, stammelte er heißerschrocken.

Der Student las die Urkunde noch einmal langsam und nachdrücklich vor.

»Wer ist jetzt der Gregorius Haberkorn?«, fragte der Kniende wieder.

»Mensch, der bist ja du! Kennst du denn deinen Namen nit?«

»Haberkorn?« Ein gequältes, suchendes Sinnen schattete über die Stirn des Gregor. »Heiß' ich denn Haberkorn? Ich kann mich nit erinnern.«

»Da steht es geschrieben und gesiegelt, und drum ist es wahr, dass du der Förster bist«, entschied Konrad.

Nun reckte sich der ungefüge Mann vom Boden auf, faltete die Hände und stieß einen rauen Juchzer aus. Das war sein Dankgebet, Gott mag es wohl verstanden haben. Dann langte er linkisch nach der Urkunde und ging.

Die tolle Runde sandte ihm ihr entfesseltes Lachen nach, solche Narrenohren hatte dem Gregor noch keiner gedreht.

Bannholzer war Zeuge dieser Schalkstat gewesen. Leise fragte er zu dem Studenten: »So arg sollten Sie doch den armen Schwartenhals nicht hetzen!«

»Bedauern Sie ihn nicht«, erwiderte Konrad, sich verdüsternd, »er ist der einzige Mensch, der vor dem Tode glücklich zu preisen ist.«

Manch krause Kunde verschollener Wehzeiten ward in diesen Tagen wieder aus der Vergessenheit gelöst. Die Alten erzählten von der Seuche, die voreinst die Dörfer ausgeödet, vom Pestmann, der auf halbverwestem Stier durch Thomasöd gesprengt war, und der Elexner zeigte noch den Hügel, darunter man alle eilig verscharrt hatte, die von der Pest getötet worden waren. Vor dieser wilden Sterbsucht hatte man sich retten können, in verrufene Waldkessel waren die Menschen geflohen, im Geklüft entlegener Berge hatten sie Zuflucht gefunden. Vor der Flut aber gab es keine Freistatt.

Da wollte denn mancher aus dem Zusammenfall der Welt wenigstens die Seele retten und wallfahrtete zu frommen Gnadenkirchen, wo die Muttergottes aufmerksamer lauscht, wo Gottes Ohr feinhöriger und flinker ist. Dort stießen die Thomasöder auf anderer Landschaften Beter, die zwar von der Sündflut nichts wussten, aber sonst von ähnlicher Angst vor dem Kometen besessen waren. Aus Gebet, Lied und Rede glotzte diese Furcht hervor. Man erzählte dort von Leuten, welche diese Angst in den Narrenturm gebracht habe, von Selbstmördern, die den letzten Schrecken entgehen wollten, und in erhöhter Bangnis kehrten die Waller heim auf den Wolfsruck.

Auch der Pilger ins gelobte Land zog wieder im Dorfe ein. Er sah aus, als habe er vierzig Tage in der Wüste gefastet, der Bart war ihm verwildert, eine raue Zwilchkutte trug er und einen Hakenstock, dessen Krümme bis zu dem märchenalten Röhrenhut hinauf lechzte.

Die Kinder, auf die der Großen Not schon ihren Schatten warf, so dass sie ihre Spiele versäumten, wurden wieder dreist und übermütig, als sie den Ägid sahen, sie begrüßten ihn mit kläglich gezogenem Miau, denn er war als Katzen- und Hundefresser weit und breit verschrien. Er aber ließ sich seine Feierlichkeit nicht erschüttern und segnete die Neckgeisterlein mit aufgehobenen Fingern.

Sein erster Gang galt der Pfarrei.

Wenzel Rebhahn war heute übler Laune, in der Frühe hatte er auf der Friedhofsmauer das Wort »Neidpfaff« mit Kohle groß und auffallend geschrieben gefunden, er hatte sich hernach vom Gerüst einen Pinsel bringen lassen und das Schmähwort mit eigener Hand vertüncht. Aus dem ergrimmten Herzen freilich ließ sich der Schimpf nicht so rasch tilgen.

Also war es kein Wunder, dass der Ägid mit fabelhafter Schnelle wieder das Pfarrhaus verließ.

Hocherhobenen Hauptes kehrte er in des Rochus Schenke ein, vergönnte sich einen wackeren Schoppen und zog schmählich über den vergeizten Priester her, der ihm die Tür gewiesen, weil er einen Sechser Reisezehrung hätte hergeben sollen. Wenn die Reichen so steinherzig wären, so könne Ägid vor der Sündflut nimmer ins Judenland fahren, außer Gott sende ihm einen feurigen Wagen.

Da jedoch der Herrgott dies unterließ, so blieb der Pilger im Dorfe.

Wovon er nun lebte, das wusste keiner. Fast schien es, als würden ihm Raben geschickt, ihn zu speisen.

In früheren Jahren hatte man den fahrenden Menschen öfters mitessen lassen. Aber den Leuten hat bald vor seiner hässlichen Gier gegraust. Als er einst mit den Schnittern auf der Wiese Milch und Brocken löffelte, hüpfte ein vorschneller Heuschreck in die Suppe. Der Ägid fischte ihn gleichmütig heraus und verschlang ihn. »Der heilige Hans der Täufer hat auch Heuschrecken gegessen«, meinte er. Seitdem mochte man ihn nicht mehr als Tischgast.

Der Ägid war weit im Böhmerwald herumgekommen. Viele Bäuerinnen verlangten nach ihm, dass er ihnen die Milch austrinke, wenn sie ihren Säugling von der Brüsten gaben. Dabei hatte er überall den Pfarrherren des Waldes das Predigen abgeluchst. Die Glaubenssätze deutete er zwar recht kunterbunt aus, aber die Erzählungen aus der Erzväterzeit und aus Christi Leben und Leiden konnte er beweglich vortragen, auch wusste er die sonntäglichen Evangelien auswendig und war mit seinem zähen Gedächtnis und seiner absonderlichen Einbildungskraft den Geistlichen überlegen, die, meist nüchtern geartet und langem Salbadern abhold, in Einsamkeit und Bauernsorgen verbauerten.

Nun war die Zeit hereingebrochen, wo der Ägid mit seinem Pfunde wuchern konnte, und er warf sich zum Sündflutprediger auf.

Vorerst streute er aus, der Papst, der Kaiser und die Zeitungen wollten vom Weltuntergang nichts verkünden lassen, damit sie ihre Macht bis zum Ende sich bewahrten und keine Empörung über das Volk käme. Hernach schilderte er den Jüngsten Tag, wie der Herrgott wütend in den Weltapfel beißen werde, wie die Sonne vergehen werde am hellen Tag und alle ersaufen müssten gleich den Mäusen im Ackerloch. Täglich erfand er neue Schrecken, und immer umringte ihn ein Menschenhaufe, der bei seiner Predigt zu arbeiten und das Vieh zu füttern vergaß.

Was sie früher nie geduldet hatten, jetzt hörten sie es gerne, dass der ungestüme Sonderling gegen ihren Pfarrer hetzte, ihn einen Ketzer und Freimaurer und schlechten Hirten schalt, den Geistlichen, der sie in ihrer Herzensnot schroff abwies und ihre heiße Angst einen blödsinnigen Wirrglauben nannte. –

Unbesiegbar war die Furcht gewachsen.

Oben auf der höchsten Siedlung des Wolfsrucks hielt schon ein Auslug nach dem Schreckstern: Der Himmelreicher richtete sein Fernrohr auf, Weib und Kinder guckten furchtsam durch, und mancher stolperte abends den steilen Steig herauf, um durch dies starke Glas einen Blick auf die funkelnden Gefilde hinüberzutun, darauf das Unheil reifen sollte.

In der Hochnacht oft schlich sich der Bauer von seines Weibes Seite hinaus und bezog gedankenvoll die Sternwache.

Er, dessen Auge sonst nur den silbrigen Gang des Windes durchs Korn sah und die Höhe und Dichte des Graswuchses, die Stärke des Viehes erwog und schwer geworden vom Ruhen auf den Schollen, er spähte zu den zitternden Lichtfunken auf, zu dem ewigen Weltgürtel der Milchstraße, zu den fremdhohen Sternländern. Manchmal deuchte es ihn, die Sterne drängten sich dichter zusammen und näher an die Erde heran als sonst, unruhiger und flimmernder, als ahnten sie etwas Grässliches aus der letzten Tiefe des Allraumes emporsteigen.

Wie oft war er als Büblein da gekauert, als sein gottseliger Vater noch gelebt, und hatte mit heiligem Fürchten die silbernen Sternlein begrüßt, die Gott neben den weißen Mond auf das Erdendach geklebt hatte und nach denen er, wie sehr ihn auch der Finger brannte, niemals deuten durfte, um den Engeln nicht die Augen auszustechen. Und oft hatte er sich gewunschen, dass sich doch einmal so ein Himmelslicht wie ein Spinnlein an dehnsamem Faden niederließe in seine offene Hand. Der Vater hatte ihn die wenigen Namen gelehrt, die das Volk von dem maßlosen Reichtum oben kennt. Und der kleine Bub wuchs, und Nacht für Nacht rollte es sich oben wie das Funkelkleid eines Priesters auf, prächtig und unveränderlich. Und aus dem sternkundigen Buben ward ein ernster, besinnlicher Mann, demütig sich bewusst, dass die Welt nur ein schüchterner Saum des Endelosen ist und die Erde ein Stäubchen in Gottes brausendem Atem.

Der Sternbauer richtete sein Rohr auf: So klarsternige Nächte waren heuer; sie wollten wohl die Menschen noch recht tief beglücken, ehe sie die schlammige, ertrunkene und ausgestorbene Öde erleuchteten.

Dem erdsicheren, festen Bauer bangte. Soll es wirklich so kommen? Kreist die Erde schon müder durch den Raum? Ist sie schon eine welke Frucht? Will der Schöpfer jetzt schnurstracks sein Werk zerbrechen? Die Sonne rostet doch noch nicht, noch trägt der Boden in wunderbarer Kraft und Frische.

Rätselreich gleißte draußen eine weiße Ader, die himmelsgürtende Sternstraße.

Wann wird er aufglühen, der schauerliche Stern, aus der eisigen Ferne?

Indes der Bauer grübelnd die Nacht erforschte, war seines Hütuben Spähen dem lichten Taghimmel gewidmet. Der Naz hatte die Worte des Erzählmannes nicht vergessen: In dem Jahr, das den Jüngsten Tag bringe, leuchte kein Regenbogen mehr.

Wohl mancher Regen prasselte nieder, verhüllte den Schöninger drüben und säugte die Fluten, dass sie fruchtverheißender waren wie nie vorher. Doch wie sperberscharf der Knabe auch in den Lüften suchte, kein bunter Weltbogen brückte glorreich über Tal und Wald und lächelte Frieden.

Da tat der Naz oft sein kleines Leben leid, und stumpf lungerte er bei seinen Kühen. Früher hatte er sich oft aus dem Geröll, das die Weide mauerartig umschichtete, Steinhütten gebaut mit Fenster, Bank und Rauchfang, hatte den Nestern der Hummel nachgegraben und aus ihrem Schatzkelle süßen Seim geraubt, hatte lustige Reime gesungen und kleine Feuerlein flattern lassen. Das war nun alles aus, und das Herdengeläut deuchte ihm trüb wie eines Zügenglöckleins Klage.

Einst aber siferte ein laublieblicher Regen nieder, die Kühe ließen sich die Felle waschen und reckten die Köpfe gegen den Himmel, das Gras grünte hoch auf unter dem segnenden Weihbrunn. Den Naz flog der alte Frohsinn an, das fransige Hütel hob er vom Schopf, dass der Regen ihm das Haar betaue und dessen Wachsen fördere.

Und siehe, du blutjung Menschenherz, Gott hat dich nicht vergessen! Zart erst und blass, dann immer glühender aus den grauen Tiefen wachsend, wölbte sich ein Regenbogen, wundervoll und feierlich, als wäre an Gottes Finger der Ring gesprungen und die eine Hälfte auf die Erde hinabgesunken.

Und über dieser funkelnden Vermählung der sieben Farben war schattenhaft ein feiner, zweiter Halbring gestellt. Der Himmel konnte sich heute nicht genugtun.

Friede! Friede! Ewiger Erdfriede!

Staunend sah das Hirtlein die selige Farbenglut über die Welt gekrümmt, wie vor eines Hochaltares Geheimnis stand er in zagen und entrückten Schauern, lange, lange, bis die Glut versiegt war.

Da wusste er: Gott hat dies Zeichen ausgestrahlt, dass er seine Hand nicht von der lieben, triftengrünen Welt ziehen wolle.

Und des Knaben erlöstes Herz wallte auf, er reckte seinen Leib, dass die Knochen darin krachen, und warf sich erschüttert auf die beträufte, gute Erde.

Vergeblich gähnte der schmale Mund des Opferstockes, der Klingelbeutel hing schlaff. Drum stieg der Pfarrer sonntags auf die Kanzel und lehrte, dass der Mensch sein irdisch gut wegwerfen müsse, wenn er dem Herrn nachfolgen wolle. »Willst du vollkommen sein, so verkaufe alles, was du hast, und gib es den Armen!« Dies herbe Gebot rief er immer wieder, und er entflammte plötzlich daran, und vergessend, dass seine Predigt für irdischere Zwecke berechnet gewesen war, pries der jähe Mann feurig die selbstlose Hingabe alles Erdengutes als die höchste Tugend. –

Mittags kam der schwerhörige Xander, des Elexners Knecht, vom Gottesdienst heim, und der Bauer stellte ihn.

»Bist in der Kirche gewesen, Xander?«

»Halt ja bin ich in der Kirche gewesen, Bauer.«

»Hat der Pfarrer gepredigt, Xander?«

»Halt ja hat der Pfarrer gepredigt, Bauer.«

»Schön?«

»Schön!«

»Was hat er denn gesagt, Xander?«

»Herschenken will er alles, hergeben sein Hab und Gut, Bauer.«

»Du törrischer Hirsch, du hast dich wieder einmal sakrisch verhört.« –

Keiner wusste, wer das Gerücht ausgesät hatte, aber es griff wie Scheunenfeuer umher, dass der Pfarrer erschrocken vor Gottes nahem Gericht, sich seines zusammengegeizten Reichtums begeben wolle. Zehn Strümpfe voll Silberzwanziger habe er in seinem Strohsack versteckt, alle wolle er unter die Armen verteilen. –

Es war am Tag nach der Predigt.

Das Morgenrot holte die Lerchen aus den Tiefen, aus Klee und Korn trugen tauige Flügel das Lied gotthinan.

Wenzel Rebhahn war noch im Hemd, als er das Fenster auftat. Da erblickte er unten lungernd eine buntscheckige Zunft.

Ein streifender Musikant lag mit seiner Zupfgeige am Rasen, lugte gen Himmel und klimperte den ziehenden Wölklein die Marschmusik. Neben ihm wälzte sich faul ein Zigeuner, ihm hatte der Bezirksrichter zwangsweise die Locken scheren lassen, und also verstümmelt wollte sich der Landläufer nicht zu seiner Sippe gesellen. Der Schemler kroch auf seinen Brettlein wie ein müßiger Käfer umher. Dann waren noch die Durl da und ihr Mann, der Thomas, hernach der Ägid mit Kutte, Röhrenhut und Stab, und auf dem Stangenzaun, der zur Kirche hinüberführte, saß der Gregor, eine zerknitterte Rolle haltend.

Dem Pfarrer schwante Böses, als er diese Gemeinde sah.

»Was soll dieser Aufzug?«, fragte er.

Nun belebte sich die Gruppe: Der Zupfgeiger schnellte auf und stimmte das geflickte Saitenspiel, der versprengte Zigeuner hündelte schmeichelnd zum Fenster empor, und die anderen näherten sich dem Hause. Sogar der Gregor im Hintergrund räusperte sich.

Der Thomas redete zuerst, sein Leid verlieh ihm das Vorrecht. Er hatte das Tuch noch immer über Haube und Kinn geschlungen, und die Zipfel davon hingen wie Hasenlöffel hernieder. Kläglich bettelte er.

»Der Bart ist mir ausgerissen worden, ich bin ein geschändeter Mann, der Gemeinde zum Spott. Keiner dingt mich zur Arbeit. Und ich hab' doch früher dreingeschaut wie der Heilige drin an der Kirchenwand. Ich bitt' also gar schön um meinen Teil.«

»Nur einen einzigen Strumpf voll Zwanziger gebt uns!«, stimmte die Durl ein. »Wir werden glücklich damit. Nur einen Strumpf!«

Und des Zigeuners schwarze Diebsaugen sprühten. »Schönes Vaterle, gutes Vaterle, wirf Geld her. Zigeuner ist arm, Zigeuner ist guter Christ.«

Wenzel Rebhahn war starr. Ein Schuft hatte ihm den Possen gespielt und dies Bettelpack hergehetzt.

»Leute, ihr seid vorm unrichtigen Tor«, rief er hinab. »Ich habe nichts zu verschenken. Was ich habe, brauch ich selber.«

»Sammelt nicht Schätze, die von Rost und Motten verzehrt werden!«, predigte der Ägid. Die Durl bat: »Nur einen einzigen Strumpf verlang ich.« Der Schemler trommelte mit dem Brettlein gegen die Erde und rief: »Sie haben Wälder verkauft. Wo Holz ist, da ist Geld.«

Und wieder beschwor der Pilger den Pfarrherrn: »Die Wallfahrt habe ich gelobt ins Heilige Land.«

»Ja, die Wallfahrt zum Fusel«, trumpfte der Geistliche grimmig zurück.

»Eher geht ein Kamel durch ein Nadelöhr als ein Reicher in den Himmel«, mahnte der Ägid.

»Ihr kennt mich schlecht, ihr freche Rotte«, begehrte Wenzel Rebhahn auf, »geht heim und belästigt mich nicht!«

Der Zupfgeiger ließ die Saiten wimmern und pfiff wehmütig dazu.

»Erst müssen wir Geld kriegen, hernach gehen wir«, rief die Durl.

»Was, das Gesindel will mich im eigenen Haus belagern?« Den Pfarrer packte die jähe Hitze. »Zerreißet euch das Maulwerk nit umsonst und fahret augenblicklich ab, sonst will ich euch davonteufeln!«

»Mit Weihwasser versprengst du uns nit, du Bauchpfaff!«, rief der Ägid.

»Du scheinheiliger Schnapskessel«, brüllte der Pfarrer, »ich werde dich lehren, mich zu duzen!«

Hastig wich er vom Fenster und kam mit einer Kugelbüchse wieder, ein dunkles Rot überbrannte ihm Antlitz und Hals, auf der Stirn stand ihm die große Ader.

»Der ganze Pfarrsprengel hat sich verschworen, mich zu quälen und zu vertreiben. Ich will mich aber wehren.«

»Predigen Sie nit mehr die Nächstenliebe und fressen Sie Ihr gestunkenes Geld selber«, kläffte die Durl, wütend ihren Gespons mit sich fortziehend. Fluchtartig kroch ihnen der Krüppel nach, und der Musikant jodelte, sich verabschiedend, ein lüderliches Gesätzlein und zirpte mit der Gitarre dazu.

Der in der Zwilchkutte aber hob seinen Stab wie zur Abwehr und lachte höhnisch: »Gott wird deine Sünden strafen bis ins siebente Glied!«

Darauf legte Wenzel Rebhahn in wildem Gleichmut das Rohr an die Backe, und Prophet und Zigeuner flüchteten hinter die Friedhofsmauer.

Nur der Gregor lehnte ruhig am Zaun.

»Schäm dich, Gregor! Gebaut bist du wie ein Jochstier, kernig bist du, den Kirchturm könntest du aus dem Felsen heben. Und jetzt gehst du mit Zigeunern und Gaunern betteln!«

»Ich bitt', ich bitt'«, stotterte der Starke und knöpfte vor Verlegenheit den einzigen Knopf an seiner Joppe auf und zu. »Wissen möcht' ich, wie ich heiße ...«

»Du weißt deinen Namen nicht?«, staunte der Pfarrer. »O du heilige Einfalt! Haberkorn heißt du, Gregor Haberkorn!«

»Ist es wahr?«, misstraute der unten.

»Ja freilich. Zwischen Haber und Korn auf einem Rain haben sie dich als kleinen Buben gefunden, drüben hinter dem Wolfsruck. Deine Eltern hat niemand gekannt. Drum haben sie dich drüben als Haberkorn ins Pfarrbuch eingetragen.«

Der Gregor nickte, als habe er alles verstanden.

»Warum willst du es denn wissen, Mann? Wozu brauchst du deinen Namen?«

Der Gregor schwang den gesiegelten Brief und grinste freundlich, verriet aber nichts.

»Vergelt es Gott! Ich heiße Haberkorn.«

Und er trottete den Steig zum Forsthaus, seinen Namen achtsam auf der Zunge haltend. Er umklammerte ihn mit all seinen geistigen Kräften wie ein Kleinod, und dunkel dämmerten ihm Wert und Zweck eines Namens auf. –

Überall erregte es Ärgernis, dass der geistliche Mann gegen die Armut die Kugelbüchse angeschlagen hatte. Am tiefsten aber wühlte es das Gemüt des Schusters Jordan auf.

Der Ägid war bei ihm eingekehrt und erzählte, wie sie im Vertrauen auf das gute Herz des Pfarrers um ein Gröschlein von seinem Überfluss gefleht hätten und dass sie bald wie Kranwitvögel niedergeschossen worden wären.

»Was ist jetzt zu tun?«, rief der Jordan arg gerührt. »Sein Herz ist ein Kiesel, sein Gewissen ist tot, sonst tät er nit ein paar Wochen vor der Sündflut die Büchse gegen die Bettelleute heben.«

Ein heiliger Zorn übermannte den Schuhflicker, gewaltig stelzte er in seiner Werkstatt hin und her, und seine scharfen, grauen Augen blitzten.

»Der Schemler, der traurigste Mensch auf der Welt, ist vor Schrecken todkrank worden«, schürte der Ägid. »Es ist auch schrecklich, für die kleine Bitte einen Schuss als Almosen zu geben!«

»Halt!«, schrie der Jordan, sein Herz hatte ihm einen Plan eingegeben. »Der Pfarrer muss in Schande gestellt werden von einem armen, gemeinen Schuster!«

Und er befahl dem Ägid, schleunigst alle in seine Werkstatt zu versammeln, die von des Pfarrers Schwelle gewiesen worden waren. –

Der Wildtauber grollte, und der Wind kroch in den Baum, schnüffelte an dem sprenklichten Gelenke eines Nestes, schaukelte sich ein Weilchen im Geäst und entschlief.

Am Straßenrand im Spitzwegrich lagerten der Thomas und sein Weib.

»Schneider«, sagte sie mit einem brunntiefen Seufzer, »jetzt, wenn die Welt wirklich ersauft, was wird dann geschehen?«

»Ich kann dir keine Auskunft geben, Durl.«

»Thomas, im Himmel werden wir zwei uns wiedersehen, – und dein erstes Weib wird auch oben warten.«

Der Schelm schielte pfiffig darein. »Soll ich ihr einen Mühlstein aufs Grab rollen, dass sie am Jüngsten Tag nit heraus kann?«

Hart rückte die Durl an ihn heran und setzte ihm ihre Krallen auf die Brust. »Thomas, mit welcher wirst du es im Jenseits halten, mit mir oder mit ihr? Gelt, du wirst die erste nehmen, und ich werd' hinten im Ofenwinkel mutterseelenallein flennen müssen!«

Er tröstete sie. »Meine liebe Durl, alle zwei will ich euch daher weisen bei der Hand, Tag und Nacht.«

Fauchend schnellte sie auf, aber der Mann achtete ihrer gar nicht, sondern brütete heftig in sich hinein. Endlich sagte er demütig: »Du weißt, Durl, dreimal zwirbeln sich auf meinem Schädel die Haare. Drum hat man mir drei Eheweiber prophezeit. Jetzt, wenn ich noch eine dritte kriege nach dir.« –

»Du Türk', du Vielweiberer!«, keifte sie und sprang ihn wie ein Mümel (Wiesel) meuchlings an. Es war sein Heil, dass der Ägid eben mit der Botschaft daher kam. –

Der Gregor und der Zigeuner waren nicht zu finden gewesen, die andern standen im Ring um den Schuhflicker.

»Zuerst müssen wir dem Pfarrer unsere Meinung sagen«, begann der Jordan. »Kann einer von euch schreiben?«

»Ich hab' eine wehe Hand«, sagte der Thomas. Die anderen mucksten sich nicht.

»So muss ich halt selber die Schrift aufsetzen«, seufzte der Schuster. Er stülpte sich die Hemdsärmel zurück, als wolle er eine Sau abtöten, und setzte sich an das Tischlein, worauf er Papier, Gansfeder und dünne Ofenrußtinte vorbereitet hatte.

»Störet mich nit, sonst kommen mir die Buchstaben durcheinander«, mahnte er. Hernach zog er, um in Schwung zu kommen, mit dem Kiel heftige Kreise durch die Luft, drückte die Feder nieder, dass sie sich gabelte, und kratzte mit der groben Werktagshand riesige, ungefüge Buchstaben hin.

»An den Herrn Pfarrer von Thomasöd! Nix Traurigeres gibt es nit als einem geizigen Mann sein Herz. Gelobt sei Jesus Christus! Der Schuster Jordan.«

Aufatmend erhob er sich.

»So, jetzt unterschriebt euch!«

»Ich trau nit«, weigerte sich der Thomas, »wie man was unterschreibt, hat eine schon der Teufel beim Frack.«

Auch die anderen fertigten den Zettel nicht, also streute der Jordan Asche auf die Schrift, dass sie trockne, klebte den Sendbrief mit Schusterpech zu und schickte einen Buben damit ins Pfarrhaus.

Eine Lehre hatte er nun dem Priester gegeben, jetzt galt es noch, mit gutem Beispiel voranzuleuchten.

Schlicht und demütig wandte er sich an die fünf Leute:

»Meine Lieben, ich schenk' euch jetzt alles, was mir der Vater und die Mutter hinterlassen haben, und was ich durch mein Handwerk selber verdient hab', Haus, Wiesen und Geiß. Ich schenk' es euch und allen, die da vorübergehen. Denn wir sind Menschen, und Menschen müssen barmherzig sein.«

»Alles schenkst du her?«, zischte die Durl.

Von mächtigem Mitleid mit der Menschheit durchströmt, rief der Schuster: »Alles schenk' ich her und meine Hände auch dazu, wenn ich sie vom Leib tun könnte!«

Da kicherte das Weib wie eine Turteltaube und riss behänd die pralle Tuchent aus dem Bett. Der Spielmann dagegen steckte die beinerne Schnupftabaksdose, die am Fenster lag, in den Sack. »Lange hab' ich sie ja nit«, entschuldigte er sich, »die Welt hört bald auf.«

Der Thomas aber stellte sich in die Tür. »Nit so jäh, meine Herrschaften! Und du, Schuster, greif' dir aufs Hirn! Du bist ja ein fertiger Narr.«

»Was, du willst meinem Beispiel in den Weg treten?«, brauste der Jordan auf.

Der Ägid mischte sich in den Streit. »Thomas, du verstehst nix, du bist ein rechter Sündenbock. Geh aus der Mitte der Gerechten!«

»Und du bist ein Heiliger. Wie du neulich besoffen gewesen bist in der ›Blauen Droschel‹, hast du im Krautfass drin gepredigt und hast gemeint, du stehst auf der Kanzel.«

»Thomas, du hast mich einen Narren geheißen«, wetterte der Schuster darein, »einen Narren – in meinem eigenen Haus!«

»Das ist ja nimmer dein Haus«, lächelte der Thomas, »du hast es mir ja gerade geschenkt.«

»Du vermaledeiter Spottvogel, du darfst mir die Menschenliebe nit vertreiben!« Und der Jordan griff nach dem Dreifuß und scheuchte den Nörgler hinaus.

Ein bisschen war ihm doch hart zumute, besonders als das Weib mit seinem schönen Bett verschwand und der Spielmann sämtliche Hosen aus dem Kasten anzog, eine über die andere, so dass er nachher kaum gehen konnte.

Der Ägid fraß den Speck aus dem Rauchfang und die Milch aus der Kammer. Nur der Schemler jammerte: »Ich kann nix nehmen, die Hände und die Füße hab' ich voll Bretter. Aber hausen will ich bei dir, Schuster, du hast es gar kurzweilig.«

Zuging es wie im Schwedenkrieg. Tagsüber kamen einige zerlumpte Strolche und nahmen, was nicht band- und klammerfest war. Ein Häusler aus Mönchsreut, der mit seinen Ochsen vorüberfuhr, holte sich sogar die Haustür und lud sie auf seinen Wagen. Nur das Schustergerät tastete keiner an.

Es war gut, dass der Ägid und der Spielmann den Stall verrammelt hatten, sonst wäre die Ziege auch entführt worden. Die beiden wollten das strotzende Euter selber nutznießen. Und abends, da der Schuster im Heu schlief, beschlossen sie, niemand mehr ins Haus zu lassen, sie sperrten die Tür mit Brettern, und der Ägid hielt mit seinem langen Stecken die Schildwache. –

Der vertriebene Thomas saß an diesem Abend einsam im Wald. Seit dem Verlust seines Bartes war er nicht mehr so spöttisch gestimmt, viele Dinge machten ihn bedenklich und in sich gekehrt.

Des Schusters Freigiebigkeit schob er der Angst vor der Flut in die Schuhe. So fest ist also die Furcht davor, dass die Menschen ihr Gut vergeuden und es ihnen gleichgültig ist, wie sie die paar Wochen noch leben.

In den besten Jahren ins Grab fahren müssen! Den feuchten Tod leiden! – Den Thomas überrieselte es kalt.

Hoch im Bergforst juchheite ein Kuckuck auf.

»He, Vogel, wie viel Jahre gibst du mir noch zu leben?«

Wie bang er auch lauschte, der Schreier meldete sich nimmer.

»Du falscher Schwänkmacher!«, brummte der Thomas in tiefer Betrübnis. »Dir glaub' ich nit. Ich glaub' überhaupt nix!«

Wie lohende Götzenburgen brannten die Wolken aus, nun verdunkelte die Nacht die Welt zum Geheimnis.

In der Kirche waren die Umrisse der neuen Gemälde undeutlich geworden, nur der rotbärtige Apostel, der mit seinem Speer über dem Rundbogen vor dem Priesterraum gewaltig ragte, war von einer Laterne einsam bestrahlt.

Bannholzer stand auf dem Gerüst. Es hatte ihn in das finstere Haus getrieben, als fände er bei seinem Werke Schutz vor den wilden Fragen, die ihn bedrängten. Spielerisch war er ihnen anfangs nachgegangen und hatte sich an ihnen ergötzt, ähnlich einem Springbrunn, der eines glitzernden Balles sich freut, ihn höher und höher hebt, um ihn wieder fallen zu lassen. Und wie ein Kind dem roten Eichhorn in den Wald folgt, ihm jauchzend nachsetzt, sich im Spiel vergessend, – und plötzlich aufschrickt und sich in fremder Einsamkeit, in düsterer Dämmerung schauernd findet, so stand auch der Künstler nach dem freien Spiel der Träume und Gedanken auf einmal vor den tiefsten Fragen.

Nach Bahnen spürend, die den Bannring der Wirklichkeit durchbrechen, drängte sein Geist sich an die Aufgabe, ein neues, gewaltiges Sinnbild Gottes zu gestalten. Er ließ nun die alten Bilder auferstehen, darein sich die Menschheit den Ewigen gegossen hatte, und sie schienen ihm würdelos und kleinlich.

Wie sich die Brandung an den Runenstein schleudert, heiß und brünstig warf er sich selber in fiebrischen Nächten an das Rätsel des gewaltigsten Wesens. Er durchklomm und überflog die Gottheit, er jagte sie wie ein Beutetier, er harrte in tiefer Stille, dass sie in seiner Seele wachse wie ein Kristall.

Dann suchte er Gott bildhaft vor seinen Geist zu zwingen: Als erhabenen Riesen, den Ring der Ewigkeit um das uralte Haupt, sonnengrell das Allwissen im Auge, – oder am Quellbrunn der Gestirne, in die Weltmitte gestellt, als funkelnden Kreis, darin sich Ursprung und Vollendung küssen.

Aber müde ließ er ab in späten Nächten; als schalen, abgenutzten Formelkram verwarf er all dies Bildwerk.

Und wieder begann er zu ringen, Gotthaftes in Irdischkeit umzuzwingen. Unersteigbar seinem Schrei aber, Urfernen schien Gott zu weilen, und Gott trat nicht in den Kranz seiner Träume.

Jenseits des Fensters glänzten heute die Sterne wie die Scherben eines herrlichen Dinges, das am Himmel zersplittert worden war, und der Mond glich einer hohlen Maske.

Da dachte Bannholzer: »So hohl ist meine Kunst. Es wohnt keine Kraft hinter ihr. Verzweifelt fühle ich ihre Grenzen: Sie versagt, wenn sie sich vor Höchstes wagen soll, sie besteht nicht an dem Ewigen. Wie der Geier kreischend vor der letzten Höhe zurücktaumelt, so versinkt meine Seele lahm und dumpf vor Gottes Rätsel ins leere Nichts.«

Wild riss sich der Künstler aus seinem peinvollen, rastlosen Brüten. Durch die großen Fensterbogen starrten die Wälder, monatelang hatten sie ihn von der Welt getrennt, monatelang war er hier begraben bei seinem Werk. Wie ein verschütteter Erzsucher.

Er hatte dem schillernden Leben entsagt. Denn ernste Kunst begehrt Verzicht auf Lachen und Leuchten, stummes Zurückziehen fordert sie, weltabweisendes Insichsein.

Aber hatte sich dies Entsagen gekrönt? War sein Werk rein und hoch und einsam geworden?

In wehem Zagen ließ er die Laterne über die Mauern spielen: Ein Hohnstrahl war des wildäugigen Einhorns Blick: nüchtern und steif, ein verzerrtes Machwerk, stierte ihn seine Schöpfung an.

Ein namenloser Groll gegen sein Werk fasste ihn. Wie ein Tobsüchtiger hätte er an diese Wände schlagen können, die seine Schöpfung trugen; mit einem Mauerbrecher hätte er sie zerstören mögen. Ein Abscheu kam ihn an vor aller Kunst.

»Was ich male, ist leere Haut, kein Geist«, stöhnte er. Und plötzlich schrie er in die Kirche hinein: »Stümper!«, und die Mauern gellten es ihm zurück.

Seine Stirn glühte, seine Zunge ward irr, sie betete ein drängendes, flackerndes Gebet.

»Du Schweigender, Unerfasster, Wilder!«

»Umgib mich mit großen, fremden Wüsten, umgib mich mit weiten, brennenden Wäldern, lass mich eine Insel sein, unzugänglich fern im äußersten Meer! Schenke mir das Vergessen aller Dinge, alles Geschehens! Auf dass ich dich finde, nach dem meine Seele schreit wie ein lechzender Schelch!«

»All meine Weisheit ist zerknistert. Lass mich ein anderer werden, denn in dieser Erdenform bin ich elend und der Ohnmacht voll! Im Feuer bade mich, dass ich geläuterter erstehe! Labe mich mit deinen Gewittern und lass mich dran erstarken! Verwandle mich, o Gott! Vernichte und erneue mich!«

Lauschend hielt der Beter ein, als harre er eines Rufes aus der Dunkelheit. Aber die Stille blieb tot. Da warf sich ein würgendes Angstgefühl auf ihn, ein Fieber durchbohrte ihn wie eine Waffe aus Glut und Eis. Weh, wohin sollte er sich flüchten?

»Gott!«, schrie er, dass die Wölbung klang. »Gott ...«, flüsterte er mit leisester Lippe. In den Schatten dieses Wortes wollte er sich retten; ihm war, es müsse sich auftun wie das Tor einer Burg und ihn in sich nehmen.

Aber der Trost erwuchs ihm nicht aus dieser höchsten, geheimnisvollsten Silbe; ein trotzverschlossener, vermauerter Bergfried, schien sie körperlich zu regen.

Immer wieder flehte er das Wort, wähnend, es müsse sich aufreißen und seine Rätsel entblößen. Doch inhaltsloser und kahler ward es, je heißer er es stammelte, und plötzlich stand es ganz leer, eine nichtige, erbärmliche Verkettung von drei Lauten, ohne Sinn, wahnwitzig leer und ausgehöhlt.

Leer, endgültig leer!

Und das Wesen, das hinter diesem Worte wundervoll verhüllt gestanden, war versunken.

Da verstummte Bannholzer.

Lauernder drückte die Nacht ihre fahle Stirn an das Bogenfenster, denn der ungläubige Apostelriese an der Wand, der felsstill vor seinem Strahlenkranz gestanden war, regte sich. Die letzte Falte des Zweifels, die der Maler ihm im Barte gelassen hatte, vertiefte sich und ward zur zuckenden, gekrümmten Natter, im flackernden Laternlicht belebte sich die Gestalt, ließ die Mauer hinter sich und drang langsam und starr auf den Menschen ein, nicht Bild mehr, sondern Macht, der übermächtige Zweifel selbst, der aus des Künstlers Seele aufgestiegen war.

Schaudernd wich der Meister seinem Geschöpf, sein Fuß trat hinter sich ins Leere, seine Sinne verschlossen sich.

Wie der Wind fast ohne Aufhör die auf hohem Granitriff erbaute Kirche umspürte, so verlungerte auch der Ägid seine Zeit und Turm und Grabgehöft. Oft saß er baumelden Beines auf der Friedhofsmauer, oft lauerte er, wenn der Glöckner ins Dämmerläuten ging, und fürchtete, die Begegnung des streitbaren Pfarrherrn nicht. Das Ansehen, das er sich im Dorf durch seine Weltflutschilderungen erworben, steigerte sich noch durch seinen steten Aufenthalt beim Gotteshaus. Die Leute schwuren auf ihn. In die entlegensten Berghütten hatte er seine Saat gesät und Zweifler zu erbitterten

Eiferern bekehrt, die jeden niedergeschlagen hätten, der den Flutglauben belächelt hätte.

Der Pfarrer hatte lange geschwankt, ob er gegen den Schwärmer auftreten solle, schließlich gönnte er es den Thomasödern, dass sie in solche Todesfurcht versetzt wurden, denn er betrachtete sie als Feinde und Quäler, die sich gegen ihn verschworen hätten. Hatte ihm doch erst jüngst ein Elender mit dem Aas eines Hundes den Hausbrunn verseucht!

Also blieb der Ägid unbehelligt, wenn er seine Kreise um die Kirche zog.

Dies Haus zog ihn mächtig an, nicht nur, weil er darin die leibliche Nähe Gottes glaubte, sondern weil auch dort der vergoldete Predigtstuhl mit dem Himmelsdach prunkte, darauf die Englein ritten. Nur einmal auf einer wirklichen Kanzel stehen dürfen! Nur ein einzig Mal herabdonnern können, wenn auch nur die leeren Stühle lauschten!

Er hatte das Predigen an allerhand Orten schon versucht, auf Straßen, in öden Kapellen, in Wirtshäusern und Scheunen. Aber wie müsste einem die Zunge klingen, wenn man da drin an der Kanzelbrüstung unter der Taube, die den Heiligen Geist vertrat, lehren dürfte! Über dem posaunenden Engel! –

Wieder hatte er in der Nacht die lockende Stätte aufgesucht. Schwarz und wesenlos wie ein Geisterhaus dunkelte die Kirche. Dem Mond schien vor ihr zu grauen, und er verkroch sich hinter einer weitgedehnten Wolke.

Wie das Blech an den Grabkreuzen klingelte! Wie es dann und wann aufraschelte, als wolle einer etwas flüstern! Der Ägid erbebte vor dem Rauschen seiner Kutte, vor dem eigenen Atem.

In dem Bogenfenster flackerte es, es war das Ewige Licht. Aber noch ein anderes, gelbes Leuchten hellte drin. Den Ägid durchgruselte es. Ist heute eine Geistermette, wo die toten Pfarrherren Kelch und Hostie heben?

Er sah sich um, ob nicht einer im Leilach auf einem Grabstein reite und ihm dräue, von frevler Begehr zu lassen. Er ging auf den Zehen. Es ist nicht gut, hier jemand aus dem Schlaf zu wecken. Drinnen in der Kirche wäre man vielleicht sicherer vor dem Grabgesindel. Oh, nur ein einzig Mal auf der Kanzel predigen dürfen! Oh, nur einmal sollte das Tor offen bleiben über die Nacht!

Zagend und ohne Hoffnung – zu oft schon war er enttäuscht worden – drückte er die Torschnalle nieder. Doch, o du Herrgottswunder, das Tor knarrte auf, mit langgezogenem Ton riefen die Angeln in die Kirche hinein.

Vom Gerüst blickte eine verlassene Laterne nieder. Kein Mensch drinnen. Der vergoldete Posauner funkelte aus dem Halbdunkel.

Da huschte der Ägid wie eine mausende Eule hinein.

Der Hochaltar drohte aus der Finsternis, wuchtig und breit, wie der Pfarrer selbst. Und die seltsamen Tierbilder an den Wänden! Und der Heilige mit dem Spieß! Wie ein bewaffneter Wächter reckte er sich.

Dem Eindringling aber bangte nicht, hastig trippelten seine Füße unter der Kutte dahin. Da stieß er an einen weichen Körper.

Es war der fremde Maler. War er tot? Sein Gesicht war weiß und still.

Der Ägid strebte weiter, die Kanzel glänzte gar so nahe. Jetzt tastete er die Staffeln aufwärts, jetzt fühlte er die Brüstung, jetzt stand er oben und sah hinab in das Schiff, wo die Schatten ihr wankendes Spiel trieben, und begann seine Predigt.

Flüsternd kündete er zunächst die Vorzeichen der Flut, die Sünden der Menschheit, den warnenden Stern, dann schwoll seine Rede und rief die Wasser aus den Wolken und den Höhlen und füllte endlich mit rasendem Geschrei den Raum. –

Rochus steckte unruhig den Schädel in die Nacht hinaus. Am Dorfplatz war es still, die Sterne glommen, der Mond lag bleich an dem Schulhaus. Sonderbar sprudelte der Röhrbrunn.

Weit droben auf der Fuchswiese eines Nachtjägers verrollender Schuss ... quarrende Wiesenlaute ... und nun Stille.

Und doch nicht!

Spricht nicht irgendwo eine Stimme? Lange und ohne Unterbrechung? So fließend kann in Thomasöd nur der Pfarrer reden. Streitet er mit seinem Sohn? Aber es entgegnet ihm keiner. Unheimlich tönte diese Stimme, die keine Antwort verlangte, die an das Nichts gerichtet schien. Und jetzt wuchs sie zum röhrenden Gebrüll.

Der Rochus erkannte, dass es von der Kirche kam. Er weckte sein Weib, im Gotteshaus gehe es um.

»Es ist nit recht, dass das viele Vieh auf die Mauern gemalt worden ist«, flüsterte sie erschrocken, »vielleicht reibt es jetzt der ledige Teufel herunter.«

»Bärin, ich glaub', der Maler ist droben«, raunte er.

»Wir können ihm nit helfen, Bär. Er hätte rechtschaffene Herrgötter und Heilige malen sollen. Jetzt ist es zu spät.«

»Wir müssen dennoch hinaufschauen, Weib.«

»Wenn dir an deiner Seele so wenig liegt, so geh zu. Ich bleib.«

Da tappte der Bär ins Weihkesslein, besprengte sich emsig und nahm auch einen Ochsenziemer mit, falls etwa der Leibhaftige handgreiflich würde.

Als er vorm Schulhaus vorbei wollte, öffnete sich ein Fenster.

»Sind Sie es, Rochus? Hören Sie das Geschrei?«

»Oben in der Kirche weiht es an, Schulmeister. Wenn der Maler nur den Hals nit schon umgedreht hat!«

»Um Himmels willen, was wird geschehen sein? Warten Sie, ich gehe mit!«

Eine Laterne vor die Brust gebunden, trat der Lehrer aus dem Haus, und sie rannten den Kirchhübel hinan. Der Lärm ward immer geller.

Vor dem Tore zögerten sie und horchten.

Drinnen blökte und plärrte und röchelte es wie Schreien ertrinkenden Viehes, und hernach murrte es tief und stark, als hübe Gottvaters Bass selber an. »Wistahe, Komet!«

Jetzt erkannten die Männer die Weise des Ägid und stießen das Tor auf. Sofort verstummte die Predigt.

Im gelben Schein einer Laterne, die lächerlich gegen den Mond anstritt, vor dem Gerüst lag ein ohnmächtiger Mensch.

Verschämt wie eine Kranzeljungfer kam der Gregor in die Försterei, er wisse nun bestimmt, dass er der Gregorius Haberkorn sei, und forderte, seine Urkunde vorweisend, den Jäger auf, ihm das Haus zu räumen. Der verbat sich mit strengem Wort solche Streiche und zeigte die Tür.

Als nun aber der Gregor draußen vor dem Zaune stand, traurig wie ein ausgeraubter Opferstock, da erbarmte sich der Förster seiner. Er nahm den starken, gutwilligen Menschen zu sich, schnallte ihm einen alten Hirschfänger um, steckte ihm einen kecken Birkhahnstoß ins Hütel und jagte den früheren Knecht, der vor lauter Sündflutangst nimmer zugriff, zum Kuckuck.

Also freute sich der Gregor nun eines festen Obdachs und der schmucken Waffe und der Hahnenfeder und trug, dem Ziel sich nahe wähnend, das Haupt hochgemut in dieser Zeit allgemeiner Betrübnis. –

Die Tage waren schön, selten nur rückte ein Wölklein über den Himmel, Regen sank nur so viel nieder, als für den Feldwuchs nötig war, und an den Bergen hing, beständiges Wetter verbürgend, des Heerrauches weißgraulicher Fernenschleier. Doch der Glaube an die Flut versiegte nicht.

Eintönig und rastlos scholl der Beilschlag, darunter Kleos Arche wuchs.

Wohl ruhte schon das Floß, Stamm an Stamm, vor seinem Garten, wohl hatte er schon den Dachstuhl des Häusels gezimmert, das er auf das Fahrzeug setzen wollte, aber seine Lust daran war verringert, sorgenvoller verlor sich sein Blick ins eigene Herz. So war er seit jener Stunde, da ihm der Thomas gesagt hatte, er müsse ein Stammvater werden.

Nach langem Nachdenken war der Archenmann von seiner Verantwortung gegenüber den künftigen Menschen durchdrungen. Nur das verstörte ihn, dass er seines Vaters Lehren nun in den Wind schlagen sollte. Denn oft und oft hatte dieser ihn gewarnt: »Bub, hüt' dich, das Weib ist eine Mausfalle!«

Und jetzt sollte er hochzeiten, wo er sich bereits in seine Einschichtigkeit gefunden? Niemand versauert ihm das Leben, niemand redet ihm ins Gewissen, gibt ihm Schandnamen und hechelt ihn, wenn er sich einmal im Wirtshaus versäumt.

Bub, hüt' dich, ein böses Weib ist ärger als ein Wetter am Himmel!

Und wenn sie nun ruhig ist und ihn nicht plagt mit lästiger Streiterei, – wird sie auch die Nase nicht zu hoch tragen, wird sie sein geringes Gütlein nicht schmälern und gefährden durch Putz und Schleckermaul?

Bub, hüt' dich, Krähen und Weiber nisten gern hoch!

Und dann – er musste oft tagelang in anderen Dörfern zimmern und Pumpen in die Brunnen setzen, tagelang konnte er nicht zu Hause zu dem Rechten schauen. Wird ihre eheliche Treue auch standhaft sein?

Bub, hüt' dich, Weiber und Füchse haben siebzigerlei List!

Aber wenn der Kleo daran dachte, dass er so mutterkindallein auf den Wellen werde fahren müssen und die ungeborenen Menschen jenseits der Sündflut dringlich nach seiner Vaterschaft begehren, so vergaß er aller Mahnungen, die sein Erzeuger einst an ihn gerichtet hatte, und sein Entschluss ward fester, nach altherkömmlicher Sitte beim Kammerfenster um eine Schöne anzusprechen.

Er wusste schon ungefähr, wohin er sich wenden könne. Eine Jungfer gesetzteren Alters sollte es sein, keine mit grünem Schnabel. Und sobald wie möglich sollten sie getraut werden. –

Mondhell starrte einst die Stille in den gestümen Wipfeln, selten blättelte ein schwüles Lüftlein im Vogelbeerbaum. Da schlich der Kleo auf die Freite.

Er, der den Seesieg bei Lissa hatte mitgewinnen helfen, er fühlte ein kindisches Zagen. Sein Lebtag hatte er Reißaus genommen, wenn sich ein Weiberkittel blicken ließ, denn er wusste, dass er in der Verliebtheit ungeschickt war wie ein balzender Waldkauz.

Der Mond fensterlte bei den schönsten Dorfdirnen, die Fledermäuse flogen, und der Kleo birschte sich durch stockfinsteres Gehölz an die Jägerei heran, deren Fenster gleich blauen Mondspiegeln das Haus zur Märchenburg erhoben.

Das große Hirschgeweih an der Wand spießte schwarz in die Luft. Eine Bracke knurrte und bellte kurz wie im Traum. Mondweiß die Wiesen.

Der Kleo entriegelte das Zauntürlein und stieg über Aurikeln und Stiefmütterchen hinweg zum Fenster, wo er verhaltenen Atems rastete. Nach Jahren stand er wieder einmal vor einer Mädchenkammer.

Das Mondlicht brandete über die Wälder, und sie traumredeten, und ein Röhrbrunn raunte seine wundersamen, süß-schauerlichen Nachtgesänge. Die Erde veratmete ihre Wärme den silbernen Lüften. Ein Vöglein erwachte vor dem Mondschein und hatte etwas leise und vertraulich zu schwätzen und schlief wieder ein.

Die Kammer war vergittert. Losen Nachtvögeln wäre sonst der Einflug gar zu leicht worden.

Der Archenmann drückte das Gesicht hart an die Scheiben, gar zu gern hätte er ein Stück von ihr erspäht, die drinnen schlief und nicht ahnte, dass sie zur Menschheitsmutter, zur zweiten Eva erkoren war.

Eine alte Fensterlweisheit fiel ihm ein: Wenn sie den Fuß außer dem Bett hat, ist sie leicht zu wecken.

Freudmütig sah er drin im Dunkel etwas Lichtes aus der Bettstatt schimmern, und in seinem Herzen, das allsonst den Schlag einer urbehäbigen Altväteruhr hatte, schnurrte das Räderwerk so unbändig schnell, dass er fürchtete, das Herz würde alle Schläge, die es im Leben noch zu pochen habe, jetzt in diesem Stündlein auf einmal abschnurren.

Alles schläft im Haus, der Jager liegt bei der Jagerin, niemand belauscht den Kleo.

So klopfte er denn heimlich an die Scheibe, und das Bein des Mädchens drinnen zuckte und zog sich zurück.

Der Kämpfer von Lissa erschrak, aber er ermannte sich. »Kathel, mach auf!«, flehte er. Sie rührte sich nicht.

Da murmelte er sein Sprüchlein:

»Was bist denn heunt gar so stolz?
Ist dein Bettstatt nit von Holz?
Oder gar mit Silber b'schlagen,
Weil du tust kein Wörtel sagen?«

Jetzt erhob sie sich drinnen und kam im Hemd und schlaftrunken zum Fenster. Herrgott, hatte die ein Paar Arme! Wie Keulen waren sie, rund und kräftig. Das wird eine Menschheitsgebärerin werden!

»Bist du es?«, fragte sie.

»Freilich bin ich es«, murmelte er. Er konnte es mit gutem Gewissen sagen.

»Aus dem besten Schlaf hast du mich gerissen, du nixnutziger Bub. Die Augenlider bring' ich noch gar nit in die Höhe.«

Sie langte durchs Gitter und tat den Fensterflügel auf, der blinkende Mond drehte sich darin.

»Steck den Kopf durchs Fensterkreuz!«, gebot sie.

»Das ist eine Heiße, die geht scharf ins Zeug!«, frohlockte es in dem Kleo.

Sein Schädel war groß und das Gitter eng. Mit knapper Not brachte er den Kopf durch, und da ihm dies gelungen war, packte ihn eine niegekannte Waghalsigkeit, und er tappte nach der Jungfer, die am Fensterbrett saß. War das ein vollbrüstiges und starkschenkliges Mensch!

Und auf einmal fühlte er einen Augenblick himmelsgut einen warmen Mund auf seinem Schnauzbart, nur einen Augenblick, denn die Dirn sprang mit unterdrücktem Zornschrei vom Fenster.

»Du Hallodri, du bist ja ein anderer!«

»Pst, Eva«, beschwichtigte er, »der Jager kommt auf, die Hunde werden rebellisch!«

»Ich heiße nit Eva«, erwiderte sie, »und gleich sagst du mir, wer du bist!«

»Der Kleo bin ich, kennst du mich nit? Und heiraten möchte ich.«

Dies Wort machte die Kathel kirr, aber sie misstraute noch.

»Heiraten willst du mich? Das hat noch ein jeder versprochen.«

»Ich lüg' nit, ich brauch' ein braves Weib und –.«

Sollte er sie einweihen, welch weltbedeutende Aufgabe ihr zugedacht war? Er schwieg vorläufig noch.

»So redet ein jeder«, sagte sie schnippisch. »Erst kennt ihr Mannsbilder euch nit aus vor lauter fressender Liebe, und hernach kommt ihr darauf, dass eine andere Mutter auch ein schönes Kind hat.«

»Ich bin aber aufrichtig«, schwur er, »am Sonntag, wenn es dir recht ist, muss uns der Pfarrer als Brautleute verkünden.«

Wieder fühlte er die warme, furchtbar angenehme Belohnung auf seinem Bart.

»Hörst, Kathel, überlegen musst du dir es auch! Mein Handwerk bringt nit viel ein. Hölzerne Arbeit, hölzernes Brot!«

Sie aber drückte seinen Kopf an den gewaltigen Busen, dass ihm vor Wohlsein Hören und Sehen verging.

»O mein allerliebster Tischler, ich hab' es mir schon überlegt. Jetzt mach' uns nur ein schönes Himmelbett und mal' uns rote Röserln drauf –.«

Mitten in ihrem Wunsch floh sie und verkroch sich ins Bett. Der Kleo aber fühlte sich hinten derb gepackt, und als er den Kopf aus dem Gitter ziehen wollte, stak dieser fest wie in einem Schraubstock.

»Mit der Eisensäge wird man mich herausschneiden müssen«, dachte der Gefangene, und blitzartig tauchte in ihm ein Kindheitserlebnis auf, wie er einmal seiner Mutter einen Steinguttopf vom Markt heimgetragen hatte, wie er diesen im Leichtsinn auf den Kopf gesetzt und hernach nicht mehr heruntergebracht hatte, so dass der Hafen ihm am Kopf hatte zerschlagen werden müssen. Damals hatte ihn der Vater ausgiebig durchgewalkt.

Und jetzt drosch wieder eine gesunde Faust auf ihn los, und genau so holzhart und kantig war sie wie die seines Vaters, Gott hab' ihn selig.

Eine linde Rührung fasste den Archenmann, geduldig und lautlos ließ er alles über sich ergehen. Er empfand die Prügel fast wie eine Salbung für sein künftiges, bedeutsames Amt. Auch schienen sie ihm eine fromme Sühne, dass er seines Vaters Warnungen nimmer würdigte, und ihm war, der Alte stünde selber hinter ihm und bläue und staube ihm das Leder aus wie voreinst, da das Büblein den irdenen Hut getragen.

Endlich ermüdete der Unsichtbare an der Ergebenheit und Ruhe des Archenmannes und zog sich zurück. Langsam befreite der Kleo sein Haupt.

»Lebst du noch?«, klagte sie vom Bett herüber. »Schwarz und grün muss er dich gehaut haben.«

Er aber wünschte ihr wohlgemut eine geruhsame Nacht und trollte heimzu, höchst zufrieden, auf so glimpfliche Art aller ferneren Abenteuer enthoben zu sein.

»Marx«, sagte die Wulschin, »immer hab' ich geschwiegen, heut' aber muss ich reden.«

Er saß am Tisch ihr gegenüber und drehte schweigend den gelben Fingerring, darein Pflugschar und Sense gegraben waren.

»Die Vroni, die im Herbst bei uns Dirn gewesen ist, hat ein Kind gekriegt«, fuhr sie traurig fort.

»Bin vielleicht ich der Urheber?«, fragte er rau. »Die Dirn behauptet es.«

»Vor das Gericht muss sie! Verleumden lass ich mich nit«, rief er, doch war seine Entrüstung kraftlos und erkünstelt.

»Die Dirn will Zeugen anführen, Bauer.«

»Aufgehetzt hat dich jemand gegen mich, Weib!«

»Mich kann niemand aufhetzen. Aber der Pfarrer hat gemeint, ich soll dir zureden, dass du als der größte Bauer von Thomasöd ein besseres Beispiel geben sollst.«

»Der Pfaff!« Dies Wort war wie ein Pfiff. »Allweil der Pfaff! Auf seinem eigenen Mist soll er kratzen, er hat selber seine fleischgewordene Sünde im Haus.«

»Dem Pfarrer ist es zu verzeihen, er ist ein junger Mensch gewesen – damals. Aber du bist ein verheirateter Mann, du hast nie an dein Weib gedacht – und an dein Kind –«

Der Groll vieler bitterer Jahre redete aus ihr.

Er aber schnellte empor.

»Red' nit von dem Kind! Allweil kümmerst du dich um das Geschwätz von alten Weibern und Kutten. Hättest du lieber auf das Annerl geschaut, es könnte noch leben!«

»Den Vorwurf verdien' ich nit«, rief sie wild, »aber du treibst es immer schändlicher. Und das verbiet' ich dir!«

»Aufbegehren willst du, Weib? Ist das der Dank, dass ich deinen Bettelsack geheiratet hab'? Mit leerer Truhe bist du zu mir kommen, ich hab' dich erst gewanden müssen.«

»Ich verbiet' es dir! Und wenn du dich noch einmal vergisst, so geh' ich davon.«

Da ward er fahl im Gesicht.

»Du Vieh!«, schrie er und traf sie mit der Faust, mit dem Messingring auf die Stirn, auf die Wangen. Blind schlug er hin. »Du Vieh!«

Mit blutiger Stirn stand sie vor ihm. Keine Faser hatte in ihr gezuckt zur Abwehr, keinen Schmerzlaut hatte sie ausgestoßen, keinen Arm gehoben, den schändenden Schlag ins Gesicht zu hindern. Nun kehrte sie sich und ging.

Der Bauer wollte ihr nach. Sie geht vielleicht davon vom Hof, das wäre ein großer Schaden. Denn das Weib ist voll Fleiß, sie hat den Arm kräftig und den Willen, und das Gesinde hält sie straff im Zaum. Aber wohin wollte sie gehen? Sie hat keine Verwandten mehr, hat keine Freundschaft gepflegt, sie war mehr ein Mensch für sich … Wenn sie aber in den Brunnen spränge? Der Brunnen ist tief.

Den Bauer durchschauerte es. Dann aber lümmelte er sich wieder auf den Tisch hin, die Schläfen in die Fäuste stemmend.

Wenn jetzt ein Unglück geschieht, so ist der Wenzel Rebhahn schuld, der Schürger, der Zwischenträger! Immer wieder kreuzt er seinen Weg.

Wenn dieser Mensch nur einmal von Thomasöd fort wäre! Gibt es denn kein Mittel, ihn zu vertreiben? Oder wenn er stürbe! Könnte ein Gedanke morden, der Wulsch hätte ihm einen geschickt, blitzend und scharf wie die Klinge, die am Tische lag.

Und der Bauer nahm das Messer und stach es in den Brotlaib vor sich wie in einen Menschen und starrte dann hin, als müsse Blut herausquellen.

Dumpf und selbstvergessen saß er dann wieder und schnitzte mit dem Messer in den Tisch, und als er aus der Dumpfheit auffuhr, sah er, dass er den Namen seines toten Kindes in das Holz gegraben hatte. Wild fraß noch einmal das Leid um das Annerl an ihm, er legte den Kopf auf die Fäuste und schluchzte hässlich. Dann aber schnitt und schabte er das Wort mit einem Eifer weg, als wolle er es auch aus seiner Seele löschen, und in dem schönen, ebenen Tisch ward eine Grube.

Müd und taumelnd erhob er sich, nachschauen ging er, zuerst zum Brunnen.

Sie lag nicht unten. Leer stierte der schwarze Spiegel aus dem Schacht herauf.

Er fand sie im Stall auf einem Bänklein sitzen, das Gesicht vergraben in den Händen.

»Mach keine Dummheiten, Bäuerin, und geh' in die Stube!«

Als sie sich nicht rührte, griff er nach ihr, sie aus dem Stall zu zerren. Sie aber ließ die Hände vom Haupt sinken und wies ihm das graue, entstellte Gesicht.

»Ich bin dir ein Vieh, Bauer, drum bleib' ich im Stall.«

Und vor dem hellen Blutfleck auf ihrer Stirn wich er zurück.

Nach langer Bewusstlosigkeit erwachte der Geist des Künstlers wieder und entlud sich in grassen, fiebernden Träumen, darin Schlangen über hohe Wipfel hinausringelten und mit Geiferzungen gegen die Sterne zischten und darin die Fabeltiere seiner Schöpfung in grauenhafter Verzerrung und Wildheit hausten.

Seine kräftige Jugend aber half ihm. Seltener wurden die abgerissenen Worte seines Schlafes, die tollen Gesichte blieben aus, statt ihrer tauchten aus des Schlummers Flut milde Träume wie Nixenblumen und wiegten ihre liebseligen Häupter.

Im Traume sah er sich in den Wäldern des Himmels, zierliche Flügelrehe tänzelten daher, Heiligenflämmchen über den Stirnen, und ästen aus der Lieben Fraue Hand. Und als er aus dem Traume nach toten Tagen zum ersten Mal wieder klar und bewusst die Augen aufschlug, sah er diese holde Hand sich scheu von seiner flüchten, auf der sie geruht. Verwundert fand er sich in verhängter Krankenstube, sah er die lieblichste Pflegerin zu seinen Häupten. Er fragte nicht und fühlte sich wunderwohl in dem Bett, als wäre es eine weiße Wolke, die ihn wieder nach den Wäldern des Himmels zurückhöbe.

Als dann die zarten Tage des Gesundens kamen, las ihm Hertha des Hochwalddichters Buch vor, dies Buch voll verhaltenster, bezwungenster Leidenschaft und Entsagung, die Buch der stillsten Stille. An dieses Werkes Klarhait klärte sich wieder des Malers Seele und blühte in Zuversicht und Freude hinein.

So fand ihn die Stunde, wo er wieder vor seine Schöpfung trat. Er sah sie prangen in herber Eigenkraft und Schönheit, rein und gotteswürdig, und jener Fiebernächte Zweifel waren zerflattert.

Und eines Morgens besuchten Hertha und der Genesende des Hochwalddichters Heimat.

Sie fuhren auf dem Fluss, der so dunkel war, weil er lange die Schatten großer Wälder getragen, weil ihn dunkle, schmerzlich einsame Moore entlassen hatten.

Auf grauem Felsblock lagerten sie, hoch über dem sonnigen Flecken, wo sie weit in die Gefilde der Moldaujugend schauen konnten. Im Tale ruhten die ebenen Auen sehnsüchtig-einsam, und in verschlängeltem Irrweg säumte der Fluss. Die Berge des Plöckensteins und der Hochficht waren voll dunkler, geheimer Trauer. Selbst der lichte Glanz der Sonne war hier Schwermut.

Im nahen Kranwitbusch räusperte sich ein Vöglein und begann wehmütiglich zu singen. Oben am Himmel, weit noch über dem Brautzug rosigen und weißen Gewölkes, schwebte eine feinste, höchste Wolke wie eine Seele, von der die Welt gesunken.

Aber Bannholzer schaute in des lichtsüßen Weibes Augen wie in braune Waldquellen, schaute das überaus holde Lächeln an ihrem Mund, und ein Wunder legte ihm jäh die Hand auf die Stirne.

Die Moldau ruhte im Tal und rührte sich nicht.

Weit entrückt waren die beiden Menschen, und die Erde schien ihnen wie einer Harfe fernes, köstliches Nachzittern.

Als der Abend anglitt, führte sie der Wagen wieder dem Hochdorfe zu. Einsame Stimmen stiegen je und je von den Einöden auf. Ein Dorfgläut rief das andere wach, die Dachglöcklein versunkener Waldhöfe rührten sich und verbebten über verschleierte Triften und Wälder.

Mählich gingen die Gestirne auf.

An wiesenverlornen Weilern vorüber reisten sie, durch eingeschlafene Dörfer und durch Wälder, deren scharfumrissene Wipfel wundersam klangen hoch oben in der Nacht.

Laue Windwellen spülten milden Weihrauch aus dem Tann.

Über rabenschwarzen Bergbuckeln wob Sternlicht, und hin und wieder zitterte ein irdisch Flämmlein aus der Au.

Die Nacht hatte alle Sterne versammelt, und es war ein Prunk am Himmel wie in einem blühenden Baum. Aus dem Fernsten graute die gewaltige Ader der Unendlichkeit.

Den Blick schauernd in den Weltraum getaucht, saß er Maler, und dann wieder die traute Erde fühlend und die Nähe der Geliebten. So fuhren sie heimwärts, Beseligte auch ohne Wort und Kuss.

Aber die Heidelerche war die süße Raserei der Nacht, und ihr Lied schwelgte wundersam über den Wäldern.

Auf dem Brillenhof ging es zu, als ob es keinen Tod und kein Ende gäbe, der Sepp war ganz wild in die Arbeit verwühlt, und mit ihm wetteiferte der Alte, der keine Brillen mehr tragen und kein Buch mehr lesen wollte.

Wie lustig war es jetzt zur Heuzeit, wenn Vater und Sohn abends die Sensen dengelten und der metallene Widerklang vom Walde scholl, als rüste dort ein menschenholder Geist ebenfalls die Klinge, morgen bei der Mahd zu helfen. Und während die meisten Bauern zögerten, da ja alles umsonst und der Komet in wenigen Tagen da sei, schaffte der Amerikaner noch im Mondschein auf der Wiese und mähte mit taubeträufter Sense wacker darein, ob auch mancher Nachtwanderer ihn anrief: »Narr, deine Arbeit ist fruchtlos, der ewige Regen kommt!«

Es hatte aber kein rechtes Hersehen auf nasses Wetter, die Tage wurden immer blauer und schienen der Wolke ganz vergessen zu haben.

Um den Sonntag, der in der Werkwoche blüht wie eine schöne, müßige Blume im braven Nutzgärtlein, kümmerte sich der Amerikaner nicht. Wenn die anderen feierten, wendete er das Heu, dass es grausilbern ward in der Sonne, schoberte es und gabelte es auf den Wagen.

Der Pfarrer schickte ihm darum die Botschaft, dass es hierzulande üblich sei, den Gottestag zu heiligen. Der Sepp aber erwiderte, jetzt vorläufig müsse er jeden Tag arbeiten. Schließlich könne man ihm zu keiner Zeit sein Recht an der Arbeit verkümmern, und die reine Arbeit schände auch den höchsten Feiertag im Jahre nicht. Kein freies Geschöpf mache einen Unterschied in der Zeit, die Biene sammle zu jeder günstigen Stunde, der Sperber jage, die Schwalbe baue, wenn der Trieb es fordere. Ruhen solle nur der Müde. Ihm, dem Sepp, sei die Arbeit eine Feierlichkeit, ein Gottesdienst worden.

Dennoch liebte er dann und wann verweilende Rast. Dann berichtete er dem Vater von seinen Fahrten im Wildwest, wie er im

Urwald die Eisenbahn bauen geholfen, wie dort die Maschinen mit Ketten an die Baumstümpfe gespannt wurden und gleich Gäulen sie herausziehen musste. Und weiter erzählte er von roten und schwarzen Menschen, von Bären, Stinkkatzen und bissigen Gelsen, von Städten, die aus lauter Türmen beständen, und von Eisenwerken, unter deren Donner er allweil das liebe, heimatliche Läuten eines Dengelhämmerleins zu hören geglaubt hatte, so dass eine arge Sehnsucht über ihn hergefallen war, noch einmal die schlanke Olsch rinnen und den Wind wühlen zu sehen im blauen Flachs.

Oft lockten Vater und Sohn den Strix, das heimatlose Tier. Traurig miaute es in der Kartoffelfurche, aber es ließ sich nicht kirren. Ein Heger hatte ihm ein Bein abgeschossen, eben als es ein Rebhuhnnest geplündert hatte. Seither nahm im Dorf die Scheu vor dem Kater noch zu, zumal sich die Thomasöder jedes dreibeinige Tier als Behausung des Gottseibeiuns dachten. –

Manchmal nach Stunden schwerer Arbeit stieg der Sepp auf den Wolfsruck hinauf. Der Waldboden dröhnte unter seiner Ferse. Im Neulaub schwelgten die Buchen, und der Ammer tönte und der schrille Specht.

Den Hohlweg durchs Gehölz, die heidkrautverbrämten Flurpfade wandelte er, der Wald spreitete ihm den Moosmantel hin, und er ruhte auf der Hochheide, wo der Urstein grau und fremdartig mitten aus dem Rispengezitter und den roten Struppköpfen der Klees bleckte. Aus vermoosten Einbäumen schlüfte er berglauteren Trank, des Tannes Geraun atmete er und die im Grün verborgenen Lieder.

Wie des Geiers wildes Gepfeif in der Einsamkeit scholl! Wie die Berge der Jugend treu und ehrwürdig ragten!

Ferne Kirchtürme spähten über die Forste, im Süden blaute der Langenbrucker Teich, geruhig verträumte sich unten das Dorf mit seinen weißleuchtenden Mauern, mit rotem Dachwerk und silbrigen Schindeln.

Tausend Erinnerungen weihten ihm dies Land zum Märchen. Und er sah nach den hohen, wankender Wipfeln, die einst, als er ein Kind gewesen, noch mit der goldenen Königskerze und den purpurnen Weidenröschen um die Wette gewachsen waren.

O neues Glück im Land der Jugend! O Böhmerwald, lauschende Amselheimat, dich hat der Herrgott gern! –

Abends einst, als die Sonne feurig verging, suchte er das graue Granitgeröll einer Steinmauer auf, darauf er als Knabe manch silbernes Schlangenhemd gefunden hatte.

Dies Geröll erstreckte sich zwischen Forst und Feld und war teils wie nach dem Richtmaß gefügt, teils wirr übereinander geworfen, als hätten uralte Völker hastig einen Wall aufgeworfen gegen nachjagende Feinde. Auf dem Wall wucherten Heidelbeeren und Dörner, rote Näglein und Buchengestrüpp; Eberesche und Ahorn bäumten sich, und manch blaues Blumenglockenspiel ging im Wind.

Und zu dem traumessäumigen Mann kam, die Steinmauer entlang, eine Dirn, baumfrisch und die Augen blau wie eine blühende Hollerstaude, auf der Brust die Feuersbrunst eines Nelkenstraußes.

»Grüß dich Gott wieder daheim, Sepp!«

»Wer bist denn du, Dirn, mit den brennroten Näglein?«

»Kennst mich denn nimmer, das Lorei vom Himmelreich?«

Und eine Abendamsel gab ihre Künste preis und schmachtete sich das Herz aus dem Leib, und ihr Flöten und Schleifen war süße Lockung: »Flieg ins Nest, Schätzel, ruck zu mir ins Bett!«

Die Braut trug ein zierliches Tugendkränzel, und der Kleo hatte den Zupfgeiger gedungen, dass er zu seiner Hochzeit juchze. Niemand sonst hatte dies Amt übernehmen wollen, denn die Thomasöder ärgerten sich, dass das Paar sich vom Pfarrer trauen ließ.

Sie hätten am liebsten keine Toten mehr von ihrem Seelsorger segnen lassen und geheiratet wie die Zigeuner, die dreimal um den Kranwitstrauch herumrennen, wenn sie Eheleute werden wollen.

Der Groll gegen Wenzel Rebhahn war so tief, dass sie sogar eine Gesandtschaft zum Bischof schickten.

Der Achaz und seine Freunde bückten sich tief vor dem geblähten Kammerdiener, der sie vor den Bischof führte.

Leutselig lächelnd nahm dieser ihre Klagen über den Pfarrer hin, er ließ sie reden von dessen Geiz, von dem freisinnigen Sohn, von der Beschimpfung der Gemeindemitglieder und von der Schattenhauserin, die sich verbrannt habe, weil dieser Priester ihre Beichte nicht hören wollen hätte. Inständig baten sie den hohen Herrn, er möge den Wenzel Rebhahn in einen anderen Ort versetzen, aber bald, noch vor dem Weltuntergang, auf dass sie mit einem besseren Geistlichen ins Jenseits führen, und als neuen Seelsorger wollten sie den Pater Norbert Rab haben, und wenn man ihre Wünsche nicht erfülle, so würden sie leben wie die Heiden und die Lutheraner.

Darauf hatte der freundliche Bischof lächelnd erwidert, mit dem Weltuntergang sei es nicht so eilig, aber den Pfarrer könne er nicht weggeben. Der Herr Rebhahn sei schon ein alter Herr, dem dürfe man dies nicht antun, zumal er auch ein tüchtiger Priester sei. Die Schuld liege vielleicht zum Teil auf Seiten der Pfarrkinder, sie sollen sich ein bisschen fügen, und der Streit werde sich wieder legen.

Damit waren die Bauern entlassen.

In der »Blauen Droschel« fanden sich nun des Pfarrers Feinde häufig zusammen und tuschelten und verschworen sich. Der Achaz Rab war ihr Rädelsführer.

Der Achaz dachte nicht mehr an sein irdisch Gut, er knirschte nur ob des verlorenen Heiles seiner Seele. Denn immer wurzelgewaltiger ward in ihm der Glaube an den Antichrist in seinem Hause. Dass dieser Säugling sich friedlich hatte taufen lassen, dass er noch in den Windeln winselte, indes das Jüngste Gericht schon herangrollte, dies beirrte den Bauern nicht. War er doch gewiss, dass der Unselige in letzter Stunde noch zum Riesen emporschnellen und die Welt verführen werde mit seinen gleißenden Wundern. –

Der Archenkleo war also beweibt. Am Abend seines Hochzeitstages umwölkte es sich und begann zu tröpfeln. Da regte sich frohe Hoffnung in seiner Brust, obgleich die Sündflut erst in der nächsten Woche kommen sollte.

»Du wirst es sehen, das ist der Anfang«, behauptete er gläubig zu seiner Ehetrauten.

Noch einmal prüfte er die Festigkeit der Arche, die bereits vollendet war. Dann legten sich die beiden unters Dach ins Heu und lauschten umschlungen dem süßen Klopfen und Knistern des Regens.

Doch war es nur schüchternster Sommerregen, der im Sonnenschein versprüht und verdunstet, ehe er die Erde erreicht, und am andern Tage streckten sich die Sonnenstrahlen wieder wie helle Ruderstangen aus den schwimmenden Wolken, – und der Regen schwieg.

Auf einsamen Wegen sammelte sich des Künstlers Seele wieder in sich selber. Einsam wanderte er, seinen Gott zu suchen.

Aufwärts klomm er in die Bergwolken hinein, er sah die Waldwand gestriemt von den grauen, elfenflüchtigen Schwaden, sah das Gebirge siegreich wieder sein Haupt aus den Nebeln heben.

Inne ward er der Schönheit der ziehenden, geschwungenen Pflugfurche, der Schönheit eines ruhenden Stieres, dessen Rückgrat in seiner Kraft dem Kamm eines Gebirges ähnelt. Aus verdämmerter Göttersage schien ihm der Bauer getaucht, der am Saume eines Hügels senste, hinter sich die große Unendlichkeit.

Er ahnte die Erhabenheit, die an jedem Geschöpf haftet; das Schweigen, damit sich jedes so gewaltig verschloss der ganzen Welt, rang ihm Ehrfurcht ab.

Die Einförmigkeit der Wälder erfasste ihn tief und die Hochtalwildnis, darin es still war wie in der ewigen Ruhe.

Am Holzschlag entzündeten sich die Glutinseln schlanker Weidenröschen, schillernde Wipfellieder rieselten über die Stille, und die flüchtige Natter glitt silbern durchs Gras.

Und wie märchengrün war der Abendbrand des Himmels, wie groß und schauerlich kroch die Dämmerung im Osten auf! Wie geisternd vergraute das Waldinnere! Und diese gestirnten Nächte! Der Sternensaum der Ewigkeit!

Und Tage kamen, wo der Himmel zart verhängt war, da sänftigte und schönte sich alles Licht, da bot sich jeder Umriss schärfer, jede Farbe keuscher, und die Fernen starrten tief und feierlich.

Und Stunden voll prächtiger Stürme flogen auf, wo der Weih wie eine wilde Ampel am Himmel hing. Wie langsam der Sohn der Höhe kreiste, kaum regte er die Schwingen! Und wie er sank und sich wieder aufschleuderte, sturmfurchend bald, bald sturmgeführt, und in herrlicher Schnelle auf das Ziel der Tiefe niederstieß! Kampf und Flug eines Unverzagten!

Auch des künftigen Winters freute sich Bannholzer, wo silberne Nebel die Tiefen, silberne Raureifwildnisse die Hänge decken, wo die Schneeflächen der Alpen abendlich herüberfunkeln werden wie goldene Fenster, wodurch ferne, schöne Geister grüßen.

So ward die Erde dem Lauscher ein Fest der Berge und der Wälder, voll blendender Wolkenufer, voll verblauender, zu leisem Hauch vergeistigter Fernen, darüber die Sonne glühte, der Schmuckstein am Fingerringe Gottes.

Dunkel und schauernd fühlte der Künstler die große Einheit des Alls und empfand, dass Gott und Welt sich mächtig durchtränken und nicht auseinanderzureißen sind und dass Gottes gewaltigstes Wahrzeichen und Sinnbild die Welt ist. –

Doch neben der Wonne dieser Erkenntnis wuchs ihm ein helles, irdisches Glück.

Hoch grünte das Korn, der Geist (die Wachtel) schlug im Verborgenen.

Der Abendhimmel war schon ohne Sonne, doch noch goldig wie der Grund eines alten Heiligenbildes. Vom Wolfsruck stieß eine Wolke ab und schwamm, ein Rosenfloß, unmerklich himmelüber. Die schillernden Spielleute im Tann hielten Feierabend, ganz fein summte der Sommerwind.

Und Herthas Augen waren goldbraun gleich dem klarsten Harz der Edeltanne.

Auf den Steinmauern trugen die Dornbüsche errötend ihre Brautschaft. Rottrunken, leidenschaftlich gesträubtes Gewölk. Eine große Stille, als müsse sich ein Wunder lösen aus dem Gesetz des Alltags.

Und als die Fehde zwischen Gold und Purpur am Himmel verlosch, gingen Wolfgang und Hertha über die betauten Raine heimwärts, und mild strahlte der Minnestern. –

Den Maler zog es aber dann noch hinaus in die helldunkle Sommernacht. Auf einem schroffen Granitblock lagerte er sich, einer Bärenkanzel, von der man vorzeiten auf den Tierherzog des Böhmerwaldes geschossen hatte.

Dämmerverronnen harrten die Bäume: die Birke mit ihrer schütteren Krone, dadurch die Sterne blitzten, und die finsteren Fichten.

Bannholzer träumte.

»Warum lebe ich nicht als Baum? Warum bin ich gepfercht in die enge, weichliche Stadt, indes der Baum hier alle Süße des Lenzes, alle Schauer der Nacht, alle Liebkosungen reinster Lüfte empfängt?«

Er wog das erhabene Verlorensein gegen die flirrende Buntheit der Stadt, und die Sehnsucht erstand in ihm, hier oben im Gebirg zu bleiben, ein Lauscher in sich selbst, und, unverwirrt von sausender Zeit und greller Umwelt, seine Werke aus der Seele zu heben und in der Einsamkeit zu wohnen, der Herberge der Kraft.

Nur dieses Mädchen, dessen Trunk ihm die Quellen dieses Landes geweiht hatte, sollte um ihn sein. Baumhaft war sie in ihrer Stille.

An der Schwelle der Träume stehend, flüsterte er ihren Namen.

Die Birke neben ihm raunte berauscht auf, als schwölle ihr im Geäder Blut und Wein.

Bist du dir bewusst, Baum, dass du lebst? Kannst du träumen wie ich Mensch?

Lange tastete der Schwärmer den feinsten Geräuschgeheimnissen der Birke nach. Und dann horchte er in den schwarzen Nachtwald hinein, wo das Düster sich mit der Stille paarte und hin und wieder es aufraunte, seltsam, unerklärlich.

Wie sie in sich vertieft standen, die Tannen am Rande der Wiese, die in den Wald schnitt! Kein Schwarz ist schwerer als das des Nachtwaldes.

Da – wunderlich – löste sich ein Stamm von dem starren Dunkel und schritt ins Gras hinein.

Bannholzer hielt den Atem an.

Es war ein Mann, hochbeinig und gekrümmt. Er spähte nach allen Seiten. Dann machte er die Gebärde des Säers.

Der Maler sog mit entbranntem Auge Wuchs, Gang und Wurf des Dämmergespenstes ein. Er regte sich nicht, fürchtend, der Boden könnte das graue Schemen verschlingen.

Endlich huschte der Nachtsäer wieder ins Tannicht zurück.

Die Dämmerung ward schwerer, und Bannholzer horchte noch lange und ließ die unheimlichen Schauer der Nachtöde über seine Seele rinnen.

Zur nämlichen Stunde brach im Wirtshaus »Zum letzten Bären« ein vertrackter Geselle ein. Lautenklimpernd tänzelte er über die Schwelle und entblößte eine spiegelnde Glatze, als er seinen Filzhut an das Rehkricklein nächst der Türe hängte.

Er fragte, ob er in dem Sündflutdorf sei und ob hier ein gewisser Bannholzer male. Als ihm dies bejaht wurde, zog er ein Geldbeutlein hervor, stülpte es um und warf es, nachdem eine geringe Münze herausgefallen war, auf den Tisch, darauf Konrad schweigend sich stützte.

»In Thomasöd musst du zahlen, wenn du saufen willst«, knurrte der Bär, und die Wirtin musterte den Fremdling mit der Neugier einer im Weiden gestörten Almkuh und sagte: »Draußen beim Brunn wächst der Gansessig.«

Zierlich beugte der Gast vor dem Rochus das Knie, kratzte mit dem Fuß nach hinten aus und girrte: »Wohlan, du widerborstiger Herbergsvater, dessen biederes Duwort mich eben mit dem Beweis deines Vertrauens begnadet hat, wisse, dass ich ein Busenfreund Wolfgang Bannholzers bin, der jegliche Zeche für mich zu berappen gewillt ist.«

Mit abermaligem Kratzfuß und liebäugelndem Schielen flötete er die Wirtin an: »Ich bin Fritz Altmar, ein hochberufener Maler, und wünsche Fraß und Herberg, vor allem aber einen kühlen Trunk.«

Indes Wirt und Wirtin brummelnd in der Küche sich berieten, fragte Konrad den Fremden, ob er wirklich Kunstmaler sei.

»Zu dienen, Euer Liebden«, erwiderte dieser plötzlich wehmütig, »doch bin ich auch um geringen Ehrensold geneigt, Ihnen eine Aushängetafel zu malen, denn ich halte Sie für einen Seifensieder. Oder soll ich Ihnen das Haus färbeln? Ich bin in Not, meiner ehrsamen Kunst Schutzherr, Sankt Lukas, hat mich verlassen, in seinem Himmel vergisst er mich allzu weltlichen Sünderling.«

Nun kam der Wirt herein.

»Wenn der Bannholzer nit zahlen will, was du vertilgst, hernach musst du mir das Schild draußen neu anstreichen. Oder du könntest mir einen frischen Bären malen!«

»Wer weiß, ob er malen kann«, zweifelte die Wirtin, »er schaut nit danach aus.«

Da eräugte der Fremde die Kreide auf dem Türstock und zeichnete in wenigen Strichen den Schädel des Wirtes sprechend ähnlich auf den Tisch. Das erfreute den Rochus höchlich, und er holte eine Kandel Bier herbei und jagte seine Genossin in die Küche.

»Sind Sie Landschafter?«, fragte nun Konrad.

»Ich male Götter und Tiere«, erwiderte Fritz Altmar und kreidete vor den Studenten ein Flügelschwein hin, darauf der Liebesgott splitternackt mit Pfeil und Köcher tritt, am Ringelschwanz das Tierlein zügelnd. »So lohne ich Euer Liebden, weil Sie mein Zeitgenosse sind. Lassen Sie sich die Schweinerei vom Tisch sägen.«

Konrad aber wischte missmutig mit dem Ärmel über den Köchergott.

Die Bärin tischte jetzt Selchfleisch und Brot dem Gaste vor.

»Gesegne es Gott! Es darf Ihnen nit davor grausen!« Sie schien von der Hässlichkeit ihrer Hände zu wissen.

Altmar aber aß und trank aus Leibeskräften, und als er den Teller vor sich geschoben hatte, rückte er zu dem Rochus hin, der ihn fast ehrfürchtig betrachtete, und fasste die Laute, die weitaus schöner war als des Spielmannes heisere Schachtel. Hei, wie die Fingerlein hurtig durch die Saiten sprangen! Wie schelmisch sein Blick zu der runzligen Bärin hin huschte und seine Stimme des Rochus zottiges Ohr kitzelte!

Gar hübscher und ruchloser Lieder besann sich der Lautenzupfer, und bald pfiff und summte er zu den Saiten, bald sang er fein wie eine Maid und schnitt närrische Gesichter dazu.

»Herr Wirt zum Bären, lass mich du
In deiner Höhle nisten!
Ein braun' Gebräu lass fahren an,
Lass bratnen Truthahn rüsten!
Lass hier mich elend' Schülerlein
Mit Saufen und mit Fressen
Und Lautenschlag und Magedein
Der Höllenfahrt vergessen!«

Und plötzlich sprang er auf, fiel dem eintretenden Bannholzer um den Hals und wirbelte ihn mit sich herum, bis er selber taumelnd sich festhalten musste.

Auf des überraschten Freundes Frage, was ihn da in die Bezirke des Geiers und des Kuckucks heraufführe, erwiderte Altman mit einer sprudelnden Fülle von Dingen, die sich während Bannholzers Fernsein in der Stadt ereignet hatten. Schließlich gestand er, die Neugier treibe ihn, die Fresken zu sehen.

»Mein Werk ist vollendet«, frohlockte der Maler.

»Dann reisest du mit mir in die Stadt, Wolfgang?«

Bannholzer schüttelte den Kopf. »Ich hoffe, noch lange hier heroben hinter den Wäldern zu bleiben.«

»Du willst nicht zurück in den scheckigen Abenteurergarten?«, entsetzte sich Altmar. »Du willst dich wohl gar verklüften hier im Eiland des Düngers und des Kuhschreies?«

Bannholzer bejahte. Da packte ihn der andere an der Brust und schüttelte ihn wie einen Schlaftrunkenen.

»Dann muss ich der Schrei sein, Wolfgang, womit die Stadt, die herrliche Hure, nach dir lechzt; dann bin ich der Fangarm aus dem Abgrund. Flattere mit mir heim in die Weltstadt! Lass uns mit dem Abwasser ihrer Gossen diese faden Waldbrunnen aus der Kehle spülen! In Pfuhldünsten lass uns schwelgen nach dem keuschen Harzduft!«

»Girre dein Buhllied«, lächelte der Freund, »es lockt mich nicht!«

»Ist das dein Ernst, Verblendeter? Weiße Nacken schreien nach deinen Küssen, föhnschwüle Augen verglühen sich um dich, schlanke Knie beben nach dir unter knisternder Seide. Schimmernde Frauenleiber werden dir Brücken und Treppen zum Erfolg sein, mehr noch als deine Kunst. Den Schmeichelrauch des Ruhmes wirst du atmen; Menschen werden sich dir neigen, die um deine Größe wissen. Und du willst hier oben mönchisch hocken wie ein Bartgeier? Willst versumpfen in dem elenden Bauernnest?«

»Ich habe verlernt, das Glück im Genuss zu sehen, Fritz. Mich beglückt nur das Schaffen.«

»Verflucht seien diese Wälder bis in die tiefste Wurzel, verflucht die Berge, die dich umgarnen! Doch du entgehst der Stadt nicht! Höre den Seher!«

Mit Feierlichkeit begann Altmar: »Seit sechstausend Jahren knorrte sich in dies Gebirge der Wald, der Sturm säte, der Sturm fällte, und Wald zeugte wieder Wald. – Weit draußen aber stinkt ein Land, darin die Schlote wie steile Drohfinger sind, wie Säulen, einen beschmutzten, wüsten Himmel tragend. Wenn deine Augen Kraft haben, kannst du das Spiel des Rauches sehen: Oft greift er aus dem Schlot wie eine Faust, oft steigt er baumgerade und entfaltet eine Krone, oft fließt am Abend rauchendes Gold empor. Wenn du dein Ohr nicht verrammelst, vernimmst du Heulen, schrille Pfiffe und Hörnergebrüll. Und die dort hausen, lernen mählich, die Urkraft stürzender Bergwässer zu Arbeit gerinnen zu lassen. Immer näher bellen die Schlote, kreischen die Krane und schieben den Wald zurück. In roten, unsauberen Häusern, wo Riemen sausen und eherne Arme ringen, wird ein eisernes Tier gefüttert; viele Mäuler hat es, die Sättigung nicht kennen. Und täglich gehen bleiche Männer aus, und ihre tausendzähnigen Sägen verbeißen sich ins Mark des Waldes, und die Männer schmeißen den zersägten Wald in des Untiers knirschenden Malmrachen. Immer enger umzingeln die Schlote den Wald, immer mehr der Bäume werden geschlachtet. Und einst wird kommen der Tag, wo die letzte Fichte wankt im Böhmerwald, wo die Stadt, die gewaltige, gottverfluchte, räuberische, heraufgreift auch nach Thomasöd, um es sich einzuverleiben in den steinernen Bauch.«

»Halt ein, lass mich die Märe enden!«, rief Bannholzer. »Höre und glaube, dass deine tausend blassen Männer den letzten Baum nicht morden werden, sondern eher die eigenen Herren den Maschinen zum Fraße vorwerfen, die Stahlgestänge zertrümmern, die stürmenden Riemen zerreißen werden. Und heller werden sie die Stirnen in die Berge zurücktragen. Der Wald aber wächst wieder und schwillt und geht siegreich hinein ins Land der gebrochenen Dampfspeier. Seinen Samen wirft er durch die zerklirrten Scheiben der Arbeitsburgen, die Körner dehnen in karger Fuge ihr Gewurzel, sprengen den Estrich, wuchern zum Fenster hinaus, heben die Dächer, erklimmen den letzten, versiegten Schlot und krönen ihn zum Rabenhorst.«

»Spei dein Gewölle in andere Ohren, du Urkauz«, schalt Altmar, »du Höhlenmensch und Pfahlbauer, du Feind des Fortschrittes und der Gesittung! Da wäre besser, der Berserkerstern risse gleich jetzt die Erde in Fetzen.«

»Der Untergang wäre das Beste«, sagte auf einmal der Student, der die ganze Zeit teilnahmslos gesonnen hatte. »Bis dahin ist nur die Betäubung gut.«

»Woran leiden Euer Liebden? An unglücklicher Liebe? An Weltweisheit oder Zahnweh! Oder zittern Sie auch vor der Sündflut, die dies Dorf ertränken soll? Auf, leben Sie sich aus, geizen Sie nicht mit Sünden! Die Zeit drängt.« Und in spöttischem Trost legte Altmar den Arm um Konrad. »Ich ehre Ihren Kummer, Jüngling. Doch die Liebe hat nun einmal so wunderliche Ausdrucksformen. Sie kränken sich zu tot, ein zweiter dichtet und trachtet, und ist man zufällig ein Glühwurm, so phosphort einem der Steiß.«

»Ich bin nicht verliebt«, wehrte der Student ab.

Der andere blieb zäh. »Also plagen Sie die Rätsel des Lebens? Dann rate ich Ihnen, lassen Sie das Selbstbeschnüffeln und Selbstbeäugeln!«

Eine weltschmerzliche Laune drängte Konrad, sich mitzuteilen. »Mir nützt kein Rat! Nur Betäubung will ich, Rausch und Schlaf. Nur das vertilgt mein Leid.«

Da erwiderte Bannholzer unwillig: »Der Schmerz hat ein großes Recht an den Menschen. Er bildet an uns wie ein Meister des Meißels. Er fordert, dass man ehrlich mit ihm ringe, dann erst segnet er uns. Sie tun unrecht, Herr Konrad, dass Sie sich betäuben, um sich ihm zu entziehen.«

Fritz Altmar raste durch die Laute. »Hinter den Schleusen harrt schon ungeduldig die Sündflut, der Komet hat vielleicht schon den Saturn zerschellt, und ihr hadert mit Worten? Die Sanduhr rinnt, wohlauf, füllt sie mit rotem Wein, trinkt sie aus!«

»Sie werden in keiner Flut ertrinken, Sie verlassen nie den seichten Sumpf!«, erwiderte ihm Konrad.

»Kommen Sie in die Nacht hinaus, Sie saurer Weiser! Dort werden Sie vergessen. Die Rosenbüsche winken draußen wie fackelbeleuchtete Häuser, Glühwürmer schneit es. Das Leben ist ein schmales Zwischen spiel, huldigen wir ihm mit unseren Sünden!«

Er wollte den Studenten mit sich ziehen, dieser klammerte sich aber an den Tisch.

»Nur keine grundfestensichere Weltanschauung!«, lehrte Altmar. »Schauen Sie mich an, wie loderleicht, wie flammengering, wie schnellkräftig ich bin, trotzdem schon eine Glatze mich belastet. Seien Sie auch eine Flamme, nippend von der Welt!«

»Belästigen Sie die Wirtin mit Ihrer Weltanschauung!«, rief Konrad ärgerlich.

»Küssen und töten!«, schwärmte Altmar. »Einen Dolch her, dass ich damit die Laute zupfe! Der Mond sei mein Fackelknecht! Weiber her! Wir wollen die Welt aus der Würgvogelschau betrachten, wollen nur Schnabel und Kralle sein! Wohlauf zum Fenster der huldreichsten Viehmagd!«

Und da ihn der Student zürnend von sich stieß, packte Altmar den Bären und riss ihn mit sich zur Tür hinaus. Von ferne hörte man ihn noch klimpern und den Rochus rau drein grölen.

Nun war es in der Stube still. Die Wirtin tupfte sich an die Stirn und brummte: »Alle Mannsbilder sind Narren.«

Bannholzer wartete lange vergebens auf die Wiederkunft der beiden. Im Bette konnte er keinen Schlaf finden, und als er endlich entschlummert war, störte ihn ein entsetzliches Gebrüll auf. Unten im Schenkzimmer erzählte der Rochus dem liebgewordenen Gast, wie er den letzten Bären des Böhmerwaldes geschossen habe.

Als Bannholzer am Morgen das Gerüst von dem vollendeten Werke wegräumen ließ, stürmte der Pfarrer in die Kirche, er konnte vor Erregung kaum reden. Einen Augenblick lang stand er betroffen von der Pracht, die jetzt erst zur vollen Geltung kam, nachdem die Balken und Bretter davor niedergelegt worden waren.

»Herr, die Malerei ist noch unvollständig«, keuchte er dann, »den Teufel haben Sie vergessen. Der Teufel muss so schwarz wie möglich von der Wand drohen, denn er ist der einzige, den die Thomasöder noch fürchten. Vor Gott scheuen sie sich nimmer.«

Auf des Malers Frage erzählte er, was man ihm getan habe. »Mein Knecht wollte jetzt in der Frühe eine Wiese mähen, die wegen ihrer Länge der Ganskragen heißt. Mitten in der Arbeit tritt er sich einen Nagel in den Fuß. Er wird aufmerksam und sieht noch andere Nägel im Gras verstreut. Jetzt holt er mich, und bloß nach flüchtigem Suchen finden wir einige hundert rostige Nägel. Ein hämischer Hund hat mir die Wiese entwertet; dass mein Vieh die Nägel schlucke und verrecke, hat er bezwecken wollen. An mich trauen sich die Feiglinge nicht, drum verderben sie mein Land. Aber ich weine nicht, ich werde das lichtscheue Gesindel schon klein kriegen. Sie aber, Herr Bannholzer, Sie müssen mir helfen. Malen Sie den Satan neben die Kanzel hin, dass ihn alle vor Augen haben! Aber recht scheußlich müsste er sein, bocksnasig, rothaarig, bekrallt, mit Fledermausflügeln, Hörnern und Rossbein!«

»Ich will den Bösen malen«, erwiderte der Künstler, »zwar anders, als Sie ihn jetzt geschildert haben, aber dennoch so, dass Ihre Gemeinde davon ergriffen sein wird.«

»Tun Sie es, ich vertraue Ihrem Können. Und jetzt will ich das Bubenstück dem Gericht anzeigen. Der Schuft muss erwischt werden.«

Und als der Pfarrer davongehastet war, entwarf Bannholzer, was ihm blitzartig in der Seele gereift war.

Gegen Mittag kam Fritz Altmar, reisefertig mit Laute und Schnappsack. Er öffnete die Pforte weit und stand wortlos vor der prangenden Fülle der Gestalten, welche die Wände schmückten.

Felsruhig und breit, die Lanze in der Linken und die Rechte gläubig an das Herz gehoben, beherrschte das Brustbild des Apostels das Kirchenschiff. Zu seinen Flanken waren Bilder aus dem Erdenschicksal der Heiligen.

Das eine Gemälde bot die Erscheinung der graberstandenen Meisters dar: Christus, nicht Mensch mehr, sondern Gott und Geist, die Gewande noch flatternd bewegt vom Niederflug aus dem ewigen Reich, tiefernst das Antlitz und doch an welthingegebener Güte reich. Wie ein Licht fließt es von der verklärten Erscheinung aus, die das Hellste in der Kirche ist. Mitten unter den staunenden Zwölfboten steht der Messias, der Hände Wundmal weisend, daraus das rote Herrgottsblut gespritzt, die Brust, vom Lanzenstich geöffnet, die Füße, von den grausamen Nägeln durchbohrt. Und vor ihm im Staube mit emporgekrampften Händen der Zweifler. Wie ein

Strom jäh und gewaltsam aus dem Gletscher springt, so braust der heiße Glaube auf aus seiner verwandelten Seele. »Ja, Herr, ich glaube!«

Auf dem anderen Bilde heilt Thomas, nun der mit Wunderkraft gerüstete Heilandsbote, einen Gichtbrüchigen. Mit schroffer Gebärde beschwört er, dem Gewalt gegeben ist, den Dunkelgeist des Siechtums, indes der Elendmensch zu seinen Füßen die verdorrten Hände und die Zuversicht der Augen hebt.

Die Farben glühend und voll gebändigter Leidenschaft, jedes Antlitz vergeistigt, jede Gebärde beseelt, in Reife und Reinheit strahlte dieses Werk.

An den Seitenmauern waren deutsame Bilder, Erschaffung, Sündenfall, Erlösung und Wachstum der Kirche darstellend. Zwei erhabene Hände, aus den Wolken gereckt, versinnbildeten die Schöpfungstat; der Baum der Erkenntnis lockte mit scharlachgleißenden Äpfeln; die von ihrer Schuld gepeitschte Menschheit setzte als flüchtiger Wildhase das Einhorn, das Zeichen des von der Jungfrau Geborenen; der bärtige Hirsch, der nach dem Brunn schreit wie die Seele nach Gott; und das Schiff der Kirche, wogenankämpfend, wogenbesiegend.

Streng und festlich war die Zeichnung dieser Sinnbilder, sie hatte etwas von der Herbheit alter deutscher Meister und war dennoch voll keuscher Eigenwucht.

Erschüttert trat Altmar vor den Freund.

»Du Meister voll Geist und Glut!«, sagte er. »Du Großmeister, du Sonnenketzer, sei gepriesen!«

Lange noch weilte er versunken vor der lichten Schöpfung, bis ihn Bannholzer zur Wirklichkeit zurückrief.

»Du bist wie zu neuer Reise gerüstet.«

»Dies Werk trennt dich von mir«, erwiderte Altmar wehmütig, »ich bin ein Wurm, ich darf nicht länger bei dir weilen.«

»Nur einen Tag noch bleib, Fritz!«

»Ich kann nicht. Vor deinem Werk ginge ich zugrund in Neid, Zorn, Begeisterung, Glück und Ergriffenheit.«

Und der tolle Altmar war seltsam bleich, als er dem Freund die Hand zum Abschied bot.

Wie ein schwarzes Gespensterschiff schwamm der wilde Tag heran, und als der Sonntag vor der Kometenwoche kam, war die Kirche voll todbanger, verwirrter Menschen.

Ratlos starrten sie auf die Gemälde, deren Schönheit und Bedeutung sie nicht begriffen. Ein einziges Bild nur erfasste alle mit finsterer Eindringlichkeit, in ungewissen Dämmerfarben graute es neben der Kanzel.

Eine zackige Waldwand, Feldfurchen, von Zwielicht umflossen, darin wildausgreifenden Schrittes ein hochbeiniger Mann mit krummem Rücken und fortgeneigt mit harter Bewegung Samen übers Land werfend: Der böse Feind war es, der tückisch die unschuldige Furche vergiftet.

Scheu sahen die Thomasöder auf das Schemen, das Bilmes und Teufel war und dennoch in Umriss und Gebärde einem der Ihren furchtbar glich. Und wenn sie auch des Säers dämmerverhüllte Züge nicht erkannten, so wussten sie doch mit greller Sicherheit das Antlitz, das der Schnöde tragen musste, und bang starrten sie zu dem Wulsch hinüber.

Draußen säumte, vom lichten Himmel scharf sich abhebend, eine Wetterwolke, ein Brandbrief aus Gottes Hand. Aber noch war sie nicht mächtig, und die Sonne stieß durch die farbigen Kirchenfenster, so dass am Kronleuchter die Glaszier erblühte in der Art des Taues, der noch draußen auf den Morgenwiesen funkeln mochte. Und das einbrechende Licht dämpfte sich durch die Scheiben zu rotem und gelbem Dämmern und zu Blauglut und ruhte auf den Kindern, die unter der Kanzel standen und nun rote, gelbe und blaue Scheitel hatten wie die Vögel im Waldlaub.

Der Wulsch hatte sich nicht in seinen Stuhl gesetzt. Als er das Bild des grauen Sämannes sah, das über Nacht erstanden war, blieb er wie in den Boden gepflockt. Sein Leib, dürr, hochbeinig und leicht vorgeneigt, war voll roten Lichtes, und von dem Fenster schoss ein grasses Gelb hernieder und fand sein Gesicht.

Unter einer Fahne, die schlaff und traurig niederhing, als sehne sie sich, ins Feld getragen zu werden und im Flurenwind zu flattern, saß der Himmelreicher in seiner Bank, darin als Eigentumszeichen groß und grob das Wort »Unser« geschnitten war. Er faltete die Hände über das wachsbetropfte runzlige Holz. Die neuen Bilder mit ihrer Bewegung und Leuchtkraft deuchten ihm ganz gut, nur die geheimnisvollen Tiere verstand er nicht, die würde ja schließlich heute der Pfarrer deuten.

Tief aber erfasste ihn das Grauenbild vom heimlichen Feind. Und er dachte, wie gern doch der Heiland seine Gleichnisse aus dem Leben des Landmannes genommen habe. Christus musste in jungen Jahren wohl viel auf Wiesenrainen geschritten sein und Kühe und Ziegen gehütet und vielleicht gar geackert haben, wenn er als des Zimmermanns Gesell ein freies Stündlein hatte. Und in solchen Gedanken kam der Lichtgott oben an der Mauer dem Bauer menschlich nahe.

Die andern aber hockten dumpf und trüb, keiner wollte heute dem Herrgott seine fromme Meinung sagen.

Nur einer trug den Kopf höher in heimlicher Luft. Das war der Achaz. Wenn sein Sohn Papst worden wäre, er hätte sich nicht wilder freuen können. Auf des Pfarrers Wiese hatte es rostige Nägel gehagelt!

Und jetzt schnaufte der Verhasste zur Kanzel empor, und sie krachte unter seinem Gewichte.

Wenzel Rebhahn hatte sich heute tüchtig vorbereitet: In seiner Predigt wollte er die Gemälde und Sinnbilder deuten. Als er aber die Menschen bös und feindlich heraufstieren sah, da fiel ihm ein, dass einer von den Hörern drunten die Wiese verdorben habe, und es grollte in ihm empor, er vergaß der Bilder an der Wand und gab sich seinem erwachten Zorne hin.

»Ein Mensch säte guten Samen auf den Acker. Da aber die Leute schliefen, kam sein Feind, säte Unkraut unter den Weizen und ging davon.«

Diese Worte stellte der Pfarrer vor seine Predigt, und dann hielt er inne, und ein langes Schweigen war in der Kirche. Alle spähten nach dem Bild, wo der Böse die säende Hand ausstreckte.

Jetzt begann Wenzel Rebhahn von seinem dreißigjährigen Wirken in diesem Dorfe zu reden, von Leid und Freude, die er mit den Thomasödern geteilt, von denen, die er getauft, verbunden und beerdigt hatte, von den schweren Gängen zu den Sterbenden, wenn der Schneesturm tobte, von der Erziehung, womit er Kinder und Große zu Gott führen wollen hatte. Das war der gute Same gewesen, den er ausgestreuet.

Aber an der Saat, die daraus aufgegangen sei, könne er sich nicht freuen. Das Unkraut drohe alle gute Frucht zu ersticken, in geiler Fülle seien Roheit, Rachsucht, Aberglaube, Völlerei und Wollust emporgeschossen. Und wenn man auch kein Eiferer und einem nichts Menschliches fremd sei, diese Pfarre aber treibe es zu ruchlos, sie bestrebe sich sogar, neue Sünden zu erfinden, da ihr die alten nicht mehr genügten. Eine Sündflut wäre fast zu wünschen, dass sie den Schandfleck Thomasöd wegwasche.

Der Priester redete sich in immer wildere Glut hinein, und während draußen das Wetter rollte, predigte er über die gefallenen Mädchen. Vormals hätten solche Dirnen mit schwarzen Kerzen in den Händen vor der Kirchentür öffentlich büßen müssen, sie hätten nicht zum Tanz dürfen mit ehrbaren Mägden, und das Hurenglöckel sei ihnen zum Schimpf geläutet worden. Heutzutage sei die Zeit milder, aber es wäre um so ein armes Dinges willen gut, wenn ihr

236

Verführer öffentlich gebrandmarkt würde. Da wären freilich oft die angesehensten Bauern darunter.

Jetzt aber vergaß sich der Pfarrer, vergaß der lauschenden Kinder unten und schrie: »Einer unter euch aber ist wie ein Stoßgeier gegen die Weiber!« Und mit der Faust dröhnte er in die Kanzel, dass die Taube, die über ihm vom Schalldeckel niederhing, zu schwingen begann.

»Der heilige Vogel fliegt davon«, redete des Himmelreichers Büblein ganz laut.

Alle Blicke suchten den Wulsch, der, an der Faust nagend, nun ganz im gelben Lichte stand. Und während ein prasselnder Donner kündete, dass der Blitz irgendwo in der Nähe eingeschlagen, während ein Kind ängstlich zu weinen anfing, schrie der Pfarrer, seine Stimme mit dem Donner messend, ein wildes Pfui.

Das traf den Wulsch wie ein Peitschenbiss, mit unverdecktem Hass züngelte sein Blick zur Kanzel empor, wo der Priester wie ein Raubvogel in seinem Horst stand. Wehe, wenn der jetzt Flügel hätte! Er würde herabstoßen, und die beiden würden mit Fängen und Schwingen bis zum Sterben streiten.

Des Pfarrers Zorn stieg wie ein Gewitter.

Schlechten Dank brächten ihm seine Pfarrkinder, begann er wieder. Beim Bischof hätten sie ihn verschürgt, Friedhof und Brunnen besudle man ihm, Bettler und Narren hetze man ihm an den Hals, der selber nichts besitze in dieser Hungerpfarre, wo nur Hosenknöpfe zu Gottes Ehre in den Klingelbeutel fielen. »Sonst ist ja am Wolfsruck nicht viel zu verdienen für den Pfarrer«, lachte er höhnisch auf, »geheiratet wird bei euch im Heuschober, gestorben im Zuchthaus.«

Er erschrak selber vor diesen Worten, die zu ungerecht waren, denn weitaus die meisten Leute im Dorf waren brav und unbescholten, und er sah, wie sich die Mienen unten verdüsterten. Aber gerade, dass er sich so hassumhegt in seiner Gemeinde merkte, das schürte ihn auf. Heute musste es ein rücksichtsloses, reinigendes Wetter geben, ähnlich dem, das draußen jetzt Strahl auf Strahl sich entlud.

»Dass mich der Blitz hier auf der Kanzel erschlage«, rief er, »das wünscht ihr drunten alle. Ich werde noch den Schießprügel mitnehmen und ein Panzerhemd auf dem Leib tragen müssen, wenn ich für euch die Messe lesen will. Über mein Eigentum seid ihr schon hergefallen, tückisch, in der Nacht. Und ich kenne ihn, den Buben. Vors Gericht will ich ihn ziehen, den Gottseibeiuns von Thomasöd. Dort haftet er an der Wand. Seht ihn, wie er geduckt und schielend sät, seht seine langen Beine, seinen krummen Rücken! Schauet ihn genau an, dass ihr wisset, wer mir die Nägel in die Wiese gesät hat.«

Den Wulsch warf es wie ein Fieber. Wäre ein Blick eine Sense, dieser graue Kopf oben müsste die Kanzelstaffeln niederrollen!

Und nun wandte sich der Priester in maßloser Aufregung an den Bauer selbst. »Wulsch«, schrie er, »deine bösen Ränke werden aufkommen. Schon einmal hat dich der Herrgott gerufen, du hast ihn aber nicht gehört. Schon einmal hat er dich gezüchtigt um deiner Sünden willen und hat dir dein unschuldig Kind genommen –.«

Wie eine Stichflamme zuckte es von dem Bauer aus, und er hob die Hand.

»Pfarrer!«, drohte er heiser und verließ die Kirche.

Als die Messe vorüber war, hatte sich der Donner verorgelt, und nur der Schöniger stand noch in den finsteren Ornat des Hochgewitters gehüllt.

Den Einsiedelbaum vor der Kirche hatte der Blitz getroffen, eine schnurgerade Rinne lief den Stamm herab, und die Splitter waren weithin verstreut.

Der Pfarrer winkte seinem Holzhacker. »Die Fichte da hat mir der Herrgott gezeichnet. Morgen früh hackst du sie mir um!«

»Hochwürden, einen jeden Baum schneid' ich ab, aber dieser ist schier heilig.«

»Wirst du jetzt auch widerspenstig, du, dem ich Brot und Verdienst gegeben habe so viele Jahre?«, schnaubte der Herr.

Da sagte der Ehrenfried mit schwerem Atem: »So wird der Baum halt fallen müssen.«

Mitten im Essen legte der alte Elexner den Löffel weg.

»Bub«, sagte er zu seinem grauhaarigen Sohn, »mir ist gar nit gut. Das Blut fährt mir so närrisch im Leib umeinander.«

»Es wird sich schon wieder geben, Vater. Legt Euch eine Weile schlafen! Es ist so schwülig heut'.«

»Das sag' ich dir, Bub, wenn ich sterben sollte, in unserm Pfarrer seinen Friedhof will ich nit!«

»Warum denn nit? Es ist ja geweihte Erde dort. Und Ihr hättet auch Nachbarschaft, es rastet dort mancher gute Freund von Euch.«

»Ins Kornfeld legst du mich. Im Friedhof hätt' ich keine Ruh'. Jeden Schritt vom Pfarrer tät meine Leiche spüren. Und gar wenn er betete für meine Seel', ich müsst heraus und ihn niederschlagen mit den verfaulten Fäusten.«

Der Greis ward tiefrot und lehnte sich zurück.

»Aber Vater, wir sterben doch alle miteinander, ich und Ihr und der Pfarrer. In drei Tagen ist das Wasser da ...«

»So, so«, erinnerte sich der Alte.

Hernach brütete er weiter. »Also ein Schandfleck, eine Hungerpfarre ist unser Dorf, hat er gesagt. Das hat sich noch keiner unterstanden. Und im Zuchthaus sterben wir, hat er geschrien, im Zuchthaus – wir –, so ehrengeachtete Leut'.«

»Kränkt Euch nit, Vater! Er hat es ja nit so gemeint, er hat sich nur so in Zorn hineingeredet, weil sie ihm das Heu verdorben haben.«

»– im – Zuchthaus!«, stöhnte der Alte und legte die geballte Faust auf den Tisch. »Das war seine Predigt, wo wir so viel Trost gebraucht hätten jetzt vor dem wilden Ende.«

Geistesabwesend sah er vor sich hin; das Gesinde hatte schon längst im Essen eingehalten.

Plötzlich sagte er leise: »Bub, ich bring' die Finger nimmer auseinander.«

Entsetzt sprang der Bauer auf. Des Vaters Faust lag tot auf dem Tisch.

»Ich weiß nit, was auf einmal ist.« Der Alte suchte vergeblich, sich zu erheben. »Ich glaub', es hat mich gestreift – auf der rechten Seite.«

Ein großer Jammer hub im Elexnerhof an, als der neunzigjährige Baum wankte. Die Kinder schrien, die Dienstboten rannten besinnungslos ein und aus, der Bauer war weiß wie Kalk.

»Tragt mich ins Bett«, flüsterte der Alte.

Sie brachten ihn in die Kammer.

»Jetzt geht alle hinaus und lasst mich sterben!«, befahl er.

»Vater, wir dürfen Euch nit zugrund' gehen lassen wie ein Vieh. Der Pfarrer muss her, muss Euch ölen.«

»Ich brauch' unsern Geistlichen nit, ich sterb' bei unserem Herrgott, der über meinem Bett hängt.«

Sein Auge suchte den Heiland an der Mauer.

»Den Doktor werden wir holen«, schluchzte die Bäuerin.

»Untersteh' dich nit! Ich hab' mein Lebtag keinen Bader nit gebraucht. Eisern bin ich gewesen – wie der Napoleon.«

Dann lag er still und achtete keiner Frage, keiner Bitte mehr.

Da schickte der Bauer in den Pfarrhof hinauf, den Vater habe der Schlag getroffen.

Als Wenzel Rebhahn vor das Bett des Greises trat und ihm sagte, er wolle ihn vorbereiten für den Weg hinüber, murrte der Kranke rau: »Weg da, – ich brauch' niemand, – werd' selber fertig!«

»Aber Elexner«, mahnte der Pfarrer, »hat Euch der Verstand verlassen? Beichte und lasset Euch speisen mit dem höchsten Gut!«

Der Alte aber kniff die Lippen zusammen und wandte mit harter Mühe den Kopf gegen die Mauer. Wie sehr ihm auch der Pfarrer zuredete, er solle den Leib des Herrn nehmen, der streng geschlossene Mund regte sich nicht. Nur als der Priester zu beten begann, flüsterte er: »Um Gottes willen, gebt mir Fried' und Ruh', lasst mich sterben!«

Mürrisch zog sich Wenzel Rebhahn zurück. Sollte es ein jeder halten, wie er wollte.

Draußen auf der Straße holte ihn der junge Elexner ein.

»Ist es denn gar so geschwind gegangen, Hochwürden? Oder hat er sich gewehrt?«

»Bauer, ich will die Zeit nicht vertrödeln«, sagte der Geistliche. »Mit Ihrem Vater ist es schwer, er weist den letzten Zuspruch zurück. Er scheint gegen mich aufgehetzt worden zu sein. Wie ich ihn hab' speisen wollen, hat er die Zähne zusammengebissen.«

»Da kommt er ja in die Höll'«, stammelte der Bauer, »wenn er im Zorn dahinfährt und ohne Beicht' und Zehrung.«

»Was weiß ich, wohin er kommt, ich kenne seine Sünden nicht.«

»Oh, hitzig ist er gewesen wie ein junger Bursch, geflucht und gescholten hat er wie ein Rossknecht, gerauft hätt' er –.«

»Wollen denn Sie für ihn beichten?«, fragte der Pfarrer. »Das gibt es nicht, diese Arbeit muss jeder für sich selbst verrichten.«

»O Herr, ich fürcht', kopfüber stürzt er in die Höll'. Und das darf nit geschehen mit dem Vater, bei Gott, dazu ist er mir zulieb. Er muss die Hostie nehmen, er muss es, er ist nur von Sinnen.«

»Aber er will doch nicht, Bauer.«

»Herr Pfarrer«, sagte in weher Not der Mann, »das Maul will ich dem Vater aufreißen, die Zähne ihm auseinandertreiben, und Ihr müsst ihm die Hostie hineinstecken. Er muss sie schlucken, und wenn ich sie ihm mit dem Kochlöffel in den Hals hinunterstoßen müsst'. Er muss in den Himmel kommen!«

Wenzel Rebhahn lachte hart auf. »Was fällt Ihnen ein? Zwingen darf man niemand.«

»Herr, Herr!«, bettelte der Mann und stürzenden Zähren.

»Er hat mich von seinem Bett gejagt, er soll selber mit sich fertig werden!« Und in plötzlichen Zorn ausbrechend, rief der Pfarrer: »Mich so abzuweisen! Wo ich ihm niemals etwas getan habe! In den Friedhof darf er mir aber nicht, sein dicker Schädel soll irgendwo in einem Brunzwinkel verfaulen!«

»Herr, Herr, er hat sein Lebtag ein christlich Bauernleben geführt!«

Aber der Pfarrer schritt schon weit.

Da ging der Bauer in das Stüblein, wo der Alte an die Wand starrte, das Gesicht hart und eisern – wie der Napoleon.

In jener Nacht sah der Himmelreicher den Kometen: Mit gesträubtem Schweif stand der Notstern über dem Schöninger.

Erschrocken legte der Mann das Fernglas weg und sagte: »Jetzt ist es aus. Gott steh' uns bei!«

Die Dämmerfarben des Morgens waren zu schreiendem Purpur gesteigert. Mönchisch finster starrte der einsame Baum in die Tiefen hinab, die der Sonne gewärtig waren.

Unschlüssig stand der Ehrenfried unter dem Todgeweihten, durch dessen Astwerk flammenbrünstig eine Frühwolke glänzte. Endlich griff sein Weib zur Säge und mahnte: »Gehen wir es an, es ist unser Gewerb!«

Da atmete er mächtig auf und trat zurück, noch einmal den hohen, lieben Baum ins Auge zu fassen. Die Hände faltend, rief er halblaut zur Krone hinauf: »Baum, hörst du mich?«

Sänftlich wiegte die Fichte ihr Haupt.

»Baum, ich bitt' dich, verzeih mir! Ich tu es nit gern.«

Still und ahnungslos war die Pflanze, sie stand gegen den roten Osthimmel ab, das flammende Vorspiel des Tages.

Nun winkte der Ehrenfried seinem Weibe. Kniend sägten sie, jedes die Bogensäge mit beiden Händen fassend.

Jahrelang hatten die beiden einander in dieser Weise geholfen; jahrelang wie willige Zugtiere ins gleiche Joch gespannt, lagen ihre knorrigen Finger mit den zerbrochenen Nägeln an derselben Säge. Heute ekelte ihnen vor ihrem Geschäft, es schien ihnen ein Meuchelwerk gegen einen Wehrlosen. Aber es musste sein.

Die Säge klang dumpfer, ihr heiseres Knirschen meldete, dass sie sich schon an den Kern des Stammes vorübergefressen hatte. Jetzt ging der Holzhacker an die andere Seite der Fichte und schrotete sie mit der Axt an, dann trieb er lauten Schlages den Keil in den Schnitt.

Der Pfarrer riss das Fenster auf, die Axt hatte ihn geweckt. Er sah es gern, wenn ein Baum fiel.

Und eben überflog den Baum ein wirres Zittern, irgendwo oben knackte es flüchtig, dann drehte sich der starke Stamm, langsam senkte sich der Wipfel und raste auf einmal brausend und prasselnd nieder, mit splitternd dumpfem Schlag die Erde treffend.

Ein dunkles, rauschendes Echo. Dann Stille.

Der Baum lag gebrochen.

Wenzel Rebhahn war vom Fenster zurückgeprallt, so drohend war die Fichte in der Richtung gegen das Pfarrhaus gestürzt.

Ganz verändert und öd sah jetzt der Kirchplatz aus. Der Pfarrer merkte es, machte sich aber kein Gewissen daraus. »Gleich abästeln!«, befahl er dem Ehrenfried, der wie ein armer Sünder neben dem Stumpf stand.

So begannen die Holzhackerleute Ast um Ast vom Leibe des Riesen zu trennen und ihn in drei Stücke zu sägen. Heute war ihr Arbeit kurzweilig, denn auf dem Kirchplatz geschieht mehr als in der Einsamkeit eines Baumschlages.

Vor allem sah der Ehrenfried, wie aus der frischen Schnittfläche des Strunkes quecksilberweiß und menschlichem Schweiße ähnlich die Harztropfen quollen.

Als die Sonne sich erhoben hatte, kam der Kleo daher. Vom Kirchplatz aus sah es sich so unermesslich weit über die Wälderspitzen in die Ferne hinaus. Und der Kleo kam, Ausschau zu halten, ob in den Tiefen schon das große Wasser wühle, und ließ sich in Gedanken auf den glitzernden Stumpf nieder und wäre hernach, als er wieder aufstehen wollte, schier nimmer davongekommen.

Später fand sich der Postbote ein, der wöchentlich zweimal aus dem Tal heraufstieg. Auf dem Kirchplatz blies er in ein gelbes Hörnlein, und die Leute liefen herzu und empfingen Briefe, und als der Pfarrer auftauchte, schrie ihm der Bote lustig entgegen: »Geld gibt es, Hochwürden, Holzgeld. Fünfhundert Gulden!«

Wenzel Rebhahn aber winkte ihm unwillig zu. Ihm war es unangenehm, dass die Thomasöder von dem Gelde hörten, und er führte den Boten in sein Haus.

Die Schwalben schrillten und jagten dicht über die Erde, der Rauch wollte nicht zu den Schornsteinen hinaus, und die Menschen von Thomasöd hockten in ihren Hütten, alles Denken und Planen auf den unheilvollen Tag stellend, der vor der Tür stand.

Die jungen Leute sammelten sich in des Rochus Haus, ihre Angst zu verzechen oder den letzten Kreuzer im Kartenspiel zu vergeuden.

Der Student war unter allen am besten gelaunt. Er hänselte jeden, der ihm in den Wurf kam, schwätzte über Tod und Teufel und verstörte die verwirrten Menschen noch mehr.

Eben entdeckte er den Ägid, der wohlgelaunt hinter seinem Schnapsglase kauerte.

»Holla, der Ägid soll predigen!«, rief Konrad. »Auf, du auserwähltes Fass des Herrn, der du die Gewandlaus im Busen führst und das Seherwort auf der Zunge! Auf, du Völkerlehrer und Weltenflicker, wirf deine widerhakigen Blitze! Nutze den Tag! Für dich ist der Himmel jetzt voller Geigen. Pleni sunt coeli. Erhebe dich zu deiner Größe, ehe der Sündfluttag vergeht und du wieder in dein Nichts versinkst.«

Drohend schielte der Bettler den Quäler an. »Merkst du noch immer nit, dass Gott die Ferse hebt und alles zerstampfen will?«

Der Student aber riss ihm das Becherlein aus der Hand und begoss ihm damit das Haar. »So weihe ich dich zum Narren!«

Es war ein dumpfer Wirrwarr in der Stube. Die Kartenspieler stritten, fluchten und schlugen in den Tisch, dass die Krüge umfielen. Des Elexners Knecht lümmelte in einer Ecke und fistelte mit versoffener Stimme ein schwermütiges Lied, finster starrte der Schuster zur Decke auf und redete zu sich selber, und einer betete in der Trunkenheit. Auch ein Hund war in die Schenke geraten und bellte rau durchdringend.

»Machen wir dem Herrgott eine Katzenmusik«, lachte Konrad in das Gebrodel hinein.

Da legte der Totengräber Michel seine dürre Hand auf es Studenten Schulter. »Hört, Student, warum seid Ihr allein so lustig? Glaubt Ihr immer noch nit an das Ende?«

»Nein, mein Totengräber! Soll der Komet bringen, was er will!«

»Sorgt Ihr Euch nit, was drüben aus Euch wird, ob Ihr zum Herrgott auffahrt oder ob Euch der Satan holt?«

»Gibt es einen Himmel und eine Hölle, Michel?«

»Aber Herr Konrad, kümmert Ihr Euch um Eure Seele so wenig wie ein Vieh? Oder haltet Ihr mich zum Narren, weil ich ein dummer, ungelehrter Mann bin? Aber wenn einer so viel Jahre zwischen den Totenknochen umschaufelt, der kriegt auch seine Meinung und sein Wissen.«

»Vom Jenseits können Sie nichts erfahren, lieber Friedhofsmaulwurf, unsere letzte Wissenschaft streift die Totenschädel und Rippen, weiter reicht sie nicht.«

»Aber wenn es kein Jenseits gibt, Herr, dann ist ja mein lieber Gräbergarten nie mehr als ein Misthaufen«, sagte der Michel hart erschrocken.

»Es gibt kein Jenseits«, erwiderte Konrad barsch, als ob er etwas befehle.

»Ihr seid rauschig«, stammelte der Totenwart.

»Ich weiß, was ich rede.« Der Student kam in einen vollen Schwung. »Es gibt keinen Himmel und keinen Gott.«

Der Michel stand fahl und zitternd, die Hand hielt er ans Ohr, als habe er falsch verstanden. Niemals noch hatte er eine Leugnung Gottes gehört, und nie wäre ihm eingefallen, dass irgendwer Gottes Dasein bezweifeln könne. Und der junge Mensch jetzt sprach es ganz laut aus! Und es war kein Trottel, kein Närrischer, der so redete, sondern einer, der auf hohen Schulen gelernt und gescheite Bücher gelesen hatte! Und dazu noch der Sohn des Pfarrers!

»Die Welt ist alt«, lächelte der Student geheimnisvoll, »wer weiß, ob Gott nicht schon an Altersschwäche gestorben ist?«

»Ihr seid rauschig«, schrie der Alte.

»Ich bin Gott«, erwiderte Konrad, »mein Auge ist die Welt, mit jedem Blick schaffe ich sie, mit jeder fallenden Wimper wird sie vernichtet. Ohne mich ist die Sonne blind und der Donner tot. Ich bin die Welt, ich bin Gott. Und außer mir gibt es keinen Gott.«

Dem Totengräber geriet die Welt ins Wanken. Er meinte, nun müsse eine brennende Hand Worte an die Wand schreiben, dass der Frevler in die Knie stürze. Aber als die Mauer leer blieb, erhob er sich und schlich davon.

Draußen schüttete die Nacht ihre Dunkelheit über die Dinge, alles war undurchdringlich schwarz.

Der Michel stolperte den rauen Weg dahin. O wie finster war die Welt! –

Der Pfarrer wollte hastig das Geld, womit er den Tisch bedeckt hatte, verräumen, aber schon taumelte der Totengräber herein, bleich wie eine Friedhofsmauer im Mondlicht.

»Gibt es einen Herrgott oder nit?«, stieß er heraus.

Überrascht vergaß der Geistliche seines ausgebreiteten Schatzes.

»Was fragst du so seltsam – und kommst in tiefer Nacht?«

Der Michel lehnte sich an den Tisch. Er sah gespenstig aus mit dem fleischlosen Gesicht, den zerbrochenen Zähnen und dem dürftigen Haar. Die hageren Fäuste stemmte er mitten in das gelbe Geld hinein, es war, als taste des Todes Klaue danach.

»Ob es einen Herrgott gibt?«, fragte er, und vor seinem Atem flackerte das Licht, und der Rauch fuhr aus der Lampe.

»Du streust mir das Geld vom Tisch, Michel!«

»Meine Frage ist wichtiger als das Geld. Unten im Wirtshaus schreit der Konrad, er schreit und schreit, dass kein Herrgott lebt.«

Der Pfarrer stieß einen Fluch aus, und der Sinne nicht mächtig, rannte er aus der Stube die Stiege hinab, barhaupt ins Dunkel. –

In der Schenke war eine wüste Narrenkirchweih los. Das Gewölk der Pfeifen schwamm in trägen Schwaden in der Luft, die der beizende Gestank der Schwefelhölzer verpestet hatte, und die Gäste hüpften johlend um zwei Menschen, die sich auf der Diele im Staube balgten. Der Student war es und der Schuster, und dieser schrie wie besessen: »Glaubst du es noch nit?«

»Auseinander, ihr Tiere!«, brüllte der Pfarrer, der plötzlich auf der Schwelle stand.

Die Männer sahen sich um. Keiner rückte den Hut vor ihm, wie es sonst bräuchlich gewesen. Wie eine böse Meute drängten sie sich gegen ihn, und einer murrte: »Hinaus, Pfaff!«

Unsicher erhob sich Konrad vom Boden, sein Gesicht war aufgeschwemmt, sein Blick leer.

»Sofort gehst du heim!«, herrschte ihn der Geistliche an und schlug mit seinem Stock auf ihn los.

Ein roter Striemen stand auf der Stirn des Sohnes. Heulend drängte er sich durch die trunkene Schar. Und der schwere Mann rannte hinter ihm her, auf ihn einschlagend, und trieb ihn an der zerschnittenen Fichte vorbei in den Pfarrhof.

Im Flur blieben sie stehen. Das Ewiglämpchen überglomm rotdüster das Bild von der Heimkehr des verlorenen Sohnes.

Zwei Stürme prallten gen einander.

Konrad riss sich das Hemd vor der Brust auf. »Da, hau her, drisch her, stich her, Pfarrer von Thomasöd!«

»Binden soll man dich wie einen Tobsüchtigen«, keuchte der andere. Den Arm ließ er sinken, er tat ihm weh. Mit blutenden Lippen, mit Händen, die wund waren von der Abwehr der Schläge, stand sein Kind vor ihm. »Wie du dich im Qualm gewälzt hast, wie du gerauft hast mit dem rohen Schuster! Warum tust du mir die Schande an?«

»Ich muss mich berauschen, weil ich ein verlorener Mensch bin. Die Betäubung hält mich noch am Leben, sonst hätte ich mich schon längst an der Türschnalle deines Zimmers erhängt.«

»Wer ist schuld, dass du unglücklich bist?«, brauste der Pfarrer auf. »Du selbst! Weil du dich nicht beherrschen kannst, weil du eine Wildnis bist! Dir geht es so gut, keinen Finger brauchst du zur Arbeit zu rühren, du hast nie Armut gelitten. Und wenn ich einmal nicht mehr bin, so wird Geld genug da sein für dich.« –

»Auf dein stinkendes Geld verzichte ich. Was nützt es, dass ich mich sattfresse? Wenn alles in mir zerwühlt und verfault ist! Erziehen hättest du mich sollen. Deine Hand hat mich aber hinausgestoßen. Du warst mit kein Vater!«

»Ist dir das gar nichts, Konrad, dass du wie ein Blutegel an mir gezogen hast seit Jahren? Dass ich deinetwegen zum Wucherer, zum Geizhals worden bin, der sich mit seiner ganzen Pfarre zerworfen hat, deinetwegen, dass du einmal nicht Not leidest?«

»Wenn du mich auch körperlich hättest zugrund gehen lassen, hättest du ein gutes Werk an mir getan.«

»Rede nicht so dumm, sonst kommt mir der Zorn«, drohte der Pfarrer. »Du bist noch gar kein Mensch, du bist ein Nebel noch. Und deine Ansicht über Gott behalte bei dir, sonst müsst' ich dich niederschlagen.«

Die Wut überrannte ihn aufs Neue, wenn er dachte, dass sein eigen Fleisch und Blut wieder zu vernichten strebte, was er in der Kirche aufbaute.

»Zuck nur mit deinem Knüttel!«, zischte der Sohn. »Glaubst du, weil du mich gezeugt hast, kannst du mich umbringen?«

»So redest du mit deinem Vater, du gedunsener Säufer?«

»Ist deine Vaterschaft ein Verdienst? Und wer gab dir das Recht, mein Vater zu werden?«

»Ich bin ein Mensch«, erwiderte Wenzel Rebhahn schmerzlich, »ich habe dieselben Rechte wie jeder andere. Für meine Jugendtorheit habe ich genug gebüßt, und ich leide heute fürchterlicher als früher, wenn ich über diese schmutzige Spur schaue, die dein Leben ist. Konrad, kehre um!« Flehend kam es von der Pfarrers Lippen. »Ich bitte dich, werde anders. Es ist noch Zeit. Arbeite, geh wieder auf die Hochschule! Morgen gehst du wieder fort von hier, gelt? Und verzweifle nicht an Gott, glaube an seine Gerechtigkeit, an seine Gnade!«

»Ich will nicht Recht und Gnade mehr, ich will nur Ruhe, nur Ruhe«, sagte der Sohn dumpf.

»Sei vernünftig, du Wirbelhirn! Nur zu wollen brauchst du, und alles ist gut.«

»Ich kann nicht mehr wollen, ich bin zu müde.«

»Solches Leid bringst du mir – und deiner armen Mutter! Erbarmt sie dir nicht?«

Der Pfarrer drückte eine Tür auf.

In schwach erleuchteter Krankenstube, an hohe Polster gelehnt, saß ein lahmes Weib. Sie wollte die Arme heben in ihrer Aufregung und konnte nicht, sie wollte reden, und ihre Zunge versagte. Ein Bild tiefen Jammers.

Da heulte Konrad auf, ein unsagbarer Hass kam ihm gegen seinen Vater, er sprang auf ihn los und entriss ihm den Stock, ihn zu schlagen. Aber als er den Quallaut des siechen Weibes hörte, schleuderte er den Stecken von sich und taumelte zum Tor hinaus.

Der Vater sprang ihm nach in die Nacht, er wollte ihm eine Verwünschung nachschreien. Da schlug ihm das Bäumlein ins Gesicht, das er einst in verhohlener Freude gepflanzt, als ihm der Sohn geboren worden war. Der Schlag tat ihm weh, und sein Herz zog sich zu Stein zusammen: Im Dunkel griff er nach dem Birnling und zerrte und riss, bis der Baum nachgab und trotz Dorn und Knorren zerknickt am Boden lag. –

Der Student aber hatte sich ins Wirtshaus eingeschlichen. Niemand von den Schreiern wurde seiner gewahr, und der Rochus war abwesend und mochte beim Bierfass auf der Kellerstiege sein. Nur der Schuster, der, aus seinem Rausch empor stierend, den Konrad sah, brummte in halber Erinnerung: »Ehre Vater und Mutter, dass es dir wohl ergehe auf Erden!«

Der Student nahm eine Flasche vom Brettlein und huschte davon. Er stolperte einige Schritte auf der Straße dahin, geriet dann in den Graben und blieb liegen. Es war recht bequem so, und er mühte sich nicht mit dem Aufstehen. Die Flasche an den Mund setzend, trank er in vollen Zügen. Eine wohlige Betäubung lähmte ihm die Sinne.

Gemächlich trabte Gregor durch die Nacht. In Mönchsreut war er gewesen und dann gegen die Häuser der Fuchswiese zu, im Auftrage des Försters Fuhrleute zu dingen, die morgen Holz fahren sollten. Überall hatten sie ihn abgewiesen, keiner mehr wollte einen Griff tun. Also schritt er unverrichteter Dinge heim und überlegte, ob er sich nicht selber mit seiner Stierkraft vor den baumbeladenen Wagen spannen sollte.

Die Finsternis lag dick, und der Forstknecht prellte sich die Zehen an den Wurzeln, die über den Steig spannten. Mählich knisterte es im Laub, ein Tropfen tupfte den Gregor auf die Wange, und schon setzte der Regen ein.

Jemand begegnete dem Knecht, er war nicht zu erkennen vor Dunkelheit, und sagte im Vorbeigehen: »Die Sündflut ist da!«

»Wie Gott will!«, brummte der Gregor zurück.

Hastig und klopfend schlug der Regen nieder, er schwoll. In den Sträuchern rieselte es, in den Graben wuchs und murrte es, die Wasser wanderten schon mit dem Knecht im Hohlweg dahin, es plantschte unter seinen Tritten, es rann ihm durch Kleider und Schuhe. Alle Wolken schienen niederzufallen.

Als er die Straße erreichte, schüttete es wie aus Kübeln. Im Seitengraben jagte das Wasser dräuend dahin; nach dem Rauschen zu schließen, musste es schon über die Wiesen schießen, und dort, wo die Rinne der Olsch zog, begann es zu brausen.

Da suche der Knecht Unterschlupf in einer Flachsbrechstube und ging erst wieder, als sich die Wut des Regens etwas mäßigte. –

Aus dem Wirtshaus »Zum Bären« tastete ein fahler Strahl durch die Schwarznacht bis zu dem Brücklein, darüber der Feldsteig über den Graben setzte, und eben dort, wo der Strahl seine Kraft verlor, lag etwas Rätselhaftes, Unbestimmbares, wovor die schnellen Wasser sich stauten und über die Straße flossen.

Der Gregor wollte vorüber, aber fast gedankenlos bückte er sich und griff nach dem dunklen Ding und fuhr wie gebissen zurück.

Dann ging er zu dem Haus, darin die Trunkenen ängstlich dem brausenden Regen horchten, und klopfte.

Der Wirt trat ans Fenster.

»Wer ist draußen?«

»Ersoffen ist einer«, sagte der Knecht.

»Wer?«, rief es zurück. Die Gäste drinnen sprangen auf.

»Ich weiß nit. Ich hab' nur seinen Fuß erwischt.«

»Herr, verschone uns vor jähem End'!«, betete einer.

Eilend drängten sie aus dem Haus; der Rochus mit einer Laterne.

Unter dem niederen Brücklein lag der Tote. Er musste im Graben von den plötzlich wachsenden Wassern geschwemmt worden sein, bis sich sein Leib in das Loch unter der Brücke verkeilte. In dieser Lage war er wohl ertrunken.

Mühevoll befreiten sie den verzwängten Leichnam. Noch ehe sie ihm ins Gesicht leuchteten, wussten sie, wer es war. Die Augen verschlossen, eine Flasche in den Händen, lag der Student vor ihnen.

»Männer, nehmt den Hut ab, er ist der erste von uns!«, lallte der Jordan.

Drohend nahe bäumten sich die Umrisse der furchtbaren Zukunft auf: Das seherische Wort der Schattenhauserin war erfüllt, jetzt war auch Gottes Zorngericht gewiss. Diese Erkenntnis erschütterte die Männer, und sie stoben davon, auszuschreien, dass das Unheil da sei, schrecklich und unabwendbar. Nur der Bär und der Gregor blieben bei dem Toten.

Weil der Wirt den krampfig geschlossenen Fingern die Rumflasche nicht entringen konnte, so zerschlug er das Glas mit einem Stein.

»Und jetzt, Gregor, du hast ihn gefunden, du musst ihn heimtragen.«

Damit deutete er auf das einsam erleuchtete Fenster der Pfarrei, dessen Licht wie eine Furt in der Finsternis lag.

»Ich hab' ihn schon einmal getragen«, meinte gutmütig der Gregor, »er ist ja so gering.«

Er nahm den Stillen in die Arme und trug ihn durch die traurige Nacht. –

Der Pfarrer wartete auf die Wiederkehr seines Sohnes.

Voll Entsetzen war er gewesen, als er, nach dem Streit mit dem Trunkenen in die Stube zurückkehrend, auf dem Tisch das glitzernde Geld sah, das unbewacht und bei offenen Türen gelegen war. Und nun sann er, und ein Entschluss scheuchte den andern.

Es musst anders werden, so ging es nimmer. Der Konrad musste aus dem Haus, aus dem Dorf, aus dem Land. Vielleicht peitscht ihn dann die Not des Daseins aus seiner Mutlosigkeit auf, vielleicht wird er fest werden und sich vertrauen lernen, wenn er auf sich selbst gestellt ist.

»Ich war zu mild gegen ihn, ich war Teig, wo ich hätte Erz sein sollen«, dachte Wenzel Rebhahn. »Jetzt soll er mit dem Leben kämpfen, dieser Kampf wird ihn heilen. Jetzt soll er in ein fremdes Land.«

Grübelnd saß der Pfarrer und hörte, wie der Regen zu pochen begann und ans Fenster schlug, als stünde jemand draußen und wolle ihm dringend etwas sagen, und wie es dann plätscherte und die Dachrinne laut wurde und schließlich brausende Wassermassen erdwärts stürzten.

Unruhig stand er auf und ging auf und nieder, der Sohn kam nicht heim.

Wie die Uhr langsam kroch! Wie gespenstisch der öde Pendelschlag in dem stillen Raum klang! Und das Schweigen war so drückend und nicht zu ertragen. Es musste übertäubt, musste vertrieben werden.

Er trat zu der Säulenuhr und zog an einem Faden. Da hub das Spielwerk an.

Hohe klimpernde Laute umtänzelten die Weise, die sich aus ihrer allzu zierlichen Verschnörkelung schwer herausschälen ließ; die Basstöne zirpten je und je geisterhaft fein auf, wie wenn ein Steinchen irgendwo in einen tiefen, tiefen Brunnen plumpse. Und so tändelte das Spielwerk, indes darüber an der Uhr ernst und streng die Zeit hinschritt.

Und kaum, dass das Spiel eingesetzt hatte, polterte es unten im Vorhaus. Über der Stiege schlürfte es herauf, plump, mit grobem Schritt, dass die Staffeln ächzten.

Der Pfarrer öffnete die Tür.

Aus dem Schatten trat der Gregor in die Vierung, das Wasser rann von ihm und dem Menschen nieder, den seine Arme brachten.

»Ist er schon wieder betrunken?«, fragte Wenzel Rebhahn voll Scham.

»Es ist schon aus«, entgegnete der Knecht ruhig und fast tröstlich.

Da sprang der Pfarrer vor, sah das blasse, leblose Gesicht, die nassen Strähne, die Arme, die schlaff und welk hingen.

»Um Christi Leid, was ist das?«

»Pfarrer, er ist im Straßengraben ersoffen.«

Der harte Mann wankte. »Ersoffen?«, flüsterte er erstaunt. Aber dann schrie er einen Schrei, darin es wie die Liebe einer Tiermutter, darin wehestes, wehestes Menschenleid bebte.

»Mein Kind!«

Sanft legte der Knecht die triefende Leiche auf das Himmelbett und ging. Da war der Alte allein.

»Im Straßengraben –!«, stöhnte er.

Wehmütig und lieblich träumte die Spieluhr und klang aus.

Der Tag, der nun folgte, hatte graues Gewölk und verhüllte Berge, und unaufhörlich spannten die Regenschnüre vom fliehenden Himmel zur beschmutzten Erde. Auf den Wiesen öffneten sich Brunnen, aus steinigen Wegen quoll es, in jeder Mulde spiegelten Pfützen, die Feldfurchen waren überschwemmt, und Wolke drängte an Wolke, schwer und schwanger. Unablässig tupfte der Tropfenfall an die Scheiben und tränkte die Dächer. Die Schindeln an Kirche und Pfarrhof waren vor Feuchtigkeit dunkel, und die beiden Gebäude düsterten ins Dorf hinab. Die geschwellte Olsch verließ ihre Runse, schob Geröll auf die Wiesen und bedrohte die Mühlen. Und die Kunde von dem Ereignis der Nacht flügelte grausig von Haus zu Haus.

Der Alp der Angst wuchtete mit äußerster Gewalt auf dem Dorf und drohte, es zu erdrücken.

Mittags langte das Gerücht ein, die Moldau sei hoch über ihre Gestade gestiegen, und der Langenbrucker Teich habe seinen Damm gesprengt.

O schwarzer Tag! Ein Taumel der Verzweiflung war Thomasöd.

Wer aber hoffte, sich beim Bären Trost im Trunk zu holen, der tat den Gang vergebens, denn die Tür des Wirtshauses war verrammelt, und darüber hing das neue Schild, das der lustige Altmar zum Dank für freie Zehrung gemalt hatte. Es stellte einen Bären von der Hinterseite dar, und dies sollte die Absage des Rochus an die Menschheit und der letzte Ausdruck seiner Weltanschauung sein.

Und jeder bereitete sich nach seiner Weise auf die Nacht vor, welche die letzte sein sollte. Niemand aber suchte den auf, dessen Amt es heute gewesen wäre, sie aufzurichten in der Not der verworrenen Zeit. Ach, der Pfarrer hatte heute selber mit sich zu tun. –

Ziellos strich der Himmelreicher durch die Räume seines Besitzes, er streichelte sein Vieh und sprach zu allen Dingen: »Ich gehe von euch, und das tut mir leid.« Aus dem Dachfenster lugte er auf seine Gründe hinab, davor der sinkende Regen schleierte.

Das war die Erde, die den Schweiß seiner triefenden Schläfen getrunken, die seiner Egge Stacheln und die Schärfe seines Pfluges gefühlt und abendlich seine schweren Schritte heimgetragen hatte. Korn und Knolle hatte er in ihre Krume gesät und von ihr Gras, Haar und reiche Ähren empfangen. Gerungen hatte er mit diesem Boden, ehe dessen Kraft zu weißem Mehl gerann, Jahr für Jahr hatte er diese Scholle sich neu erobern müssen, darin er mit jeder

Wurzel seines Waldes, mit jeder Faser seiner Millionen Halme gegründet stand. Nun war ihm der Abschied schwer.

Und wohin nach dem Tod?

Wenn er nur nicht allzu weit von der Erde weg käme! Und sein
Fernrohr nähme er sich gar gerne mit ins Jenseits, das heißt, wenn
er drüben auch ein Himmelreicher würde. Auf die Erde wird er
dann hinabspähen, auf die Erde, danach er Heimweh haben wird.

Und plötzlich ergriff den Bauern ein großes Grauen vor dem
Tod, und er deckte seine feuchten Augen mit den Händen zu. –

Unten im Bergnest ging der Ägid von Hof zu Hof und mahnte,
auf die Berge zu fliehen, das Sündmeer steige schon.

Er drang auch in des Mesners kleine Hausung. Dort ruhten alle
Uhren, der Pius hatte sie abgestellt, als wollte er damit die eilende
Zeit aus der Welt bannen. Die Mesnerin lag krank vor Furcht im
Bett, ihr Mann hockte bei seinem Enkel auf der Erde und lehrte
ihn spielen mit den Heiligen der weiland Bildbuche.

»Auf die Berge, Mesner! Gottes Zorntag ist da!«

Der lächelte versonnen. »Der Berg schützt nit. Etwas anderes
müsst' versucht werden«, sagte er und spielte weiter. –

Am wahnsinnigsten aber umkrallte die Angst den Schneider
Thomas. Der Tod des Studenten hatte ihn ganz aus der Fassung
gebracht, und so sehr er früher von hoffärtigem Zweifel gestrotzt
hatte, so kläglich zerknirscht schlotterte er jetzt dahin.

Schon seit Tagen hatte ihm von des letzten Gerichtes furchtbar
züngelnder Waage geträumt: Deren eine Schale war mit einem
Mühlstein belastet, auf der anderen lagen sein Unglaube, seine
Spottsucht und sein boshaft Herz und waren so gewichtig, dass sie
den Mühlstein der göttlichen Verzeihung gar lästerlich hoch hoben,
bis endlich der Schneider verzweifelt seinen roten Bart auf den
Stein warf und – welche Erlösung! – die Sündenschale federleicht
emporschnellte.

Als aber der Thomas erwachte, zweifelte er, dass ihm der Richter um des Bartes willen vergeben werde, und er roch sich schon gebraten und gebäht auf den Pfannen und Rosten der Hölle.

An unsinnigen Plänen heckte er. Wenn man den Notstern irgendwie hemmen oder die Quellen verstopfen und die Bäche einäschern könnte!

Stieren Blickes schaute er die gequollenen Wolken. O könnte man den Böhmerwald anzünden, dass seine Flammen diese unbarmherzigen Wolken auffräßen und vor seinen Gluten die Flut zurückpralle!

An dem Kreuz vor der Pfarrei sank er hin und lag dort demütig und zertreten. »O Herrgot, alles, alles glaube ich und noch mehr!«, wimmerte er wie ein blindes Hündlein. »Nur lass mich auch einschlupfen in dein Paradeis.«

Und gegen Abend saß er daheim, die Haare vor Grausen aufgeborstet, schier Schwitzblut auf der Stirn, und hielt sich das scharfe Rasiermesser an die Kehle. So wollte er dem Tod entfliehen. Als aber der Schnitt zu schmerzen begann, klagte er: »O das tut mir weh!«, und räumte das Messer weg.

Endlich rannte er im prasselnden Regen in den Wald.

Der Archenmann saß, nach Salzwind schnuppernd, mit seiner Trauten geduckt in dem Verschlag, der auf dem Floß errichtet war.

»Tischler, herzlieber Freund, lass mich mitreisen auf deinem Schiff!«, flehte der Thomas. »Hab' Erbarmen!«

Da ließ ihn der Kleo auf die Fähre steigen, und weil der Verschlag nicht für einen dritten reichte, so bot er ihm einen riesigen, rotgeblümten Schirm, den dicke Rohrspangen ausgespreitet hielten, zur Abwehr gegen die triefenden Wolken. –

Indessen kauerte der Achaz vor der Wiege seines Enkels.

Der Antichrist war noch immer nicht gewachsen, noch immer sog er die Milch seiner Mutter, aber in seinen schwarzen Augen glomm etwas Böses, und seltsam wissend ruhten sie auf dem Mann.

»Gelt, Wechselbalg, um Mitternacht kriegst du die Gewalt?«, flüsterte der Alte. Ihm war, als grinse dieser kleine Mund, und er fand in diesem Augenblick, dass dieses Gesicht einem Menschen ähnle, der ihm zwar nicht einfiel, der aber stark und entsetzlich war in seinem Wesen.

Seitdem der Satan sein Ei in des Achaz Haus gelegt hatte, wagte dieser kaum mehr an Gott zu denken. Er traute sich nicht, am Kirchtor in den Weihkessel zu greifen, denn sein Finger müsste aufzischen wie glühend Eisen, glaubte er, dampfen müsse das heilige Wasser, und jedem wäre es offenbar, was die Leibesfrucht seiner Tochter sei.

Immer wieder kreisten die gleichen Gedanken durch seinen Kopf.

Nur der Pfarrer steht zwischen ihm und Gott. Ob der Priester mit schuld ist, dass die Erde vertilgt wird? Er ist ja der verhassteste Mensch, niemand liebt ihn, und auch Gott muss ihn hassen. Um dieses Sünders willen verdirbt er vielleicht die ganze Welt.

Gedankenlos tappte der Achaz nach dem Scheitel des Säuglings. Die Schale war noch weich, die dieses arge Hirn umschloss. Ob der Böse stürbe, wenn man ihm den Schädel eindrückte?

Wie das Kind schrie, und doch rann keine Zähre aus seinem schwarzen Auge!

Plötzlich ließ der Bauer den Enkel erschrocken los. Der Wulsch glotzte und winkte zum Fenster herein. –

Mürrisch holperte der Jordan den kotigen Weg. Die halbe Nacht hatte er durchsoffen. Es ist gut, dass jetzt alles aus wird. Sonst würde er noch ein Lump und ein verrufenes Nachtlicht werden. Jetzt wollte er bergan, um nicht als einer der ersten ertrinken zu müssen.

Beim Brillenhof guckte er zum erleuchteten Fenster hinein: Der Ambros saß einsam vor einem Buch und hatte eine funkelnde Brille auf der Nase.

258

»Der merkt heut' von dem Wasser nix, und wenn es ihm zum Rauchfang hineinrinnt«, dachte der Schuster.

Aber auch aus des Sixtels Hütte glomm ein Licht. Was mag mit dem Kater sein, der allein von allen Geschöpfen das Ende überdauern soll? Ist jemand bei ihm? Wer hat jetzt drinnen zu lichteln?

Der Jordan schaute mit seinen grauen, scharfen Augen in die Kammer hinein.

Drinnen hing Strix, der Sündflutkater, an einem Nagel erhängt. Sein Bauch war aufgerissen, und der Ägid wühlte darin herum und hatte Bart und Zahnkranz blutig vom genossenen Fleisch.

Da überwältigte den gerechten Schuster ein Zorn, der ebenso ursprünglich war wie jenes Mitleid, damit er seine Habe verschenkt hatte. Er drang in das Stüblein und prügelte den Sündflutprediger wortlos, aber entsetzlich durch.

Hernach stapfte er wiederum heim, legte sich sonderbar beruhigt aufs Ohr und entschlief.

Wilde, endlose Regennacht.

Die Erde schien alle Dunkelheit auszuspeien, die sie in ihren Höhlen und Schächten und im Innern der Dinge gestaut hält, und verriet nichts von den strebenden Stämmen und dem Steilgefels des Wolfsruckwaldes.

Im Dunkel knisterte es. Die Tropfen hatten die Blätter schwer gemacht, so dass sie träufend niederhingen, und nun nässten sie Stamm und Moos und machten die Wurzeln glitschig.

Die Raben versteckten die Schnäbel in den rauen Federn. Plötzlich aber erwachte einer und forschte mit aufgerecktem Kopf.

Bangverschlungen mit seiner Sippe schritt der Himmelreicher in die Finsternis aufwärts. Keines von ihnen, nicht Weib noch Kind, drehte sich um: Sie gingen wie die Flüchtigen von Sodoma. »Ein jeder muss dem Kreuz nach, das ihm vorgetragen wird«, hatte der Mann gesagt, als sie das liebe Haus verließen.

Unheimlich wob ein Glucksen und Gurgeln neben ihnen dahin, in den Geleisrunsen sammelte es sich, und Hohlwege wurden den Wassern zum Führer. Die Seelen der Menschen aber wussten nicht wohin. –

Der Schattenhauser hatte sein Vieh ausgelassen, damit es nicht im Stall hilflos verkomme. Nun hockte er weit oben auf einem feuchten Strunk, den wachsenden Quellen lauschend und der triefenden Finsternis. Er vernahm einen langen, seltsamen Ruf, als habe ein Wipfel aufgeschrien, allzu sehr bedrückt von den Schauern der Nacht. Und er legte das Haupt auf die Knie und ließ es sich in den Nacken regnen und lauschte der Verworrenheit. –

Am Wolfsruckgipfel, darauf hohes Tannicht gedieh, trafen sich die alte Zenzi und der Schemler, sie mit dem krummen Leib und der erdgebeugten Stirn, er auf den Vieren wie ein Vieh. Das Weib wäre bald über den Kriecher gestürzt.

Fröstelnd standen sie in der nasskalten Nacht, der Regen schlug durch die Bäume und traf sie ins Gesicht.

»Den ganzen Tag bin ich bergauf gekrochen«, jammerte er mit seiner knabenfeinen Stimme. »O nur nit sterben!«

»Wär' ich schon tot, dass ich nimmer sterben müsst'!«, klagte sie.

Das Leben sei so gut, sagte der Brestling, und das ausgeplagte Weib erwiderte weinerlich: »Noch einmal möcht' ich meine Jahre leben! Sie sind schwer gewesen; hungern hab' ich müssen, oft hab' ich gemeint, ich muss das Moos im Wald essen; gebären hab' ich müssen und meine Kindlein sterben sehen. Aber dennoch möcht' ich noch einmal leben, und wär' es auch wieder genau so ...«

So sehnten sich beide, denen nur Bitternis geschenkt war, nach dem oft verfluchten Dasein.

Dann horchten sie in den fremd belebten Wald und sahen wirre Lichter wunderlich hin und her eilen.

Sie hörten eine Stimme, die alle vierzehn Nothelfer der Reihe nach aufzählte und dann immer wieder schrillte: »Thomas, du Lump! Thomas, du lieber Mann!«

Von nasser Kälte geschüttelt, das hexenhaft hängende Haar im Gesicht, kam die Durl daher.

»Heut' hilft kein Nothelfer«, begrüßte sie der Schemler.

»Hätt' ich mich nur auch besoffen wie die blaue Droschel und der Spielmann!«, erwiderte das Weib. »Im Wirtshaus liegen die zwei auf der Erde und schlafen und wissen von nix.«

»Wo hast du deinen Mann, Durl?«

»Das ist ja meine Kümmernis«, greinte sie. »Wenn er ohne mich stirbt, so fängt ihn sein erstes Weib im Jenseits ab. Sie lauert schon drüben auf ihn. O er wird es nit gut haben bei ihr!«

Und der Nebenbuhlerin jenseits des Grabes denkend, vergaß sie die untergehende Welt. –

Mit Lichtern nahte eine Schar, der Totengräber fuhrte sie, er betete eine Litanei vor, und die anderen murrten ihr dumpfes »Bitt' für uns!« dazu. Ungeheuerlich zogen die Schatten neben ihnen einher. –

Die Rabenbäuerin war ausgeglitten, und ihre Laterne zerschellte. Nun tappten sie im Ungewissen, sie und die Liesel, die ihr schreiendes Kind schleppte.

Die Bäuerin war in doppelter Verzweiflung: Nicht nur, dass das allgemeine Elend sie heimsuchte, sie musste auch um ihren Mann bangen, der sich abends mit gefährlichen Augen aus dem Haus begeben hatte.

Wie sie prüfend in die Nacht vor sich hingriff, umfasste sie plötzlich einen hohen, kantigen Balken. Es war ein Waldkreuz, das am Wege ragte. Da drückte sie die Arme um das Holz, dass es wankte.

»Heiland«, betete sie, zu dem Gekreuzigten emportastend, der unsichtbar im Dunkel hing, »Heiland, deine Füße halte ich, ich kann die roten Wunden drauf nit küssen, sie sind zu hoch.«

Nun horchte sie, als müsse es oben mild und gut zu reden anfangen. Der Regen ließ nach und setzte wilder wieder ein. Und die Liesel ließ das Kind trinken, dass es sich beruhigte.

»Heiland«, rief die Bäuerin wieder, »wir müssen deinetwegen leiden, weil du für uns gemartert worden bist. Aber lass uns nit zu lange leiden!«

Um das Kreuz geklammert, erwartete sie die böse Stunde.

An ihr vorbei flüchteten andere Menschen der Höhe zu. Eine Stimme rief lange nach einem verlorenen Kind. –

In der »Haarstube« oben auf der Bergheide fanden sich zwei, und hastig den Kelch heißer Jugend noch schlürfend, bevor alles zerränne, hielt der Sepp des Himmelreichers Tochter in den Armen. –

Immer mehr Leute trafen am Gipfel ein, sie beruhigten die weinenden Kinder oder klagten selber oder redeten von der Wulschin, die auch heute nicht den Stall verließ, und von den Elexnerleuten, die bei dem kranken Alten daheimgeblieben waren.

Der Erzähler Jakob hatte sich abseits geschlichen. Wie ein fußwundes Ross war er den Berg herauf gehumpelt, und nun er sich vor dem Regen hart an einen Baum drückte, dachte er seines Fußes, der ihn noch immer so fror, trotzdem so viele Fetzen darum gewickelt waren.

Da zupfte es ihn heimlich am Rock.

»Ich bin es, der Hütbub Naz«, sagte es neben ihm.

»Ach, wenn nur Gott das Türlein aufmachte und die Sonne ausließe!«, seufzte der Alte.

Das Stimmlein entgegnete: »Aber ich hab' doch einen doppelten Regenbogen gesehen!«

»Büblein, du bist traumhäuptig. Alles redet heut' so unsinnig. Ich glaub', der Herrgott selber hat den Verstand vergessen.«

Oben im Laub regte sich ein verschlafenes, feines Kreischen. Der Jakob meinte, es wäre ein Zeisel, und er erzählte dem Buben von dem Vöglein, das im Schlafe die winzige Klaue über sein Haupt halte, um es zu schützen, wenn der Himmel einfalle. –

In den tiefer gelegenen Waldungen irrte das Vieh, das der Schattenhauser aus dem Stall entlassen. Der Stier stand hilflos im Dickicht und brüllte wie ein Waldschreck, mit schwerem Euter und triefendem Fell trotteten die ungemolkenen Kühe. Durch die tausendjährige Gefangenschaft seiner Ahnen des freien Waldes nicht mehr gewohnt, stumpf geworden unter Hut und Herrschaft des Menschen, war das Tier rastlos der grässlichen Nacht ausgeliefert.

Der Gregor, der spät erst bergwärts trabte, hörte das klagende Muhen, und Erbarmen füllte sein Herz. Nicht den tosenden Tobel des Wassers fürchtend, darein sich vielleicht schon das Dorf gewandelt hatte, kehrte er um, suchte geduldig Tier nach Tier und brachte sie mit gutem Wort und fester Hand in seinen Stall.

Wenn zu dieser Stunde der Sixtel vom Himmel herniedergeschaut hätte, die selige Seele wäre ihm hoch aufgesprungen vor Freude, dass einer unten am Wolfsruck seine Nachfolge angetreten hatte.

Wilde, endlose Regennacht.

In des Priesters Stube glomm ein müdes Licht. Düster starrten sich die alten Geräte an, und nur die Uhr mit den vergoldeten Löwen und den Alabastersäulen war heiter und festlich wie immer.

Auf dem Bett ruhte der Tote, ein Kreuz in den Händen, stumm und mit eherner Miene, das Antlitz in seiner Strenge fast vornehm.

Von dem blumigen Sorgenstuhl aus blickte Wenzel Rebhahn hinüber auf die Lippen, die gestern noch geklagt und gehöhnt hatten und die sich nimmer auftun konnten.

Wohl strebt ein Tannenbaum kerzengerad über sich, er trägt Ebenmaß und gesunden Wuchs schon im Keime bei sich und kann an der Welt nicht verkrummen. Eine Menschenseele aber kann aus sich selber heraus nicht so frohbewusst emporblühen, der Mensch braucht warme, führende Hände und Augen, die in Sorge auf ihm ruhen. Und das hatte der Konrad nicht gehabt.

Der Pfarrer drängte die Faust gegen das Kinn. Er fühlte sich in tiefster Schuld. Er hatte nicht den Mut gehabt, zu bekennen: »Dies ist mein Bub!« Sein Kind hatte er nicht beschützt vor dem Übermaß des verirrten Ehrgeizes, bis dieser selber seinen Träger zerfleischend anfiel. Den Sohn hatte er der Welt überlassen, wo er ihm hätte ringen helfen sollen gegen einen dunklen Geist. Zu spät hatte er ihn zu sich genommen, mit Zärtlichkeit und Nachsicht und wieder mit jähem Zornschrei ihn erziehen wollen, der schon in seiner Weise reif war. Und nun war der Weg des Verlorenen abgebrochen, nun war alles, alles vorüber, jäh vorüber, und wildeste Not war zur Ruhe gekommen.

Den Priester fröstelte.

Der Tote drüben war sein Kind. Seiner eigenen Seele teil war es, der sich einst durch eines Weibes Leib in jenen Menschen geschlichen. Wo irrt diese Seele nun? Die Nacht draußen ist schwarz und voll Regen … Wird dieser Seele der Himmel nicht versperrt sein? Ach, nachdem sie Gott geleugnet, ist ihr der Leib ertrunken. Ein Strafgericht der Allmacht ist es gewesen.

»Nein, tausendmal nein!«, bäumte es sich in dem Pfarrer auf. »Nicht Strafe, sondern blödester Zufall war es. Den Sohn trifft keine Schuld, ich allein habe seine Taten zu verantworten.«

Jetzt erinnerte er sich an den Sonntag, wo er einem Menschen von der Kanzel zugeschrien hatte, dass der Tod seines Kindes eine Züchtigung Gottes gewesen sei.

Der Pfarrer hielt die weißen Hände vors Gesicht, die Hände, darin schon die Weichheit des Welkens war. Welch harter Priester war er dem Volke gewesen!

Und heute war die Kometennacht, die sterbensängstig von den Thomasödern erwartet worden war. Was mögen sie nun tun, denen er zum Hüter bestellt war? Keiner hatte sich an ihn gewandt in der Bedrängnis, die ihnen furchtbar sein musste. Alle hassten ihn wegen seines Jähzornes, wegen seines Geizes!

Für wen hatte er nun gegeizt? Für wen diese Todsünde auf sich geladen und sein Herz verdorben? Tot, tot lag der, für den er das getan.

Was sollte ihm nun das zusammengeraffte Geld? Ihm graute davor, ihm graute vor seinen Fingern, die es genommen, gezählt und liebkost hatten. Und wenn er einst vor Gott dies dürre Leben wird vorweisen müssen? Denn hinter dem Tod gähnt die Rechenschaft.

Eine Wut über sein Geld kam ihm plötzlich. Die Fenster zerrte er auf, er hielt die verhassten Hände in den brausenden Regen und wusch sie draußen in der Dunkelheit, als müsse er sie reinigen vom Giergriff und vom Geruch des Geldes.

Eintönig schluchzte und dräuschte der Regen, und wie der Pfarrer in die Nacht starrte, sah er drüben am Friedhof ein flimmeriges Licht unschlüssig irren und plötzlich erlöschen.

Er war feig. Wer geht spätnachts dort drüben? Wenn ihn jetzt einer von den morschen Pfarrherren drüben besuchte? Sie können nicht zufrieden sein mit dem vergeizten Nachfolger.

Er zwang seinen Lippen ein bleiches Lächeln auf. Geister erstehen nicht, und Menschen kommen nicht in dies Haus, denn heute ist es verschlossen wie eine Burg: Die Türen des Erdgeschosses sind verriegelt, die Fenster haben starke Gitter. Und es ist gut so, denn das Volk vom Wolfsruck steht seinem Seelsorger seltsam fremd gegenüber.

Nun schloss er das Fenster und horchte, wie der Regen murrte und plätscherte.

Lang ausgereckt lag drüben die Leiche, sie schien nach dem Tode gewachsen zu sein.

Der Pfarrer schlich sich zu dem Bett hin. Er sah das Kreuz in der Hand des Sohnes, der es im Leben nimmer gemocht. Es war eine Lüge in dieser Hand. Und der Alte entrang es ihr, Finger um Finger öffnend. Nur jetzt keine Lüge! Mögen sie es ihm morgen wieder aufdrängen.

Wie streng diese Züge waren! Das eine Auge lag im Schatten der Nase dunkel und wie aufgetan.

Der Pfarrer dachte an des Volkes Glauben vom Totenblick: dass der Verstorbene seine Wimpern hebe, um den Menschen, dem er sein letztes Geheimnis sagen wolle, noch einmal anzublicken. Und dies scheinbar aufgerissene Auge hier schien Verdammung auf den Vater zu blitzen, so dass dieser betreten stand und dann schluchzend vor dem Bette hinsank.

Es war ja nur Menschenschuld, was er auf sich geladen! Und Leben und Schuld halten sich doch ewig umschlungen.

»O Gott, was tust du mit mir?«, stöhnte er. »Ich bin auch ein Mensch – ein Mensch –.«

Tränenlos stand er dann wieder vor der Leiche und rechtete mit Gott.

Er war ein Priester gewesen, mit jeder Faser dem Allerhöchsten treu. Er hatte ihm treu gedient, ihn gepriesen und angebetet, mit allen Kräften die Herzen zu ihm zu kehren gesucht.

Und so lohnte ihn Gott? War das Dank und Gerechtigkeit? Sollte er nicht dafür im Hochamt die Monstranz zornig wegschleudern?

War denn seine Schuld gar so himmelschreiend? Fiel sie ganz allein auf seine Schultern?

Und vor seinem Geiste schroffte es dräuend auf, wie eine schwarze Bergmauer hob sich das eherne Gesetz, das die Kirche ihrem Priester gibt: Du sollst ehelos sein!

Uralt schien ihm plötzlich das Antlitz des Toten, uralte Menschennot schrie daraus empor, die Not von zahllosen verstoßnen und verheimlichten, um der Mutter Brüste und des Vaters Hand betrognen, elenden, schuldlosen Kindern.

Die schwarze Bergmauer wuchs und schroffte unbesiegbar und höhnisch, und der Priester loderte in rasendem Hass auf und hob die Faust, als könne er damit das Gesetz zerschmettern.

Und da zitterte das einsam Haus in seinen Grundfesten.

Ein mächtiger Stoß war irgendwo geführt worden, – ein Krachen erwiderte, ein Niederfall.

War das der Prall des Sternes?

Murmelnde Stimmen dann, fast wie ein Wortstreit, und Trappeln, das sich entfernte.

Nun aber fühlte der Pfarrer, wie etwas schauerlich und schleichend die Stiege heraufkam. Es war wie ein böses, verderbliches Untier, das mit zwei ungeduldig stampfenden und zwei tückisch schlürfenden Füßen herangespensterte. Es war wie steigendes Wasser, davor kein Entrinnen frommt.

Der Schreck verschnürte dem Pfarrer den Hals. Nur einen einzigen Schrei brachte er heraus, der hallte durch das öde Gebäu und rief keine Rettung, denn Knecht und Magd waren in den Wäldern.

Zwei Vermummte stürzten in die Stube. Ihre Gesichter waren berußt, ihre Körper in Weiberkittel gekleidet, aber sie hatten nicht den engen Schritt der Frauen.

»Geld!«, schrie der eine, und Wenzel Rebhahn erkannte diese Stimme und die Augen, die wie Wutbeeren gleißten.

Der andere aber umschlang den Priester, als ob er mit ihm raufen wolle: Die Borsten struppten ihm aus den Nasenlöchern, seine

Wimpern waren unstet, graues Haar wirrte unter dem weibischen Kopftuch.

»Kennst du mich?«, zischelte er.

»So einer bist du, Achaz?«, flüsterte der Pfarrer.

Der Vermummte erwiderte: »Der Herrgott hat mich verworfen. In meinem Hause plärrt der Antichrist. Und du bist an allem schuld, weil du zwischen mir und Gott stehst.«

Der Geistliche erbebte vor dieser Ruhe, die im harten Gegensatz zu den feurigen Augen stand.

»Achaz, geh heim«, suchte er ihn zu begüten, »in dieser Stube liegt ein Toter. Hier ist nicht der Raum zu solchem Larvenspiel.«

Der Bauer schüttelte das berußte Haupt. »Es ist kein Kurzweil. Abrechnen müssen wir zwei, denn wegen deiner geht das Dorf zugrund'. Schlagen muss ich dich, bis das Blut von dir rinnt.«

»Bauer«, kreischte der Priester, »du willst dich an mir vergreifen? Deine Eltern hab' ich beerdigt, die Sünden hab' ich dir hundertmal nachgelassen; jeden Sonntag hab' ich gebetet, dass sich dein Wunsch erfülle.«

»Dein Segen ist ohne Wert, dein Gebet hat keine Kraft.«

»Wer kann das behaupten? Aus aufrichtigem Herzen, Achaz, fest und ehrlich hab' ich das ganze Jahr für dein Anliegen gebetet.«

Des Bauern Augen flackerten tief in dem grauen Gesicht wie Felsenessen, und ein wirres Lächeln umspielte den entstellten Mund, als er sagte: »Wenn dein Gebet Kraft hätt', so wärst du längst schon hin, Pfarrer. Ich hab' dich um deinen eigenen Tod beten lassen!«

Ein wildes Licht stieg in dem Priester auf, er wusste von dem Wahn, der in den finsteren Tiefen des Volkes gärt, man könne durch unablässiges Gebet einen Menschen ins Sterben bringen. Und hier hätte sich der Beter vor Gottes Hochaltar selber totflehen sollen ...

Doch es war nicht Zeit, sich dieses Wahnsinns klar zu werden, denn der andere, der inzwischen Kasten und Schreibtisch durchwühlt hatte, schnaubte jetzt. »Wo hast du das Geld?«

»Dein Lebtag kriegst du es nicht, du Räubersknecht!«, trotzte Wenzel Rebhahn.

»Ich raube nit, ich will nur das Geld zurück, das zu meinem Hof gehört. Der Muhme hast du es abgeschlichen, die Kirche hast du damit verhunzt!«

An das Himmelbett tretend, tastete der Wulsch unter den Leib des Toten ins raschelnde Stroh.

»Weg, du Galgenhund!«, brüllte der Pfarrer. War es Zorn, dass der Wulsch die Ruhe des Toten schände, war es die wieder aufflackernde Sorge um das verborgne Geld, er wusste nicht, warum er sich den Armen des Achaz entriss und gegen das Fenster sprang, wo das Gewehr hing.

Ehe er es fassen konnte, zerrten schon die Männer an ihm, sie stießen an den Tisch, dass die Lampe umfiel und erlosch, und rangen in der Finsternis weiter.

Draußen aber hub plötzlich ein hässlicher Klang an, öd und seelenlos gellte es in die Tiefnacht wie die Glocke des Jüngsten Gerichtes.

Auch im Schulhaus hatten sie sich nicht ganz der allgemeinen Bestürzung entziehen können. Zwar drängte sie nicht die Furcht vor den Sturmwirbeln der Sündflut, aber doch die Bangnis vor einem unbestimmten, gewaltigen Naturgeschehen, das die Nähe des Irrsternes aufrühren könnte.

Aus dem Nebenraum sandte eine verschleierte Lampe ihre Traulichkeit in die dämmerige Stube. Der Maler hielt Herthas Hand in der seinen, Träume dehnten seine Seele weit ...

Er schaute das Meer sich tief und lange in sich selbst zurückziehen und dann wie ein Panther mit weitem, mächtigem Rücken aufstehen und die Erdfeste anspringen, dass die Felsen fielen und

269

die Ströme sich zurückstauten. Er schaute getürmte Wasserhosen über die Öde wandern und Wolken hingrauen über Wellen und weißen Schaum.

Lange harrten die drei und drückten die Stirnen an die kühlen Scheiben gegen die Nacht. Und als die Stunde schlug, da die leuchtende Schleppe des Sternes an die Erde vorüberstreifen sollte, ging der Schulmeister in die lampenlichte Stube und begann, traurig und hold auf der Geige zu spielen, und Mann und Mädchen näherten sich im Dunkel und vergaßen alles in der Ewigkeit des Kusses.

Erst die Glocke störte sie auf, wie eine Tobsüchtige schrie sie.

»Das ist die Schauerglocke«, sagte der Lehrer, die Geige sinken lassend. »Wer mag jetzt im Turm sein?«

Bannholzer fuhr in böser Ahnung auf. »Wenn sie meine Bilder vernichten? Sie sind alle wahnsinnig worden und hassen mein Werk!«

»In dieser Nacht ist alles möglich«, entgegnete der Lehrer. »Suchen wir sie zu verscheuchen!«

Mit Licht, Pistolen und Stockdegen liefen sie durch die klatschende Nacht. Die Kirche war finster, Tor und Tür versperrt. Nur oben im Turme läutete es unermüdlich.

Sie horchten in den Kirchenraum hinein: Drinnen rührte sich nichts.

»Dass aber der Pfarrer nicht erwacht?«, wunderte sich Hertha. »Zumal wenn die verbotene Glocke lärmt. So fest kann doch heute sein Schlaf nicht sein.«

Als sich die drei dem Pfarrhaus näherten, sahen sie das Tor offen und einen Teil der Kirchenfichte drin im Flur liegen. Die Tür schien damit eingerammt worden zu sein.

Ahnungsvoll betraten sie das Haus. Die Gelähmte wimmerte in ihrer Kammer.

Oben in der Stube fanden sie den Pfarrer in zerstreuten Knöpfen, Spielmünzen, Blechlein und anderem Tand hingestreckt, blutig, mit zerschmettertem Schädel.

Als die Flüchtlinge am Wolfsruckgipfel das grässliche Geläut hörten, wähnten sie, die Flut gehe schon über den Kirchturm hinaus und bewege darin eine Glocke, dass sie erstickt und klanglos töne. Bald werde das Wasser an dem Berg emporrecken.

Schreiend und tobend bäumte sich jetzt die Verzweiflung zum Himmel.

Nur dem Jakob, der abseits dem gellenden Klöppel lauschte, kam der Gedanke, das fremde Läuten könne von der Schauerglocke rühren. Und er humpelte zu dem Totengräber, der noch immer seine Litaneien in den Jammer hinein schrie, und bat ihn zu horchen.

»Leute«, schrie auf einmal der Michel, »loset, es kommt uns Hilfe! Die zersprungene Glocke läutet. Vielleicht vertreibt sie das Wildwasser, wie sie vorzeiten die Wetter versprengt hat.«

Atemlos und neuer Hoffnung voll, lauschten sie der Glocke, die wie ein geketteter Hund lärmte, und es deuchte ihnen ein liebliches Paradiesständchen, wo die Heiligen harfen, die Erzengel fiedeln, und nackte Flügelbuben ihre Mäulchen singend auftun.

Der Himmelreicher hatte sich inzwischen mit dem Fernrohr auf die Waldblöße geschlichen und in die glotzende Finsternis empor geguckt. Jetzt aber rief seine Stimme auf, und sie zitterte vor tiefster Freude und klang ihm selber wundervoll und fremd.

»Die Sterne kommen!«

Toll rannten sie alle zur Blöße. Dort war der Regen verstummt, die Nacht hatte sich gehellt, und oben glänzten ewig und schön und klar die Sterne.

Der Himmelreicher aber rief immer wieder: »Die Sterne! O ihr liebheiligen, ihr guten Sterne!«

Da hob sich der Alp von den Menschen des Hochdorfes. Sie jubelten und sangen, sie weinten und lachten und fielen einander um den Hals; die Hände streckten sie auf zu dem milden Schein, der, ein Bürge des versöhnten Gottes, vom Himmel niedergrüßte. Sie umschlangen die Bäume und küssten die grauen Felsen, und hoch oben auf der höchsten Buche regte es sich: Eine Leiter tauchte nieder, und der Ehrenfried und sein Weib kletterten herab und trugen auf linden Armen ihre schlafenden Kindlein heim.

Und auf dem Hohlweg, wo jetzt die Wasser verrieselt waren, kroch einer auf allen Vieren talnieder, das Gesicht sternwärts gekehrt, bald Halleluja jodelnd, bald Hollahillaho.

Alle kehrten sie glücklich zurück. Arbeiten werden sie müssen, dass ihnen das Rückgrat kracht; Tagwerk wird sich an Tagwerk reihen, hart und gnadelos. Aber das Leben ist ihnen geblieben, das göttliche Gut.

In feierlicher Freude überschritten sie ihre Schwellen wieder, sie entzündeten die Lichter und ließen die Fenster festlich leuchten. Die Erde war ihnen aufs Neue geschenkt.

In silbernem Bogen trennte sich das Wasser vom Brunnenrohr, um in den Einbaum zu plätschern. Aber eine berußte, blutige Hand hemmte es.

Still lag der Rabenhof in der ausgrauenden Nacht.

Des Achaz Hände tauchten und rieben sich, schwemmten Wasser in das schmutzige Gesicht und konnten dennoch die blauen, ringrunden Schatten um die Augen nicht wegspülen.

Der Wulsch saß unter dem vorspringenden Dachgebälk und stützte säumig den wüsten Kopf in die Hand.

»Was tun wir?«, fragte der Achaz dumpf. »Die Sündflut ist ausgeblieben, der Pfarrer ist hin.«

»Mich kriegen sie nit«, erwiderte der Wulsch, »den Weg ins Amerika find' ich schon.«

»Was soll aber ich anfangen, Marx? Ich kann Haus und Hof nit stehen lassen.«

»Es ist nit viel Zeit zum Überlegen. In der Früh finden sie den Leichnam, zu Mittag wissen sie schon, wer der Mörder gewesen ist. Die andern werden uns verraten, die uns erst das Tor haben einstoßen helfen und dann davongerannt sind.«

Ratlos blickte der Achaz gen Himmel, wo sich ein einziger Stern noch gegen den werdenden Tag behauptete.

Sein Haus sollte er lassen, in die Fremde ziehen?

Er schaute über den friedlichen First, über den Rauchfang, der hoch und dunkel trotzte, über das Gärtlein mit den Bäumen. An der Hauswand hingen noch Geräte, die die Verwirrung des gestrigen Abends vergessen hatte, Sense und Rechen, und die Mistgabel lehnte an dem Stall, darin das Vieh stampfte. Alles stand zur Arbeit bereit. Draußen in den Wiesen wartete das reife Gras. Und jetzt soll er alles liegen und stehen lassen und ins Amerika?

Da ging er zu dem Marx hin und sagte traurig: »Du hättest ihn nit erschlagen sollen, Nachbar.«

Der aber erwiderte scharf und laut: »Dir träumt. Du bist es gewesen, der ihm das Gewehr auf das Hirn gehaut hat, dass es geschnalzt hat!«

Entgeisterten Auges starrte der Rab.

»Auf mich willst du es jetzt drehen? Nimm dir das nit aufs Gewissen, Wulsch! Du hast geraubt, das haben wir uns nit ausgemacht. Schlagen hab' ich ihn wollen und würgen, bis er blau wird. Aber abtöten, das war nit mein Wille.«

»Du hast ihn erschlagen«, sagte der Wulsch kurz und fest.

»Du lügst!«

»Du hast ihm den Schädel eingehaut, Rab, merk dir es!«

»Ein Sünder bin ich«, klagte der Achaz, »die Erde wird sich einmal gegen meine Leiche sträuben und steinhart werden, wenn sie mir die Grube graben wollen. Aber das heut' Nacht hab' ich nit getan. Lüg nit, Wulsch, beim letzten Gericht wird dir deine Schuld auf der Stirn stehen.«

»Meine Stirn ist zu klein, als dass meine Sünden daraufgingen«, höhnte der Wulsch. »Aber du hast den Pfarrer umgebracht, du, du, du!«

Da knarrte die Haustür, die Liesel stand, fahl wie Lehm, auf der Schwelle.

»Vater, Vater«, rief sie weinend, »alles hab' ich gehört.«

»Geh hinein, Luder«, herrschte sie der Alte an, »lass den Antichrist saufen!«

Das Mädchen wich nicht.

»Wulsch«, flehte sie, »sag ihm, von wem der Bub ist. Der Vater ist ganz krank im Hirn, vielleicht wird er wieder gesund, wenn er die Wahrheit weiß.«

»Dem Teufel sein Bankert ist er«, lachte der Narr böse.

Die Liesel packte es wie ein Rausch. So spottete er noch, der all ihres Unheils Ursache war, so schändete er sein eigenes Kind! Sie fürchtete seines starren, blutigen Blickes Gewalt nicht mehr, zeternd und stoßweise entriss es sich ihrer Brust: »Du Wulsch, – du bist mir nach in der Nacht, – ins Korn hast du mich geschleppt, – ich hab' nit wollen, – und du bist dem Buben – sein Vater.«

Verrußt und hässlich saß der Narr auf dem Dengelstock und gestand: »Ja, ich bin es gewesen.«

Über den Achaz kam da eine wilde Ruhe, er starrte den Wulsch an, sein Hirn schweißte, schwer arbeitend, Gedanken an Gedanken zur Kette.

»Hörst du, Nachbar, wenn du dem Antichrist sein Vater bist, dann bist du ja der – – –.«

Urplötzlich brüllte er auf wie ein gemarterter Stier, seine verfallenen Augen fieberten.

»Bilmes! Bilmes!«

Er riss die Mistgabel von der Mauer. Jetzt rannte der Wulsch mit hirschhafter Schnelle. Aber der Weibskittel, darin er noch immer vermummt war, hinderte ihn.

Am Düngerhaufen erreicht ihn der Rasende.

»Bilmes!«, zischte er noch einmal und stach ihm die Gabel in den Leib.

Als der junge Tag die Strahlenlider hob, verließ der Archenkleo enttäuscht seine Fähre. Aber sein Weib bot ihm frohen Trost, als sie ihm verriet, dass er trotz allem ein Stammvater zu werden beginne.

Der Thomas war schon in der Nacht bei Aufhör des Regens verdutzt davongeschlichen. –

Im Schusterhäusel ward eine gewaltige Drohnenschlacht geschlagen. Wohlgemut warf der Jordan die Brut, die sich wieder in seine menschliche Nähe einnisten wollte, zur Tür hinaus. Hernach hockte er sich auf den Dreifuß, zwängte einen Stiefel zwischen die Knie und hub in Gottes Namen sein ehrlich Handwerk wieder an.

Der Ägid tauchte nimmer auf, er hatte es vorgezogen, seine Fahrt ins gelobte Land insgeheim fortzusetzen. Der Bär aber hängte ein frisches Tanngras vor seine Schenke, der Krämer öffnete sperrangelweit sein Gewölb, die Bauern mähten schleunig ihre Wiesen nieder, und der steinalte Elexner stand vom Totenbett auf, blies den Vorübergehenden zu: »Jetzt leb' ich noch einmal neunzig Jahr. Eisern bin ich wie der Napoleon.« –

Freilich flog die Kunde von den grausigen Vorgängen der Nacht wie Schwarzgewölk schattend über die Gemüter, sie konnte aber die Freude an der wiedergewonnenen Welt nicht scheuchen. –

Die Wulschin verließ den Stall und ging zum Rabenhof. Dort trug sie mit eigenen Händen den Toten von der Düngerstätte weg, darauf er gelegen war, schmutzig, vermummt und wie eines Tieres Aas verlassen. Sie reinigte seinen Leib, sein treuloses Gesicht, sie entballte ihm die gekrampften Fäuste und tat dies alles ohne Trauer und Freude.

Um die Mittagsstunde klomm der Richter mit seinen bewaffneten Helfern gen Thomasöd bergan, die Schuldigen dieser Nacht zu erforschen.

Da trat aus einem Gebüsch ein zerfetzter, scheuer Mensch auf sie zu. Der Schrecken wohnte um seine Augen.

»Den bösen Feind hab' ich erstochen«, stammelte er und gab dann keine Antwort mehr. Willenlos ließ er sich fesseln, und der Richter merkte, dass dieser Mensch nicht ins Zuchthaus, sondern in den Narrenturm gehöre.

Jungsommerlich grünte der Wolfsrucktann.

Der Gregor stand vor der Jagerei, ein harmlos Hirschfängerlein um die Hüfte und das treue Herz von seiner Hoffnung Immergrün gebrämt. Frohgemut umfing sein Auge das zierliche Wildweinschlössel, das ihm zur geruhigen Bleibstätte worden war, und erhobener schier trug er das Haupt als der Mesner Pius, der mit der Schauerglocke die Sündflut verscheucht hatte.

Und wenn der Gregor einmal seinen irdisch groben Leib verlassen haben wird, wird ihn Gott, der Herr, gewiss zum Forstmeister in den himmlischen Jagdgründen bestellen.

Doch ist es fraglich, was des Glückes höherer Teil sei, die Erfüllung oder die Erwartung.

Tau über diese Wiesen! Sonne über diese Ähren!

Heil sei dir, o Erde, du blühender Stern!

Flammend türmt sich eine Wolkenalpe über die atmende Einsamkeit der Wipfel. Die Quellen halten den Atem an, und der Wald schweigt feierlich, als lese darin der Herrgott selber im goldnen Prunkgewand das Hochamt.

Im Anblick des mächtigen Berggartens vertieft, steht der Künstler. Die blaue Ewigkeit blüht ihm zu Häupten, lichtvermählte Lüfte wirken ihre Zauber.

In seiner Seele glüht tiefe Zuversicht.

Dies Land wird er erobern: samt seinen tiefen, stummen Wäldern, samt seiner Lerchen Himmelfahrt und seiner Ähren Spiele wird er es wie ein Sonnenlehen nehmen. Ein Maler kornverhangener Raine, weiter, goldener Flächen und verhauchter Grenzhöhen wird er werden.

Er wird die Bäume ehren, die Felsen und die Furchen und ihnen ähnlich sein in ihrem großen, stillen Aufblick, in ihrem Versinken in sich selbst. Im Rahmen einer Heimat wird er nach der Schönheit und Gewalt der Werke Gottes schürfen, ein Nachbar der Einsamkeit sein und im Schatten ihrer Wunder schaffen.

Neuer Werke Werdegeheimnis beglückt seine Brust. Die Seele einer Wiege Gottes, die Augen ruhig auf die Welt gelegt, schöpfen – schaffen – schenken –

Tu auf, o Mensch, dem goldenen Atem Gottes deine Augen, berausche träumend dich am starken Lichte seiner Sonne!

Sieh des Meeres Frieden, der die bunte Welt umgürtet, sieh die Berge einsam ragend steh'n in Glut und Schnee!

Staune auf zur Nacht! Betörend starret sie vor Sternen. Lausche in des Lenzes holdes und gewaltiges Erwachen!

Wie des Vogels Liedesfieber aus den braunen Furchen blüht und der Maisturm Blumendüfte unterm Fittich führt!

Sieh das Weib, das wolkenweiße Wunder ihres Leibes, des Mannes mächtige Stirn, die vor Erkenntnis strahlt!

Schweig und sinne, Mensch, und freu dich deiner heilgen Welt, alles drin ist Schönheit, und überall blüht Gott!